Jona Mondlicht
Unverglüht
Ein erotischer Roman

AF286790

ELYSION
www.Elysion-Books.com

Jona Mondlicht

Jona Mondlicht wurde im März 1969 in Erfurt geboren, wuchs dort auf und wohnt nach einigen beruflich bedingten Umzügen wieder im regionalen Umfeld der Stadt.

Geschrieben hat er, seitdem er einen Stift in der Hand halten konnte. Anfangs krakelig, mittlerweile eher verschnörkelt. Sein erstes Manuskript verfasste er im Alter von sieben Jahren. »Der Gärtner, das Blümchen und der Papagei« wurde jedoch nie veröffentlicht. Es lag wohl daran, dass er erst auf der letzten Seite bemerkte, den Papagei in der Handlung vergessen zu haben.

Da sich davon also nicht leben ließ, erlernte er einen handfesten Beruf, studierte anschließend in der Fachrichtung Informatik und schloss 1998 ein Studium als Diplombetriebswirt ab.

Auch literarisch hat er dazugelernt. Im Jahr 2001 gründete er die Plattform „Schattenzeilen" und beteiligt sich dort auch heute noch aktiv schreibend und betreibend. 2008 steuerte er zwei seiner Kurzgeschichten für das Buch »kopfkino« bei.

Aktuelle Infos: http://www.jonamondlicht.de

JONA MONDLICHT

Unverglüht

EIN EROTISCHER ROMAN

www.Elysion-Books.com

WWW.ELYSION-BOOKS.COM
ELYSION-BOOKS TASCHENBUCH
BAND 4053

1. Auflage: Mai 2014

VOLLSTÄNDIGE TASCHENBUCHAUSGABE
ORIGINALAUSGABE
© 2014 BY ELYSION BOOKS, LEIPZIG
ALL RIGHTS RESERVED

UMSCHLAGGESTALTUNG: Ulrike Kleinert
www.dreamaddiction.de
Foto: Lelisanth/Fotolia
LAYOUT &WERKSATZ: Hanspeter Ludwig
www.imaginary-world.de

PRINTED BY OPOLGRAF
ISBN: 978-3-945163-04-7
Printed in Poland

Mehr himmlisch heißen Lesespaß finden Sie auf:
www.Elysion-Books.com

Inhalt

Kapitel Eins

Es ist ein dunkler und nasser Vormittag im Dezember, an dem diese Geschichte ihren Anfang nimmt. Einem milchgrauen, gelangweilten Himmel entfallen nasse und schwere Schneeflocken, die auf dem Boden sofort zu einer schlierigen Masse tauen. Die kleinen Geschäfte am Straßenrand spenden aus ihren Schaufenstern heraus ein wenig Licht, gerade ein paar Meter weit, bis es von der nächsten grauen Fassade wieder verschluckt wird. Lange Mäntel und aufgespannte Regenschirme schieben sich die Straße entlang, verhüllen Menschen und ihre Gedanken. Über ein Flickwerk aus zerbrochenen Steinplatten, mit Kies provisorisch gefüllten Löchern und kalten Pfützen. Wege zur Arbeit oder nach Hause, die letzten Einkäufe vor dem Wochenende und Besorgungen für das Weihnachtsfest begegnen sich, ohne einander zu kennen. Ein unangenehmer, scheinbar unbedeutender Tag.

Und doch nimmt etwas seinen Anfang.

Inmitten des zähen Stroms mit sich selbst beschäftigter Menschen treibt Sarah. Die Hände in den Taschen einer grauen, gefütterten Jacke vergraben. Den Kopf unter der Kapuze gesenkt. Mit knöchelhohen Stiefeletten aus nassem Wildleder an den Füßen. Sie ist nicht auf dem Weg zur Arbeit und trägt auch keine Einkäufe bei sich. Sie lässt sich vorbeischieben an den Schaufenstern, Kerzen, Lichterketten, Süßigkeiten. Das alles interessiert sie nicht. Schon zum dritten Mal geht sie die Straße scheinbar ziellos auf und ab. Jedes Mal mit zunehmenden Herzklopfen, wenn sie sich einer unscheinbaren, kleinen Toreinfahrt nähert. Gleich gegenüber dem alten Turm, der zu jeder vollen Stunde dunkles Glockenläuten über den Stadtteil schickt. Dort, wo ein von Rost ergriffenes Metallschild in der Größe eines Buchrückens befestigt ist. Schwarze Buchstaben auf braunem Grund.

Lederwaren Manufaktur, Inhaber C. B. Conrad.

Einen verstohlenen Blick wirft sie darauf, und noch einer folgt dem gepflasterten Weg in den dunklen Hinterhof. In dem nicht viel mehr zu sehen ist als ein Stück einer verfallenen Mauer, ein gegen sie gelehntes altes Fahrrad und mehrere Mülltonnen. Dieser Moment raubt ihr den Atem, ihr Schritt wird unsicher, beinahe biegt sie ab. Und dann lässt sie sich doch jedes Mal weiter schieben. Mit den Menschen, Mänteln, Regenschirmen. Um am Ende der Straße umzukehren und einen neuen Versuch zu unternehmen.

Natürlich weiß Sarah, dass die Mauer und das Fahrrad hinter der Toreinfahrt nicht das Ende der Welt ausmachen. Sie weiß, dass sich der schmutzige Hinterhof um das Haus herum fortsetzt und, wenn man sich weiter hineinwagt, zu einer kleinen Holztür führt. Das weiß sie. Denn sie war gestern bereits dort.

Genau genommen hat die Geschichte daher schon gestern begonnen. Sarah erinnert sich daran, wie sie das Metallschild entdeckte. Im Vorübergehen, denn eigentlich war sie auf der Suche nach einem Weihnachtsgeschenk. In noch keinem Jahr hat sie es gemocht, Geschenke zu Anlässen zu finden. Sie findet lieber die Anlässe zum Schenken. Spontane Überraschungen und kleine Aufmerksamkeiten, ganz so, wie es ihr in den Sinn kommt. So suchten ihre Augen nach einer Idee, nach einer Inspiration für das, was sie später in Geschenkpapier hüllen könnte. Und ihr Blick begegnete diesem rostigen Schild. Sarah konnte nicht einmal sagen, ob es schon immer dort befestigt war, denn sie hatte es noch nie zuvor wahrgenommen.

Lederwaren Manufaktur, Inhaber C. B. Conrad.

Einen Moment blieb sie verwundert stehen, sah durch die Toreinfahrt, neugierig den Kopf gereckt. Sah Mauer, Fahrrad, Mülltonnen. Ihr fiel ein, dass sie sich einen Gürtel zu Weihnachten schenken könnte, ein immerhin besseres Geschenk als Socken. Nicht wesentlich kreativer, aber etwas, das sie wirklich gebrauchen konnte. Kurz entschlossen wagte sie sich in den schmalen Gang hinein, durchquerte die Einfahrt. Sie fand einen Hinterhof, eingequetscht von einer grauen Hauswand, an der alte Kabel herunterhingen, und einer unansehnlichen, hohen und nassen Mauer. An einer Seite des Innenhofes entdeckte sie eine Holztür, und wenn es dort eine Manufaktur geben sollte, musste das deren Eingang sein.

Vorsichtig legte Sarah die Hand auf die kalte Metallklinke. Schwarz, geschwungen und abgegriffen. Sie hatte damit gerechnet, dass die Tür verschlossen sein könnte oder lediglich in ein Treppenhaus führen würde. Wer weiß, vielleicht gab es diese Manufaktur gar nicht mehr oder längst an einem ganz anderen Ort. Wahrscheinlich war dieser Gedanke der Grund, aus dem sie die Klinke schließlich doch mutig und kräftig nach unten drückte.

Die Tür sprang regelrecht nach vorn. Sarah war überrascht. Wärme strömte ihr entgegen wie eine Blase, hüllte sie ein und zog sie in den Raum. Aber nicht nur das. Mit der Wärme ergriff sie auch ein Geruch, der ihr durch die Nase direkt unter die Haut kroch. Leder. Ein würziger, fettiger Duft geschnittenen Leders. Mit einem Hauch Cognac. Sie sog die Luft ein. Es gab diese Manufaktur. Hier. Unüberriechbar.

Sarah trat leise in den Raum. Obwohl sie vorsichtig die Tür hinter sich zuzog, gab diese ein seufzendes, quietschendes Geräusch von sich. Wem immer dieser Laden gehörte, er brauchte keine Glöckchen, die über der Tür befestigt auf Kunden aufmerksam machen. Sarah stand am Anfang eines schwach beleuchteten Flures, dessen Wände von oben bis unten mit Gürteln, Riemen und Schnüren verhängt waren. Es schien, als seien die obersten Haken direkt an der Decke befestigt, was den Raum kleiner und drückender erscheinen ließ. Von der anderen Seite des Flures legte sich ein sanftes, gelbes Licht über den grauen, abgeschliffenen Parkettfußboden. Viel zu dunkel, als dass man dort hätte arbeiten können. Als sich Sarah von der Tür löste, berührte sie einen der Ledergürtel, der gleich neben ihr hing. Festes, schwarzes Leder. An den Seiten sorgfältig mit einem roten Faden genäht. Zweireihig gestanzte Lochreihen. Sie legte ihn über ihre Handinnenfläche, zog ihn ein wenig hin und her. Sie erinnerte sich an den Tag, an dem sie zum ersten Mal bemerkt hatte, wie aufregend Leder auf sie wirkte.

Das war im letzten Sommer. Nicht lange her. Sarah und ihr damaliger Freund waren in den Urlaub gefahren, sehr spontan, sehr individuell. Eine ihrer Übernachtungen hatte sie auf einen alten Bauernhof geführt, spartanisch eingerichtet, aber gastfreundlich. Sarah hatte an einem Haken im Stall Gurte und Zaumzeug entdeckt und über die Länge der Lederriemen gescherzt. »Die kannst du dreimal um mich wickeln«, hatte sie gesagt, und ihr Freund hatte sie beim Wort genommen. Noch am gleichen Abend. Als sie mit gebundenen Händen vor ihm lag und dabei nicht nur seine Lust bemerkte, war etwas geschehen in ihr. Das Leder hatte nicht nur auf ihrer Haut Spuren hinterlassen.

»Hallo?« Eine tiefe Stimme knarzte durch den Flur.

Sarah hatte in Gedanken den Ledergürtel um ein Handgelenk gelegt und erschrak. Am Ende des Flures war ein weißhaariger, älterer Mann aufgetaucht, dem sie höchstens bis zu den Schultern reichte. Eine kleine, runde Brille saß auf einer recht dicken Nase und ließ den Mann ein wenig verkniffen aussehen. Vielleicht war er es auch.

»Kann ich dir helfen?«

Sarah ließ den Gürtel aus ihrer Hand gleiten. »Danke, ich schaue nur mal.« Sie versuchte ein Lächeln, zog kurz den Kopf zwischen die Schultern.

»Nach was?«, rief der Mann von der anderen Seite des Flures interessiert und schob seine Brille ein wenig nach oben.

Sarah räusperte sich. »Nach einem Gürtel.« Sie sah die lederbehangenen Wände auf und ab, als sei das der Beweis. Ihre Antwort konnte keine unerwartete sein. Nichts anderes konnte man hier suchen. Unerwartet, dachte Sarah, war daher eher die Frage des Mannes.

»Für die Hand, Kindchen?« Der Mann schien nicht nachgeben zu wollen.

Sarah sah ihn irritiert an. Kindchen? Sie war knapp über dreißig, sah ganz sicher nicht wie ein Kindchen aus und wenn dieses Wort gerechtfertigt war, dann nur, wenn der Mann noch älter war, als er aussah. »Bitte? Für die Hand?«

»Für die Hand«, wiederholte der Mann von der anderen Seite des Flures. »Du hast eben einen Gürtel um dein Handgelenk gewickelt.« Der Mann räusperte sich. »Trägt man das jetzt so?«

Für einen Moment fühlte sich Sarah ihrer Gedanken beraubt, ertappt, dann fing sie sich wieder. Atmete tief aus. »Entschuldigen Sie. Ich wollte nicht stören.« Sie zog sich die Handtasche zurecht.

Draußen schlug die Turmuhr. Sechs Mal würde die Glocke dunkel läuten, das wusste Sarah. Es war Feierabend.

»Nein«, beeilte sich der Mann auf der anderen Seite des Flures zu sagen, »du störst nicht, Kindchen. Überhaupt nicht. Ich wollte gerade den Laden schließen, weißt du, und da hätte ich ohnehin aufstehen müssen.« Der Mann ließ die runde Brille wieder auf die Nase sinken und setzte sich in Bewegung. Langsam schritt er durch den Flur, griff mal rechts, mal links nach einem Riemen. »Wie soll der Gürtel denn aussehen, den du suchst?« Er sah zu Sarah. »Für dich?«

Sarah hatte den Eindruck, dass er sie von oben nach unten musterte.

»Breit? Schwarz?« Ohne eine Antwort abzuwarten, suchte der Mann in dem von der Wand hängenden Leder und zog einen Gürtel hervor. »Schau, dieser hier.«

Sarah trat keinen Schritt auf den Mann zu, aber das war auch gar nicht nötig, denn er war schnell bei ihr.

»Echtes Leder, Kindchen. Fühle mal.« Er hielt ihr den Gürtel entgegen und sah ihr dabei von oben herab in die Augen, als sei seine Feststellung eine zweideutige. Oder als wolle er etwas ergründen.

Sarah fürchtete, dass er ihr nicht glaubte. Vielleicht hielt er sie für eine Diebin, die sich durch die knarrende Tür verraten hatte. Sie entschied sich, besser die Flucht nach vorn zu ergreifen. »Ich würde mich wirklich gern später entscheiden. Sie wollten den Laden doch gerade schließen …«

»Natürlich«, sagte der Mann und ließ seine Hand sinken. »Selbstverständlich.« Sein Blick bohrte weiter in Sarahs Augen.

Mit einem verlegenen Lächeln griff Sarah hinter sich, tastete nach der Türklinke. Sie wollte sich nicht einfach wegdrehen. Dieser Flur war ihr beinahe unheimlich. Das trübe Licht, welches von der anderen Seite her leuchtete. Die vielen Riemen. Der Geruch. Und dann dieser Mann.

»Eine Frage noch, bevor du gehst.«

Sarah drückte bereits die Türklinke nach unten, zögerte aber. »Ja?«

»Was gefällt dir an einem Ledergürtel am besten?« Der Mann drehte den Riemen in seiner Hand zu einer Schlaufe und legte den Kopf schräg. Hinter seiner Brille forschten blaugraue Augen.

»Der Geruch«, antwortete Sarah und erschrak sogleich über ihre Antwort. Zu spontan. Zu ehrlich.

»Der Geruch. Verstehe.« Der Mann nickte langsam, als würde er darüber nachdenken und dann feststellen, dass die Antwort eine mögliche gewesen sei. »Wir sehen uns morgen, Kindchen. Ich glaube, ich habe da etwas für dich.« Lächelnd entließ er Sarah auf den Hinterhof. Während sie durchatmete und die kalte Luft einsog, hörte sie das Schloss der Holztür hinter sich zweimal schnappen.

Der Geruch. Sarah schüttelte den Kopf und wunderte sich über ihre Antwort. Der Schnitt, die Länge, die Farbe, die Prägung, die Schließe, das Material. Nachvollziehbare Eigenschaften, die man bewundern kann. Aber doch nicht den Geruch. Sarah musste sich eingestehen, dass diese Antwort aus dem Tiefsten ihrer Seele gerutscht war. Aufgewühlt kehrte sie durch die Toreinfahrt auf die Straße zurück, vereinigte sich mit den Mänteln und Regenschirmen und suchte das Weite.

***

Lederwaren Manufaktur,
Inhaber C. B. Conrad.

Heute nähert sich Sarah ein viertes Mal diesem Blechschild. Sie weiß nicht, was mehr Reiz auf sie ausübt: Der Gedanke, dass Überwindung ihr eigenes Geschenk veredeln würde. Oder das seltsame Gefühl, dass in diesem halbdunklen Flur etwas auf sie wartet. Beides kämpft gegen das Unbehagen, sich wieder den seltsamen Fragen und Blicken dieses Mannes auszusetzen, dem sie gestern zwischen den vielen Gürteln begegnet war. Sarah wird sich bewusst, dass sie wohl noch stundenlang die Straße auf und ab gehen wird, solange sie nicht endlich die Toreinfahrt passiert. Dabei ist ihr jetzt schon kalt. Ihre Füße fühlen sich taub an, die Hände hat sie in den Taschen zu Fäusten geschlossen.

Die letzten Meter bis zu dem Schild spürt sie, als würde sie gegen den Strom laufen. Sie vermutet, dass niemand Notiz von ihr nehmen wird, wenn sie die Straße verlässt und auf den Hinterhof zusteuert. Und doch fühlt es sich an, als könnten in genau diesem Moment alle Passanten auf der Stelle verharren und ihr nachsehen. Als wäre es etwas Verruchtes, den Buchstaben eines braunen Blechschildes zu folgen und eine Ledermanufaktur aufzusuchen.

Die Glocke des alten Turms schlägt. Zehn Mal wird sie es tun. Ruhig, mit dunklem Ton.

Sarah hält die Luft an und biegt ab.

Sie durchquert die Toreinfahrt, lässt Mülltonnen und Fahrrad hinter sich. Dann bleibt sie vor der Holztür stehen. Nichts ist passiert. Sie lauscht kurz, aber niemand folgt ihr. Warum auch. Es ist ein dunkler und nasser Vormittag im Dezember, an dem diese Geschichte ihren Anfang nimmt. Mehr nicht.

Kapitel Zwei

Sarah zieht frierend die Holztür hinter sich zu und gibt sich keine Mühe, das Quietschen und Knarren zu vermeiden. Sie will gehört werden.

»Hallo?« Sie ruft halblaut in den Flur hinein. Nichts hat sich verändert. An beiden Seiten des Raumes hängen Gürtel und Riemen in einem halbdunklen Licht. Einen Moment fühlt sie sich wieder vom Geruch nach Leder und Cognac überwältigt, aber sie konzentriert sich. Sie will diesem Mann keine Chance geben, sie wie ein Kindchen zu behandeln. So wie am Vortag. Dieses Mal will sie souverän wirken.

»Komm näher«, tönt die dunkle Stimme von der anderen Seite des Flures. »Komm nur!«

Langsam durchquert Sarah den Flur, der ihr mit jedem Schritt länger erscheint. Er wirkt wie ein Tunnel in eine andere Welt. Als ließe sie gerade die Kälte, die Anonymität und alles, was bis eben um sie war, weit hinter sich. Ihre Schritte klingen leise auf dem alten Parkett, die behangenen Wände des Flures dämpfen jedes Geräusch. Sarah fühlt sich einen Moment eingeengt.

»Wo bleibst du, Kindchen?«

Als Sarah die andere Seite des Flures erreicht, öffnet sich vor ihr ein Raum in der Größe zweier Wohnzimmer. An den Wänden stapeln sich offene Regalfächer bis unter die Decke und in ihnen schwarze Rollen, Päckchen und Kisten. An einer Seite entdeckt Sarah eine Werkbank, die einem alten Holztisch ähnelt, die Arbeitsplatte mit Kimmen überzogen, stehend auf viel zu kräftigen Füßen. Ein kleiner Schraubstock klammert sich an seiner Seite fest, andere Geräte liegen verstreut auf ihm. Maßbänder und Lineale hängen in Griffweite an der Wand. Und es riecht nach Leder.

»Ich dachte schon, du kommst nicht, Kindchen. Setze dich zu mir!«

In der Mitte des Raumes steht ein kleines, schäbiges Sofa, über dessen rote Lehne zur Hälfte eine Decke gehängt ist. Auf der Sitzfläche sind zwei schwarze Kissen mit Fransen drapiert. Ein niedriger Holztisch vor dem Sofa trägt eine schmale Kerze, der nur eine handbreit Zeit bis zum Erlöschen bleiben wird.

»Komm!«

Sarah entdeckt den Mann mit dem weißen Haar in einem Sessel, der auf der anderen Seite des Tisches steht. Groß und wuchtig gepolstert, mit schwarzem Leder bezogen, weder zum Sofa noch zum Tisch passend. Mit einer Lehne, die bis über den Kopf reicht und an deren Seiten das Leder mit einer endlosen Reihe Nieten befestigt ist. Wie ein Thron, denkt Sarah.

»Guten Tag«, sagt sie. »Ich möchte keine Umstände machen. Ich bin nur wegen des Gürtels hier.« Sarah weiß, dass das nicht stimmt. Wenn dem so wäre, hätte sie nicht vier Anläufe benötigt, bis sie in den Hinterhof abbiegen konnte. Irgendetwas anderes hat sie hierher gezogen.

»Natürlich«, sagt der Mann. »Selbstverständlich.«

Sarah erinnert sich, dass er das auch gestern gesagt hat. Als sie den Laden schnell wieder verlassen wollte. Er hatte sie nicht daran gehindert.

Der Mann erhebt sich aus seinem Sessel, stützt sich mit den Armen auf den Lehnen ab. Ein wenig schwerfällig sieht es aus, denkt Sarah. Vielleicht ist er doch viel älter als angenommen? Er zieht sich seine schwarze, seidig glänzende Weste glatt, die er über einem weißen Hemd mit hohem Kragen trägt.

»Du frierst, oder?« Der Mann tritt auf Sarah zu und legt seine rechte Hand an ihren Arm. Sieht an ihr herab. »Und deine Schuhe, um Himmels willen, das Leder ist ganz durchnässt.« Die Vibrationen der tiefen Stimme spürt Sarah sogar über die Hand des Mannes an ihrem Arm.

Sarah bemerkt, dass sie instinktiv einen Schritt zurücktreten will, als der Mann ihr so nahe kommt, aber stattdessen steht sie wie angewurzelt. Sie ist nicht in der Lage, wieder Distanz herzustellen. »Geht schon«, quetscht sie heraus und lächelt verlegen, aber überzeugend klingt es nicht.

»Nein, das geht nicht.« Der Mann spricht langsam und erzeugt die Eindringlichkeit seiner Worte so ganz nebenbei, dass es Sarah schauert. »Weißt du, ich mache uns schnell einen heißen Tee. So viel Zeit hast du.«

»Das ist nett von Ihnen, aber …« Sarah stockt. Es gibt kein Aber. Jedenfalls kein ehrliches. Sie friert tatsächlich, sie hat noch genug Zeit, und wenn sie ehrlich ist, wäre sie über ein heißes Getränk nicht undankbar. Ganz abgesehen davon wollte sie den Laden noch gar nicht verlassen.

»Siehst du«, sagt der Mann, als hätte er ihre Gedanken gelesen. »Kein Aber. Zieh deine Jacke aus und setze dich.« Er nimmt seine Hand von ihrem Arm, lächelt und schiebt sich an ihr vorbei. »Einen kleinen Moment wird es wohl dauern, bis das Wasser kocht.«

Sarah sieht dem Mann hinterher, bis er durch einen kleinen, schwarzen Vorhang zwischen den Regalen aus dem Raum verschwindet. Seine Schritte sind noch kurz zu hören, dann wird es still. Keine tickende Uhr, keine Straßengeräusche, nichts. Fast wie in einem schalldichten Raum, denkt Sarah.

»Na gut«, sagt sie leise und eher zu sich selbst. Sie fühlt sich zwar ein wenig dirigiert, aber sie tröstet sich damit, dass sie jederzeit den Laden verlassen kann. Sie kennt den Weg durch den langen Flur bis zur Holztür. Er ist nicht versperrt. Bedrohlich wirkt nichts in diesem Raum. Sie hat keine Angst. Und sie will doch gar nicht gehen.

Sarah knöpft ihre Jacke auf, streift sie von den Schultern, faltet sie einmal und legt sie sich über den Arm. Sie sinkt in den großen Thronsessel, da sie aus ihm heraus den Vorhang im Blick behalten kann, durch den der Mann verschwunden ist. Auf dem Sofa hätte sie den verhängten Eingang zwischen den Regalen im Rücken gehabt. Sie betrachtet die Lampe, die über dem Holztisch mit der Kerze hängt. Altertümlich geschwungen, der Schirm aus längst nicht mehr weißem Milchglas. Keine dieser modernen Beleuchtungen, sondern tatsächlich noch ein brennender Glühwendel.

Hinter dem Vorhang klappert es metallisch, Wasser fließt. Sarah horcht auf. Schritte des Mannes sind zu hören, ein wenig schlurfend. Tatsächlich, er setzt Wasser auf.

Sarah atmet tief durch und knetet sich die Hände über der gefalteten Jacke, die sie auf ihren Schoß gelegt hat. Die warme Luft in dem Raum tut ihr gut. Der Geruch macht ihn sogar gemütlich, obwohl die Einrichtung eher einem gefüllten Lager gleicht. Sarah überlegt, aus welchem Grund sie neben dem fettigen Geruch des Leders immer wieder einen leichten Cognacduft wahrnimmt. Er stört nicht, im Gegenteil, er verleiht dem Raum eine besondere Note. Ob der Mann sie hinter dem Vorhang hören wird, wenn sie ihn danach fragt?

Der schwarze, hängende Stoff bewegt sich, eine Hand mit Tasse schiebt sich an seiner Seite vorbei und schließlich betritt der Mann den Raum. Er zögert kurz, als er Sarah sieht, und Sarah hat das Gefühl, dass er überrascht oder irritiert ist. Sie richtet aufmerksam den Oberkörper auf. »Kann ich helfen?«

Der Mann kommt zum Tisch, stellt wortlos zwei Tassen ab, schiebt eine an der Kerze vorbei auf die Seite des Sofas, die andere auf die Seite des Sessels. Aus einer Tasche seiner Weste zieht er zwei Teelöffel, platziert sie sehr genau neben den Tassen. Dann richtet er sich auf, mustert Sarah wenige Sekunden und verharrt, als würde er auf etwas warten.

Sarah schaut ihn fragend an. »Danke«, sagt sie schließlich aus ihrer Not heraus, auch wenn die Tassen noch leer sind und sie das Wasser hinter dem Vorhang gerade brodeln hört.

»Danke?«, wiederholt der Mann. Mit einem forschenden Blick sticht er in Sarahs Gedanken. »Danke für was?« Dann weist er mit dem Zeigefinger auf Sarah. »Das da, Kindchen, ist mein Platz.« Er kneift die Augen zusammen. »Nicht deiner.« Unvermittelt wendet er sich ab und verschwindet wieder aus dem Raum.

Sarah ist für einen Augenblick wie versteinert. Sein Platz? Sie erinnert sich, dass der Mann hier gesessen hat, als sie die Werkstatt betrat. Wie auf einem Thron, dachte sie. Tatsächlich. Sie hat sich auf seinem Thron niedergelassen. Woher aber konnte sie ahnen, dass er den Sessel für sich beansprucht? Sarah findet es zunächst unfreundlich, einem Gast seinen Platz streitig zu machen. Nie wäre ihr das in den Sinn gekommen. Erst recht nicht in einem so strengen und fordernden Tonfall. Und schließlich fühlt sie sich neben ihrer Eigenschaft als Gast noch immer als Kundin. Sie beabsichtigt, einen Gürtel zu kaufen. Vielleicht sollte sie doch einfach gehen? Kurz lacht sie empört auf, beißt sich aber schnell auf die Lippen. Dann fällt ihr Blick auf die Teetassen, die sich auf dem dunklen, glatten Holz des Tisches ein wenig spiegeln. Ganz so unfreundlich ist es jedenfalls nicht, einen heißen Tee anzubieten.

Wieder betritt der Mann den Raum, stellt eine Zuckerdose auf den Tisch. Sieht kurz und eindringlich zu Sarah. Verschwindet wieder. Ohne Worte. Hinter dem Vorhang beendet das Wasser sein Brodeln.

Sarah überlegt nicht lange. Der Blick des Mannes hatte sie getroffen. Nicht heftig, nicht schmerzend, aber in ihrer Seele. Genauso hätte er sagen können: »Steh sofort auf und mache meinen Platz frei. Steh sofort auf und begib dich auf den Platz, den ich dir zugewiesen habe.« Sie erhebt sich zügig, wechselt die Seite des Tisches. Bemüht sich, kein Geräusch dabei zu machen und mit der gefalteten Jacke nicht die Tassen und nicht die Zuckerdose zu touchieren. Dann lässt sie sich auf dem alten, roten Sofa nieder. Sinkt in ein Polster, dessen vergangene Jahre man nicht nur sehen, sondern auch fühlen kann. Setzt sich schräg, damit die Knie nicht nach vorn zeigen und die Tischkante berühren. Ihre Jacke legt sie schließlich über eine der Lehnen. Kaum hat sie sich positioniert, hört sie hinter sich Schritte.

Der Mann stellt eine Kanne auf den Tisch, klein, rundbäuchig und mit blassem Blumenmuster. Ohne den Platzwechsel von Sarah zu kommentieren, lässt er sich in seinen Thron fallen und atmet aus, als hätte er Schwerstarbeit verrichtet. Er nimmt die kleine Brille von der Nase und reibt sie an seinem Hemdsärmel. »Oh«, sagt er und sieht zu Sarah herüber. »Wie unhöflich, wir haben uns noch gar nicht vorgestellt.« Dann legt er beide Arme auf die Lehnen und sieht entspannt aus. »Mein Name ist Carl. Carl Conrad. Mir gehört diese Ledermanufaktur.« Mit dem Kopf nickt er seitwärts und meint damit den Raum um sich, der unschwer als solche zu erkennen ist. »Aber das hast du dir sicherlich schon denken können. Und wer bist du, Kindchen?«

Sarah bemerkt einen Hauch Teegeruch. Schwarzer Tee. Nein, Rooibos, glaubt sie. »Sarah«, hört sie sich sagen, noch bevor sie sich Gedanken darüber gemacht hat, ob sie ihren Vornamen oder doch besser nur den Nachnamen nennen soll. Sie bemerkt, dass sie zum zweiten Mal handelt, ohne richtig darüber nachgedacht zu haben. Sie muss sich mehr konzentrieren, nimmt sie sich vor.

»Zieh deine Schuhe aus, Sarah.«

Sie sieht kurz nach unten auf die braunen Stiefeletten, dann wieder zu dem Mann. Fassungslos. Ihr steht der Mund offen. Die Schuhe ausziehen?

»Sie sind nass. Vollgesogen mit Wasser. Du hast kalte Füße.« Ruhig liegen die Arme des Mannes auf den Lehnen, seine Hände sind leicht geöffnet. Keine Regung. »Wenn du also keine Erkältung haben möchtest zu Weihachten …« Der Mann legt den Kopf schräg, schaut eindringlich über den Tisch.

Sarah fühlt ein »Wird es bald?«, obwohl der Mann weder in diesem Tonfall spricht noch in anderer Weise bedrohlich auf sie wirkt. Es ist einfach nur ein Gefühl. Sie beugt sich nach unten, ohne ihn aus den Augen zu lassen, tastet mit den Fingern nach den flachen Absätzen der Stiefeletten, zieht ein wenig an ihnen. Erst rechts, dann links. Während sie das tut, fliegen Blicke über den Tisch. Von ihr zu ihm, von ihm zu ihr. Sarah meint, ein kurzes Aufleuchten zu erkennen, vielleicht Genugtuung, aber es kann ebenso ein Flackern der Kerze auf dem Tisch gewesen sein. Sie schlüpft aus den nassen Schuhen.

»Stell sie drüben auf die Werkbank, dort trocknen sie am besten. Aber nicht zu nah an den Heizkörper.«

Sarah ist sprachlos. Sie hatte erwartet, dass er sich darum bemühen würde, sich erhebt, ihr die Schuhe abnimmt. Stattdessen sitzt er auf seinem Thron und bewegt sich nicht. Sarah findet, dass die Bezeichnung Thron durchaus seine Berechtigung hat. Dass sie viel besser passt als einfach nur »Ledersessel«. Sarah senkt den Blick, betrachtet ihre Socken, die an den Spitzen dunkel verfärbt sind. Tatsächlich nass. So soll sie durch die Werkstatt laufen? In Strümpfen? Sie schaut über den Boden hinweg zu der Werkbank. Das Parkett ist sauber, wenn auch ergraut und stumpf.

»Im Regal daneben liegt Zeitung, stopfe die Schuhe damit aus, bevor du sie zum Trocknen stellst.« Der Mann beugt sich ein wenig vor, als wolle er ein Geheimnis verraten. »Dann geht es schneller, Sarah.«

Sie nickt, erhebt sich, trägt die Stiefeletten hinüber zu der Werkbank. Sarah ist sicher, in ihrem Rücken ein Lächeln zu spüren. Amüsiert? Oder zufrieden? Sie weiß es nicht. Sie weiß nicht einmal, warum sie das überhaupt tut. Ein wenig wütend ist sie. Auf sich selbst. Dass sie sich von ihm belehren lässt, als wüsste sie nicht selbst, wie man Schuhe trocknet. Und dass er ihr so seelenruhig dabei zusieht. Das macht sie sauer.

»Mit Zucker, Kindchen?«

Sarah dreht sich kurz zu ihm. Zucker? Sie sieht, wie er die Kanne in der Hand hält und ihr einschenkt. Eine Hand hält den kleinen runden Deckel, damit er nicht stürzt. »Ich nehme mir schon selbst, danke«, sagt sie knurrig, während sie weiter Zeitungspapier knüllt und es in die Schuhe stopft. Bis hierhin durfte sie auch alles selbst machen, denkt sie, also braucht sie seine Hilfsbereitschaft für den Zucker nun auch nicht mehr.

»Also ohne«, hört sie ihn in ihrem Rücken sagen. Als wäre er enttäuscht. Kurz hält sie mit einem Knäuel Zeitungspapier in der Hand inne. Überlegt, ob er sie nicht richtig verstanden hat. Als sie Schritte hört, sich umdreht und ihn mit der Zuckerdose und der leeren Kanne hinter dem Vorhang verschwinden sieht, weiß sie, dass es nicht so ist. Sie beschließt, es nicht zu hinterfragen.

»Sie haben nicht viele Kunden, oder?«, ruft sie ihm hinterher, schiebt das letzte Knäuel Zeitung in einen Schuh, platziert das Paar auf der Werkbank und begibt sich mit großen Schritten zurück auf das Sofa. Sie greift nach der Tasse an ihrer Tischseite, macht es sich bequem, nimmt die Beine nach oben, schlürft einen ersten Schluck. Rooibos, genau so, wie der Tee von Anfang an gerochen hat. Sarah schließt kurz die Augen und stellt fest, dass sie sich jedenfalls nicht unwohl fühlt. Wann hat sie das je erlebt – eine Duftmischung aus Rooibostee, Cognac und Lederwerkstatt. Fantastisch, denkt sie.

»Nein«, tönt die tiefe Stimme hinter dem Vorhang, »habe ich nicht. Viel zu wenige, wenn man es genau nimmt. Die Geschäfte laufen nicht gut. Heutzutage brauchen die Menschen keine Manufakturen mehr. Sie kaufen lieber billig.« Der Mann kehrt zum Tisch zurück. »Da muss man schon etwas Besonderes herstellen, um noch ausreichend Zulauf zu haben.« Während er sich setzt, sieht er auf die Tasse in Sarahs Hand. »Oh, du hast schon begonnen, Kindchen? Wartet man da nicht?« Er zieht die Augenbrauen nach oben.

Pah, denkt Sarah entrüstet, und beinahe hätte sie es laut gesagt. Wenn hier jemand auf höfliche Umgangsformen hinweisen müsste, dann wäre das ganz klar ihr Part. Wer hatte sie denn in Strümpfen durch die Werkstatt geschickt? »Mir war kalt«, rechtfertigt sie sich, und schon mit dem letzten Wort ärgert sie sich, auf ein deutliches Kontra verzichtet zu haben.

»Weißt du, dass du in dieser Woche bislang die Einzige bist, die sich in meine Werkstatt verirrt hat?«

Sarah lässt ihren Blick durch den Raum schweifen. Sieht das an den Wänden gestapelte Material. Überwiegend schwarz, was einen Teil der dunklen Atmosphäre der Werkstatt verantwortet. Aber in wenigen Fächern der Regale lagern auch weiße, rote und sogar blaue Rollen. »Etwas Besonderes?« Ihr fällt nichts ein, was in dem langen Flur zwischen Tür und Werkstatt ihre Aufmerksamkeit erreicht hätte. Riemen und Gürtel. Kurze, lange. Mit vielen Löchern, mit wenigen. Mal genietet, mal gestanzt. Nichts Außergewöhnliches für eine Ledermanufaktur, findet sie. Abgesehen von dem wundervollen Duft und dem Gefühl der Berührung. Das einzig Besondere an dieser Manufaktur scheint ihr Besitzer zu sein.

»Wie viel Zeit hast du mitgebracht, Sarah?« Der Mann greift zu seiner Teetasse, lehnt sich wieder zurück in seinen Thron.

Sarah überlegt. Es ist noch Vormittag. Sie hat sich nichts mehr vorgenommen heute, müsste sich aber noch etwas zu essen besorgen und sollte nicht zu spät ins Bett gehen. Sie wird den Tag allerdings auf keinen Fall vollständig in einer düsteren Lederwerkstatt verbringen. »Bis die Schuhe trocken sind«, sagt sie diplomatisch.

»Gut«, sagt Herr Conrad. »Dann will ich dir etwas erzählen, Kindchen.« Er umgreift die Tasse mit beiden Händen und lehnt sich zurück. Es scheint, als wolle er es sich für längere Zeit gemütlich machen. »Dafür hast du doch Zeit, oder?«

Sarah nickt. Sie zieht die Füße noch ein wenig zu sich und lehnt sich in die Sofaecke. Hier drinnen ist es allemal bequemer als draußen. Nässe, Kälte, Mäntel und Regenschirme gegen Rooibostee, Cognacduft und Ledergeruch. Ein guter Tausch, findet sie. Jedenfalls für den Moment. Warum also keine Geschichte, bis die Schuhe trocken sind.

Kapitel Drei

»Stell dir einen Tag wie diesen vor«, sagt Herr Conrad zu Sarah, und Sarah nickt.

Kalt war es und so unfreundlich, wie es im Dezember nur sein kann. Es war bereits Abend und draußen fiel Schnee in Strichen durch die Lichtkegel der Straßenlaternen. Auf dem Fußweg eilten die Menschen von der Arbeit nach Hause oder standen frierend an Haltestellen, um auf den nächsten Bus zu warten.

Herr Conrad beugt sich leicht nach vorn und greift zu dem Teelöffel, der vor ihm auf dem Tisch liegt. »Lia«, sagt er und schaut zu Sarah, »ich nenne das Mädchen in meiner Geschichte Lia, ist das in Ordnung?«

Sarah nickt wieder. Sie umgreift mit beiden Händen ihre Tasse und spürt deren Wärme. Als wolle sie sich vor dem kalten Dezembertag schützen.

»Gut. Lia also.«

Lia sah aus einem großen Fenster auf die Straße herab. Sie sah die Striche unter den Laternen, die eilenden Menschen, eine Bushaltestelle. Sie hatte beide Handinnenflächen gegen das Glas des bis zum Boden reichenden Panoramafensters gelegt und fühlte sich, als würde sie über der Stadt schweben. Ihr war angenehm warm. Die Heizung des Hotelzimmers blies kaum hörbar Luft in den Raum, manchmal spürte man sogar einen sanften Hauch auf der Haut.

Herr Conrad senkt den Löffel in die Tasse und rührt.

»Auf der Haut?« Sarah legt den Kopf schräg und lächelt ein wenig. »Durch die Kleidung hindurch?«

»Kindchen«, sagt Herr Conrad beinahe streng, während er den Löffel durch den Tee schwenkt. »Kindchen, halte dich bitte zurück. Wenn du mich ständig unterbrichst, geht der Zauber der Geschichte verloren. Und wenn ich immer wieder neu ansetzen muss, entgleitet mir irgendwann der rote Faden. Lass mich also erzählen.«

»Verzeihung«, sagt Sarah. Kaum hat sie es ausgesprochen, bemerkt sie wieder dieses Funkeln in den Augen des Mannes. Nur ganz kurz. Sie schlürft schnell einen Schluck Rooibostee und schaut dann auf ihre Tasse. Als fühle sie sich tatsächlich schuldig.

Lia lehnte also gegen das große Fenster. Ihre Stirn berührte das Glas. Sie beobachtete das Treiben auf der Straße, entspannt und ruhig. Atmete tief ein und aus. Seit vielen Wochen hatte sie auf diesen Moment gewartet. Hatte ihren Alltag so organisiert, dass er sich ihr nicht entgegen stellen konnte an diesem Abend. Bevor sie hierher kam, hatte sie ein duftendes Bad in Lavendel genommen, sich eingestimmt und vorbereitet auf das, was sie erwartete. Und als sie sich schließlich auf den Weg gemacht hatte, fühlte sie sich bereits in einer sanften und friedlichen Stimmung. Bemerkte tief in sich ein Glühen und wusste, dass es sie an diesem Abend noch vollständig ergreifen würde.

Lia ließ ihr Gesicht weich am Fensterglas entlang gleiten. Die Stirn, die Nase, die Lippen. Als sie das Kinn erreichte, schlug der kleine Ring ihres schmalen Halsbandes mit einem leisen Klacken gegen das Glas.

Sarah hebt ruckartig den Kopf. Als sie zu dem Mann sieht, der ihr gegenüber im Thronsessel sitzt, begegnet sie seinem lauernden Blick. Sie ist unsicher, ob Herr Conrad auf ihre Reaktion gewartet hat. Oder ob er nur testen will, dass sie tatsächlich schweigt und ihn nicht wieder unterbricht. Ein Ring? An einem Halsband? Um den Hals von Lia? Sarah legt all ihre Ungläubigkeit in ihren Blick, transportiert Fragesätze, aber schweigt. Es dauert einige lange Sekunden, bis das Duell endet. Herr Conrad erzählt weiter, als wäre nichts gewesen. Die Fragen fallen zwischen ihnen zu Boden.

»Bist du bereit?«

Lia schloss die Augen. Natürlich war sie bereit. Zu keinem Zeitpunkt in den letzten Wochen war sie mehr bereit gewesen als jetzt. »Ja«, sagte sie leise gegen das Glas.

Hinter Lia erhob sich ein Mann aus einem Stuhl. Von dort aus hatte er seit Minuten zu ihr herübergesehen. Wie sie gegen das Fenster lehnte. Wie ihr Körper einen wundervollen Kontrast zwischen heller Haut und dunklem Himmel hinter der Glasfront zeichnete. Er hatte genussvoll beobachtet, dass sie still wurde, in sich versank, auf ihn wartete. Minutenlang. Jetzt war sie tatsächlich bereit.

Er griff neben sich und hob ein schwarzes Korsett aus Leder an. Schwer fühlte es sich an, so gerollt und mit Schnüren umwickelt, wie er es in der Hand hielt. Und auch kühl. Der Mann lächelte. Es war nach ihren Maßen angefertigt, nur für sie. Kein Korsett von der Stange, sondern in Handarbeit geschnitten und genäht. Etwas Besonderes. Langsam durchquerte er den Raum, erreichte Lia. Stellte sich vorsichtig hinter sie. Ganz dicht. Hörte ihren gegen das Fenster gehauchten Atem. Sah ihr über die Schulter hinweg in die Tiefe. Dort unten waren eilende Menschen, Schneefall und eine Bushaltestelle. Wie in einem anderen Universum. Niemand sah nach oben. Niemand bemerkte die gegen das Fenster gelehnte Frau, die bis auf ein Halsband gänzlich unbekleidet war. Wenn doch, wäre sie unerreichbar gewesen.

Der Mann trat leise einen halben Schritt zurück. Mit ruhiger Hand rollte er das Korsett aus. Löste langsam die Schnüre. Weich fühlte sich das Leder an, aber er wusste, dass es bald nicht mehr so sein würde, wenn er die Schnüre erst wieder angezogen haben würde. Wie eine zweite Haut würde es sich um Lias Körper legen, erst sanft, dann einengend, später Besitzergreifend, sie formend, zunehmend fordernd, ihr die Luft nehmend. In dieser Reihenfolge. Er würde sie schließlich so eingeschnürt haben, dass sie alles geben musste, um zu bestehen. Wie lange sie das schaffen würde, für ihn, wussten sie beide nicht. Aber sie würden es sehen. Dazu waren sie hier.

Als er Lia das Korsett um die Taille legte, sog sie laut und schnell den Atem ein. Als wäre sie erschrocken. Als hätte sie nicht damit gerechnet. Tatsächlich war es aber nicht so. Die erste Berührung. Der Moment, auf den sie so lange gewartet hatte. Ab dem es keine

Umkehr mehr gab. Viele Wochen hatte sie sich diesem Augenblick entgegen gesehnt.

»Alles in Ordnung?«

Sarah sieht erschrocken von ihrer Tasse nach oben. »Ja, sicher …« Sie bemerkt, dass sie bereits jetzt völlig von der Erzählung ergriffen ist.

Herr Conrad hebt überrascht die Augenbrauen. Mehr nicht. Dann setzt er fort.

»Alles in Ordnung?«

»Ja«, sagte Lia leise.

Der Mann nickte, als fühle er sich bestätigt. »So schweigst du ab jetzt.« Eindringlich klang es. »Bis zum Schluss.« Er zog das Korsett an ihr zurecht. Ein wenig nach oben, so dass sich die untere Kante auf die Hüften legte. Ein wenig zur Seite, damit die Hakenleiste eine Linie von Lias Bauchnabel bis unter die Mitte ihrer Brüste zog. Langsam, gewissenhaft. Genießend. »Bis ganz zum Schluss.«

»Ja«, wiederholte Lia. Noch leiser.

Der Mann entfernte sich nicht mehr als einen Schritt von Lias Körper. Betrachtete sie, wie sie da stand. Still und unfertig wartend. Ein ungeschliffener Diamant. Eine ungeschnürte Schönheit. Er legte seine Hände sanft auf ihre Schultern, ließ sie einen Moment dort schwer ruhen. Spürte, wie Lia langsam atmete.

Unten auf der Straße fuhr ein Schneepflug. Seine orangefarbenen Rundumleuchten zeichneten kurzlebige Bilder an umliegende Hauswände und das Glas der Bushaltestelle. Langsam bewegte er sich, als wolle er sich am Bürgersteig entlang tasten. Was er beiseite schob, blieb hinter ihm wulstig wie eine kleine Narbe längs der Straße liegen.

Der Mann ließ seine Hände von den Schultern an Lias Seiten herabgleiten. Fühlte dabei über das Leder des Korsetts. Nahm sie einen Moment in den Arm. Es würde nicht leicht werden für sie.

Er griff die beiden Enden der Schnüre und begann sein Werk. Zog aus der Mitte heraus, was sich locker ziehen ließ. Nicht viel, aber so weit, dass die Schnüre nicht mehr lose lagen. Dann begann er, langsam und gleichmäßig Schlaufen zu ziehen. Von oben her. Von unten her. Zentimeter um Zentimeter raubte er Schnur, entführte sie aus der Mitte der Ösen, begann wieder von vorn.

Lia stand still. Atmete noch immer gleichmäßig. Ließ es geschehen. Sie hatte die Augen geschlossen und war längst in sich versunken, nicht mehr in dieser Welt, in der man sie hätte am Fenster stehen sehen können. Sie erwartete das, was sie geben wollte, und sie war vorbereitet darauf, dass es schwer fallen könnte. Denn sie hatte dieses Korsett noch nie so getragen. Nicht für ihn, nicht geschnürt.

Der Mann hielt inne, behielt aber die Enden der Schnüre in der Hand. Hielt sie auf Zug. Es gab keinen Weg zurück. Er trat näher an Lia, schmiegte sich von hinten an sie. Wartete einen Moment. Lauschte. Verinnerlichte, dass Lia noch ebenso sanft vor ihm stand, wie sie es bislang getan hatte.

Der Schneepflug war verschwunden. An der Haltestelle sammelten sich mehr und mehr Menschen. Hände in den Taschen vergraben, dann und wann einen Schritt vor und wieder zurück tretend. Wartend.

Der Mann hauchte liebevoll einen Kuss auf die Schließe des Halsbandes in Lias Nacken. Er liebte diese Stelle auf ihrer Haut, denn er empfand sie als ihre verwundbarste. Dort, wo er sie immer wieder gefangen nahm. Gefangenen nehmen durfte.

Lia atmete aus. Langsam und gleichmäßig. Ihr Atem war jetzt die einzige hörbare Verbindung zwischen ihr und ihm.

Dann entließ der Mann sie aus seinem Körperkontakt. Er begann von Neuem. Zog kleine Schlaufen, immer wieder, zwängte sie zur Mitte hin, raubte sie dort heraus. Das Leder schloss sich immer enger um Lias Körper, umgriff ihre Taille, forderte Form. Er bemerkte, dass Lia zunehmend ihr Körpergewicht gegen das Fenster lehnen musste, um dem Zug an den Schnüren in ihrem Rücken zu begegnen. Sie stand nicht mehr unbeweglich, denn er bewegte sie mit jedem Zentimeter Schnur, den er den Ösen abzwängte. Jede gezogene Schlaufe zog auch ihren Körper, und immer wieder sank Lia nach einem solchen Ruck wieder nach vorne. Erneut beraubt um einen Teil Umfang. Dafür bereichert um ein Stück Stolz, noch immer hier zu stehen.

Als Lia wieder die Stirn gegen das Fensterglas drückte, hielt er erneut inne. Griff mit einer Faust die Schnüre direkt an den Ösen, damit sie sich nicht zurückziehen konnten. Seitwärts trat er neben Lia, sah in ihr Gesicht.

Lia hatte die Augen geschlossen. Ihre Zähne bissen auf die Unterlippe. Leicht war es längst nicht mehr. Aber sie atmete noch immer gleichmäßig. Leise sog sie durch die Nase Luft ein, soweit es die Enge um sie erlaubte, langsam strömte die Atemluft wieder aus. Der Mann beobachtete es eine Weile, ließ sie nicht aus den Augen. Mit dem Zeigefinger strich er ihr über die Wange, um die Haut warm und trocken zu fühlen.

Lia nickte. So leicht, dass dabei die Haut ihrer Stirn am Glas haften blieb. Dass sich ihr Kopf nur Millimeter bewegte. Er aber sah es.

Er trat wieder hinter sie. Langsam. Wartete noch einen Moment. Und dann zog er richtig. Hakte die Finger in die wenigen Zentimeter Schnur zwischen den Kanten des Korsetts. Drehte die Hand, zog dabei die Schnur über den Zeigefinger, so stark, dass sie sich in seine Haut biss. Ließ keinem Zentimeter eine Chance, durch die Ösen wieder zurückzugleiten. Legte seinen Unterarm auf Lias Rücken, um sie von sich wegzudrücken, während er das Korsett Millimeter für Millimeter schloss.

Lia rutschte mit den Handinnenflächen auf dem Fensterglas ein wenig nach unten, um stabiler stehen zu können. Denn sie wurde Spielball des kräftigen Ziehens und Drückens in ihrem Rücken. Hatte ihren Körper nicht mehr unter Kontrolle. Gleichzeitig mühte sie sich, zu atmen. Immer dann, wenn der Zug kurz nachließ, wenn der Mann in ihrem Rücken die Finger zwischen die Schnüre legte, um dort nachzuziehen. Ihr Atemrhythmus lief im Gleichklang mit Ziehen und Nachfassen. Und doch wurde es mit jedem Zug schwerer.

Der Mann hinter ihr wartete. Lauschte. Nach ihr. »Atme kräftig aus«, sagte er schließlich, und Lia bemerkte, dass seine Stimme belegt war. Lust. Sie ahnte, welchen Anblick ihr geschnürter Körper für ihn bieten musste. Sie wusste aber auch, dass schon der Weg dorthin für ihn erregend war. Beides wollte sie ihm schenken. Sie öffnete daher den Mund und atmete aus, bis sie meinte, keine Luft mehr in den Lungen zu haben. Und sie ballte die Hände zu Fäusten, denn sie wusste, was nun kam.

Mit einem kräftigen Ruck zerrte er an den Schnüren in der Mitte, zog sie so fest an, dass sich das Korsett um ihren Körper legte wie ein fester Panzer. Hörte nicht auf, zog weiter, drückte sein Knie gegen ihren Hintern. Fasste kurz nach und forderte noch mehr. Lia hatte große Mühe, sich auf den Beinen zu halten, aber er hatte sie zwischen sich und dem großen Fenster eingeklemmt.

Ihr verlangte nach Luft und sie öffnete weit den Mund, drehte den Kopf zur Seite, versuchte zu atmen. Aber ihr Körper war fest umschlossen und eingeengt von Leder. Nur einen Hauch sog sie ein, mehr war nicht möglich. Sie riss die Augen auf. Mühte sich, keine Panik zu bekommen, schließlich hatte sie doch gewusst, dass es nicht leicht werden würde. Ihr musste genügen, was sie bekommen konnte, und so versuchte sie es Hauch um Hauch. Beschränkte sich. Für ihn.

Der Mann hielt die Schnüre in ihrem Rücken unnachgiebig. Aber er war wieder an ihrer Seite, beobachtete sie. Verfolgte den schnellen Rhythmus ihres flachen Atems. Entdeckte Schweiß auf ihrer Stirn. Fühlte, dass ihre Wangen nicht mehr ganz so warm waren wie vorhin. Sah ihr in die Augen. Bemerkte, dass sie ihn ebenso ansah. Nicht durch ihn hindurch, sondern mit festem Blick. Das war wichtig.

Lia wusste, dass er nicht aufhören würde, solange er die Schnüre in seiner Hand hielt. Es war noch nicht vorbei. Als sie glaubte, ihre flache Atmung im Griff zu haben, wollte sie ihm auch noch den Rest von ihr schenken. Sie nickte.

Der Mann nickte zurück. Er trat hinter sie, schob sein Knie an ihren Hintern, nahm die Schnüre wieder in beide Hände.

Lia sah, dass unten auf der Straße ein Bus hielt und die an der Haltestelle wartenden Menschen einsammelte. Eine Frau in einem grauen Mantel sah vor dem Einsteigen zu ihr nach oben. Da schloss Lia die Augen und lehnte die Stirn wieder gegen das Glas.

»Atme aus.«

Lia atmete aus.

Es war ein Ruck, der ihrem Körper die letzten Millimeter abzwängte. Die Schnüre im Rücken knarrten, das Knie des Mannes zwängte sie gegen die Glasscheibe und sie hatte das Gefühl, auf jeder Stelle ihrer Haut eine tonnenschwere Last zu ertragen. Sie stöhnte laut auf, nicht vor Schmerz, sondern weil das Korsett ihr die letzte verbleibende Luft aus den Lungen gedrückt hatte.

Lia spürte, wie der Mann hinter ihr die Schnüre verknotete. Endstation. Mehr ging nicht. Mehr wollte er nicht. Kräftige Hände griffen an ihre ledergepanzerte Hüfte, drehten sie herum. Lia lehnte sich kraftlos mit dem Rücken gegen das Fenster. Versuchte, zu atmen. Es gelang ihr kaum. Sie sah ihn an, lächelte. Wusste, wie er sie gerade wahrnahm. Genoss es, so vor ihm zu stehen. Für ihn. Sie spürte das geschlossene Leder um sich, wusste um den festen Knoten in ihrem Rücken und auch, dass sie dieser Enge nicht ohne ihn entkommen konnte. Solange er wollte.

»Du siehst fantastisch aus«, flüsterte er. Wie ein Hauch kam es bei ihr an. »Es passt wie angegossen.«

Sie wollte erst etwas sagen, sich mit ihm freuen, aber es war ihr nicht möglich, genug Luft einzuatmen. Und trotzdem genoss sie dieses Gefühl. Das war es, was auch sie erregte. Sie wusste, dass sie es nicht lang genießen würde können. Zu wenig ließ ihr der Griff um ihren Körper. Aber dieses Mal wollte sie es bis zum letzten Moment durchhalten. Es auskosten. Für ihn. Und auch für sich.

Er trat zu ihr, umarmte sie. Fühlte mit den Händen über ihren Rücken, ihre Taille. Über die Seiten. »Du hast die perfekte Figur dafür, weißt du das?«

Natürlich wusste sie es. Wie oft hatte sie sich früher selbst zu schnüren versucht. Nie war es annähernd so, wie er es jetzt getan hatte. Sie atmete flach. Es wurde immer schwieriger.

»Kannst du noch?«

Lia nickte leicht. Aber es war gelogen. Das wusste sie. Nur noch einen Moment. Dieses Gefühl. Atemberaubend.

Dann wurde es schwarz um sie und sie rutschte in seine Arme und auf den Boden. Fiel wie ein welkes Blatt, aber beschützt. Sie wusste, dass er sie befreien konnte. Und dass er es tun würde. Sie hatte Vertrauen zu ihm. Sonst wäre sie niemals hergekommen.

»Atme wieder«, sagt Herr Conrad leise.

Es ist still in der Werkstatt. Die Kerze auf dem Tisch knistert kurz, als wolle sie darauf aufmerksam machen, dass ihr nicht mehr viel Zeit bleibt. Sarah hält noch immer ihre Tasse mit beiden Händen. Kalt ist ihr aber nicht mehr. Sie sieht vor sich Lia stehen, ihre Silhouette wie eine Sanduhr, in der Mitte bezwungen. Immer wieder sieht sie Lia sanft zu Boden gleiten, als die Erregung alle Luft aufgebraucht hat.

»Atme wieder.«

Sarah schrickt auf. Schaut zu dem Mann auf der anderen Seite des Tisches, der zurückgelehnt in seinem Thron sitzt und sie mit zusammengekniffenen Augen mustert.

»Ist alles in Ordnung, Kindchen?«

Sarah räuspert sich. Nimmt einen Schluck Rooibostee, um Zeit zu gewinnen, und schiebt dann ihre Tasse langsam auf die Tischkante. Ist es in Ordnung, dass sie es sich in Strümpfen auf einem alten Sofa in einer Werkstatt bequem gemacht hat, die sie erst gestern entdeckte? Ist es in Ordnung, dass sie sich von einem alten, fremden Mann mit Nickelbrille einen Tee und eine Geschichte servieren lässt? Dass sie derart beeindruckt beinahe die Welt um sich vergisst? Sarah weiß nicht, ob man das als in Ordnung bezeichnen kann. Plötzlich ist ihr die Geschichte unangenehm, zu intensiv, zu nah. Aufdringlich. Es fühlt sich an, als hätte Herr Conrad sie bewusst gewählt. Erzählt man sich solche Handlungen, wenn man sich nicht näher kennt?

Sarah schwingt ihre Füße auf den Boden und stützt sich mit den Händen am alten Polster des Sofas ab. Das Sofa knarrt dabei ein wenig.

»Oh nein«, meint Herr Conrad und schüttelt langsam den Kopf. »Deine Schuhe sind ganz sicher noch nicht trocken.«

»Vielleicht doch?«, sagt Sarah und erhebt sich. Sie weiß, dass Herr Conrad keine Bemühungen zeigen wird, für sie nachzusehen. Warum auch immer. Sie holt kurz tief Luft, denn beim Aufstehen ist ihr ein wenig schwindlig geworden. Zu schnell, zu hastig. Lia, denkt sie. So muss es sich angefühlt haben, als ihr die Luft ausging. Als das Korsett ein Einatmen verweigerte und plötzlich nichts mehr nachgab. Sarah legt in Gedanken ihre Hände in die Taille. Lässt ihre Handflächen von dort auf die Bauchdecke gleiten, übt ein wenig Druck aus und atmet dagegen an. Plötzlich wird ihr bewusst, was sie tut. Sie schaut erschrocken zu Herrn Conrad. Der lehnt im Polster des Sessels und beobachtet sie mit einem genussvollen Lächeln auf seinem Gesicht. Unverfänglich lächelt Sarah zurück und tut so, als habe sie sich nur recken wollen.

»Schau schon nach«, sagt der alte Mann zufrieden. Mit dem Kopf nickt er in die Richtung der Werkbank. Dort, wo die Stiefeletten stehen.

Sarah geht vorsichtig über das ergraute Parkett. Tritt nur leicht mit dem vorderen Teil des Fußes auf, bis sie an der Werkbank ist. Sie greift sich einen ihrer Schuhe, zieht das geknüllte Zeitungspapier ein wenig heraus. Es ist feucht. Das Wildleder aber auch. Sarah überlegt. Sie könnte behaupten, die Stiefeletten seien innen bereits trocken. Wenn sie gleich hier die Füße in die Schuhe schieben würde, könnte er es kaum prüfen. Würde er das überhaupt? Sie ist nicht sicher.

»Nimm das Papier ganz heraus und knülle neues. Es ist genug da.«

Sarah dreht sich um. Lehnt sich gegen die Werkbank. Ihr ist noch immer ein wenig schwindlig vom schnellen Aufstehen. Sie fühlt sich einen Moment wie Lia, die gegen dieses Gefühl ankämpft. Spinnt den Gedanken weiter, wie sich das Wissen anfühlen muss, dass es noch nicht das Ende ist. Bis zum Schluss, hatte ihr der Mann ins Ohr geflüstert, bis zum Schluss hatte Lia dagegen gekämpft. Und dann?

»Was geschah dann?«, fragt Sarah.

Mit einer langsamen Bewegung dreht sich Herr Conrad in seinem Sessel zu ihr. Sein Hemd und seine Weste verrutschen dabei und werfen eine große Falte, aber das stört ihn nicht. »Dann? Was meinst du, Kindchen?«

»Was geschah, als Lia fiel?« Sarah verschränkt die Arme vor ihrem Körper wie ein trotziges Kind, das nach einem erzählten Märchen auf den Sieg des Guten pocht. »Hat er ihr geholfen?«

Herr Conrad sieht Sarah an, als sei er überrascht. Oder enttäuscht. »Diese Frage habe ich nicht erwartet«, sagt er mit seufzender Stimme. »Überhaupt nicht.« Mit einer Hand greift er in seine linke Seitentasche, wühlt darin gemächlich wie in einer Schatztruhe und zieht aus ihr schließlich einen kleinen Beutel aus braunem Leder sowie eine handgroße, geschwungene Tabakpfeife. Sorgsam legt er die Pfeife auf den Tisch vor sich und öffnet vorsichtig den Beutel.

»Keine Antwort?«, hakt Sarah nach. Sie bemerkt, dass es fordernd klingt, überlegt kurz, ob es vielleicht unangemessen ist, findet es aber nicht beunruhigend.

Herr Conrad entnimmt dem Beutel eine Kugel aus geschnittenem Tabak und prüft sie zwischen Daumen und Zeigefinger auf Feuchtigkeit. Dann schließt er den kleinen Beutel wieder schiebt ihn behutsam in seine Westentasche zurück. »Natürlich, Kindchen. Selbstverständlich hat er ihr geholfen.«

Sarah glaubt, dass es nur eine Redewendung ist. Diese Antwort hört sie von Herrn Conrad nicht zum ersten Mal. »Selbstverständlich?« Sie legt den Kopf schräg. »Wie konnte Lia wissen, dass er das tut?«

Herr Conrad ergreift die auf dem Tisch liegende Pfeife und beginnt, sie zu stopfen. Vorsichtig schiebt er die unterschiedlich lang geschnittenen Tabakfasern in den Pfeifenkopf und drückt sie leicht an. »Vertrauen«, sagt er, während er mit dem Zeigefinger seiner rechten Hand nachstopft. Dabei nickt er bedächtig mit dem Kopf. »Blindes Vertrauen, Kindchen.«

Sarah bläst hörbar Luft aus, als sei ihr die Erklärung zu banal. Sie weiß nicht, wem sie selbst ein so großes Vertrauen entgegen bringen würde. Jedenfalls nicht ohne Unwohlsein.

»Wenn deine Schuhe noch nicht trocken sind«, sagt Herr Conrad, »wüsste ich eine Geschichte dazu.« Er betrachtet ausgiebig den Pfeifenkopf, als wäre es ihm völlig gleich, ob Sarah sofort, im Laufe des Tages oder überhaupt in diesem Jahrhundert antwortet. Dann nimmt er das Mundstück zwischen die Lippen und prüft, ob er richtig gestopft hat.

Sarah überlegt, ob es eine Niederlage ist, wenn sie eingesteht, dass ihre Schuhe nicht trocken sind. Dass sich das Wildleder noch nass und seifig anfühlt. Und dass sie tatsächlich Interesse an einer weiteren Geschichte hat. »Gut«, sagt sie nach einer Weile, stützt sich mit den Händen auf der Werkbank ab und schiebt ihren Hintern auf den Rand der Arbeitsplatte. Ihre Füße schweben wenige Zentimeter über dem Parkett. »Dann noch eine Geschichte.«

Kapitel Vier

»Zieh sie an«, sagte der Mann zu Lia und deutete auf ein paar Schuhe, die sorgfältig vor ihm standen. »Jetzt gleich.«

Lia erschrak. Mit den Augen erfasste sie das, was sie immer als Herausforderung betrachtet hatte: Heels mit einer gefühlten Absatzhöhe deutlich über zehn Zentimetern. Schwarz, sich vorn spitz verjüngend, mit einem breiten Knöchelriemen.

»Und trocken«, ergänzt Sarah süffisant. Mit einem Blick zur Seite erfasst sie ihre Stiefeletten aus Wildleder. Der nasse Streifen zeichnet sich noch deutlich genug ab, eine Grenze, die etwa auf der Hälfte der Höhe zwischen Sohle und Schaft verläuft.

»Ich hatte gesagt, dass du still sein sollst, wenn ich erzähle!« Herr Conrad klingt tatsächlich verärgert. Seine Stimme ist nicht nur tief, sondern auch scharf. »Hast du das schon vergessen?«

Sarah dreht sich überrascht wieder nach vorn. Sie hat es nicht vergessen, nein, sie erinnert sich daran. Aber sie hat es auch nicht ernst genommen. »Entschuldigung«, stammelt sie, erschrocken über die schroffe Reaktion des Mannes im Thronsessel.

Der alte Mann greift in seine Westentasche und hebt aus ihr einen kleinen Stopfer, der mit seinem flachen Holzgriff wie ein Taschenmesser aussieht. »Hole mir Streichhölzer. Sie liegen dort drüben im Regal neben dem Vorhang.« Herr Conrad weist unwirsch mit dem Pfeifenkopf die Richtung.

»Aber ich sollte dafür Schuhe anhaben«, meint Sarah und streckt die Füße nach vorn, während sie mit dem Hintern noch ein wenig zurück auf die Tischplatte rutscht. Außerdem, denkt sie, ist es für den

Mann im Sessel lediglich die halbe Entfernung. Sie selbst würde den kompletten Raum durchqueren müssen. In Strümpfen.

»Du hättest auch still sein sollen«, entgegnet Herr Conrad scharf und sieht Sarah mit einem Blick an, der wie Nadeln sticht. Kurz duellieren sie sich. Ja gegen Nein, Unnachgiebigkeit gegen Trotz, Folgen gegen Verweigern. Auf dem Tisch knistert die Kerze, deren Docht den Kampf mit dem brennenden Paraffin bald verlieren wird. Langsam hebt Herr Conrad seine Hand, ohne den Blick zu lösen. Zentimeter um Zentimeter. Beugt sich nach vorn, als wolle er Sarah noch genauer beobachten. Dann zeigt er wieder mit der abgegriffenen Pfeife auf die andere Seite des Raumes und verharrt. »Jetzt!«

Sarah rutscht langsam von der Tischplatte. Spürt zuerst an den Zehenspitzen den Parkettboden, tritt dann mit dem vorderen Teil des Fußes auf. Verlagert ihr Gewicht. Schließlich senkt sie den Blick. Sie weiß nicht, warum sie sich geschlagen gibt. Vielleicht, weil sie sonst auf den Fortlauf der Geschichte verzichten muss. Möglicherweise aber auch, weil Herr Conrad recht hat. Er hat sie gebeten, zu schweigen. Und sie ist ihm ins Wort gefallen. Es gibt keine Rechtfertigung. Aber Sarah ist unsicher, ob es da nicht noch andere Gründe gibt. Sie durchquert auf Zehenspitzen den Raum, so, wie sie vorhin zum Tisch gegangen ist. Währenddessen vermeidet sie den Blickkontakt mit dem Mann im Sessel. Sie weiß auch so, dass er sie beobachtet. In Augenhöhe findet sie im Regal eine kleine Packung Streichhölzer, abgegriffen, die Reibeflächen mit roten Streifen überzogen. Die Schachtel liegt vor einem Kasten, der bis an den Rand mit Metallteilen gefüllt ist. Ösen könnten es sein, denkt Sarah, und sie erinnert sich an die Schnur im Rücken von Lia. An die Kraft, die diese Frau gehabt haben muss, um die Schnürung zu ertragen. In Kauf zu nehmen. Durchzuhalten. Sich nichts anmerken zu lassen. Bewundernswert, denkt Sarah und beschließt, nicht weniger entschlossen als Lia die Streichhölzer zu dem Mann im Sessel zu tragen. Sie greift die Schachtel und dreht sich auf der Stelle um.

Herr Conrad hält noch immer die Hand erhoben. Als hätte er sich nicht bewegt, während Sarah vom Arbeitstisch zum Regal auf der anderen Seite des Raumes gegangen ist. Der Pfeifenkopf zeigt direkt auf Sarah.

Sie geht zügig, aber nicht eilend auf ihn zu. Als sie die Schachtel in der Hand bewegt, spürt sie am leichten Klappern, dass nur noch wenige Streichhölzer in ihr wohnen. Seitlich neben dem großen Thronsessel bleibt sie stehen, streckt die geöffnete Hand mit der Schachtel aus und hält dem Blick von Herrn Conrad stand. Wartet. Wie in einem Patt begegnen sie sich.

Der Mann im Sessel senkt schließlich die Hand. »Na gut«, sagt er. »Lassen wir das so gelten.«

Sarah lächelt. Selbstbewusst, triumphierend. So schnell lässt sie sich nicht beeindrucken. Warme Finger spürt sie kurz auf ihrer Hand, als Herr Conrad die kleine Schachtel greift. Es ist die erste bewusste Berührung zwischen ihnen, registriert sie. Denn mit Handschlag begrüßt hat er sie nicht, weder gestern, noch heute. Sie dreht sich um und lässt sich von ihren Zehenspitzen auf das Sofa tragen.

»Das sieht gut aus«, hört sie hinter sich eine tiefe Stimme. »So, wie du läufst.«

»Danke«, antwortet Sarah kokett, während sie es sich bequem macht und eines der alten Kissen heranzieht.

Herr Conrad schiebt die Schachtel auf. Seine Finger haben ein wenig Mühe, dem kleinen Päckchen ein einzelnes Streichholz zu entnehmen.

Vielleicht hätte ich ihm helfen sollen, denkt Sarah. Sie stellt sich vor, wie das ausgesehen hätte – sie, die aus dem Regal Streichhölzer holt, neben ihm eines entzündet und es ihm reicht. Fast wie ein Hausmädchen. Nur ein Knicks hätte noch gefehlt. Ein seltsames Gefühl.

»So, wie du läufst, erinnert es mich an die Geschichte, die ich dir erzählen wollte.« Herr Conrad nimmt das Mundstück der Pfeife erneut zwischen seine Lippen, streift ein Holz bis zum Entflammen. Es zischelt kurz, dann schwenkt er die Flamme vorsichtig und langsam über dem Pfeifenkopf. Während er Luft einsaugt und sich auf seinen Backen Kuhlen bilden, bewegt sich seine kleine Brille auf der Nase auf und ab. Schmatzend zieht er noch mehrmals Luft durch das Mundstück, dann steigt feiner Rauch auf. »Kommen wir nun weiter oder redest du wieder dazwischen?«

Sarah lächelt. »Ich höre zu.« Maßregeln lassen will sie sich nicht.

Herr Conrad wedelt mit einer beiläufigen Bewegung dem brennenden Streichholz das Leben aus. Dann platziert er es gemeinsam mit der kleinen Schachtel vor sich auf dem Tisch. Gleich neben der Teetasse. Korrekt nebeneinander ausgerichtet. Beinahe pedantisch.

Sarah beobachtet den alten Mann. In sich versunken nimmt er den Stopfer und drückt den Tabak an, der sich im Pfeifenkopf unter der Hitze des Feuers ein wenig aufgerichtet hat. Seine ruhigen und entspannten Bewegungen erwecken den Eindruck, dass er das Rauchen zelebriert. Sie geduldet sich. Mag ihn nicht noch einmal stören.

Schließlich lehnt sich Herr Conrad zurück. Fährt sich mit der Zunge durch den Mund und schluckt genießerisch. Es riecht nach Cognac.

Lia ließ sich langsam auf den Boden sinken, ohne dabei den Blick des Mannes zu verlassen. Sie achtete darauf, dass ihre Knie nach außen zeigten, während sie saß, so weit es ihr möglich war. Das verlangte er immer so. Er hatte es ihr beigebracht, bis es ihr in Fleisch und Blut übergegangen war. Es geschah sogar, dass sie sich so bewegte, wenn er nicht zugegen war. Und wenn sie nicht nackt war.

Nackt? Sarah sieht ruckartig zu Herrn Conrad. Der lächelt verschmitzt und lehnt sich gemütlich in seinen Sessel zurück. Zieht an seiner Pfeife. Als würde er den Moment genießen. Er ist sicher, dass Sarah nichts sagen wird. Sie sich auch.

Dann griff sie den ersten Schuh, schob ihn über ihren Fuß. Schlüpfte mit der Ferse hinein, bemerkte sofort, wie ihr Fußgelenk gestreckt wurde. Der Mann sah auf sie herab, nickte. Lia löste ihren Blick, bemühte sich darum, auch den anderen Schuh zügig anzuziehen. Mit beiden Händen schloss sie die Riemchen um die Knöchel und gab darauf acht, nicht zu schwanken. Als sie fertig war, verharrte sie in dieser Position.

»Steh wieder auf.«

Lia wartete nur eine einzige Sekunde, da sie erfahren wollte, ob er ihr eine Hand entgegen strecken würde. Er tat es nicht. So mühte sie sich, nach oben zu kommen, ohne dass es ungelenk aussah vor ihm. Sie konnte trotzdem nicht verhindern, ein wenig zu schwanken.

Er beobachtete sie, blieb an ihrer Seite, bis sie ruhig stand. Schließlich trat er hinter sie, legte ihr die Hände auf die Schultern. »Vertraust du mir?«

»Ja«, antwortete Lia. Sofort. Wenn sie kein Vertrauen in ihn hätte, wäre sie nicht hier. So, wie er sie sah, durfte kein anderer Mann sie sehen. Würde sie sich keinem anderen Mann zeigen. Ihr vertrautes Miteinander war eine abgeschlossene Welt, in der sie sich gemeinsam, aber völlig allein befanden. Die er regierte. Nur er.

»Dann beweise es mir.«

Lia fühlte seine Hände an den Seiten ihres Kopfes, sie legten ihre Haare nach hinten, bändigten schwarze, lange Locken über die Schultern. Als er sie aufforderte, die Augen zu schließen, folgte sie sofort. Sie ahnte, was er ihr abverlangen würde. Ein ledernes Band legte sich um ihren Kopf und über die Augen. Ein wenig zog es, als sich Dorn und Öse am Hinterkopf vereinigten.

»Zu fest? Drückt es auf die Augen?«

»Nein.« Lia wusste, dass er unverzügliche Antworten erwartete. Keine langen Sätze, kein Geplapper. Einfach nur eine deutliche, treffende Antwort. Auch das hatte sie vor einiger Zeit erst lernen müssen.

»Hände hinter den Kopf.«

Lia folgte. Berührte mit den Handinnenflächen den Nacken. Verschränkte die Finger ineinander. Instinktiv streckte sie ihren Körper. Sie wusste, welches Bild sie für ihn bot.

»Horch zu, Lia. Es gibt für dich ab jetzt nur zwei Worte für dich. Wenn ich dich darum bitte, zu laufen, wirst du laufen. Ruhig, gleichmäßig. Ohne zu zögern. Wenn ich dir sage, dass du stehen bleiben sollst, wirst du sofort stehen bleiben.«

An seiner Stimme bemerkte Lia, dass er um sie herum schritt. Mal war er rechts, mal links. Sie hielt den Kopf aufrecht und nach vorn gerichtet.

»Hast du das verstanden?«

Lia resümierte. Zwei Kommandos. Laufen, stehen bleiben. Das war nicht schwer zu begreifen. »Ja, das habe ich.« Kurz rief sie sich den Grundriss des Raumes in Erinnerung, in dem sie sich befanden. Beinahe quadratisch, mit Fliesenboden. So groß, dass Geräusche leicht in Schall verfielen. Auf einer Seite standen eine Couch und ein weicher Hocker. Etwas entfernt ein Esstisch mit Stühlen. Eine Anrichte. Ein Schrank. So, wie sie vor ihm stand, hatte sie das alles im Rücken.

Sie spürte zwei Hände an ihrer Hüfte und folgte deren sanftem Druck. Er drehte sie ein wenig. Lia setzte die Füße zweimal nach und hatte Mühe, auf den hohen Schuhen die Balance zu halten. Es fiel ihr schwer, mit den Händen im Nacken den Schwung des eigenen Körpers abzufangen, und es fiel ihr noch schwerer, das mehr als zehn Zentimeter über dem Boden zu tun. Als stünde sie auf einem unsichtbaren Seil.

»Habe Vertrauen«, flüsterte es neben ihr. Ruhig und sanft.

Lia unterließ es, zu nicken oder zu antworten. Es war keine gestellte Frage. Stattdessen konzentrierte sie sich. Couch und Hocker zur linken Hand, Esstisch weiter entfernt rechts. Anrichte voraus. Wenn sie sich richtig orientierte.

»Lauf.« Der Befehl erreichte sie von einem Punkt vor ihr. Höchstens ein Meter, schätzte Lia. Zögernd setzte sie einen Fuß nach vorn. Vorsichtig. Sie wollte nicht an ihn stoßen. Mit einem lauten Pochen stieß der Absatz auf die Fliesen.

»Halt!« Seine Stimme war laut, streng und hallte durch den Raum. »Lia!«

Sie erschrak. Sie war doch nur einen Schritt nach vorn gegangen. Ganz so, wie er es gewollt hatte. Nichts daran konnte falsch gewesen sein. Sie schob die Hände enger zusammen, richtete sich instinktiv mehr auf. Vielleicht gefiel sie ihm nicht?

Die Stimme schlug wieder direkt neben ihrem Ohr ein. Lia erschrak kurz. Biss sich auf die Lippen.

»Kein Vertrauen?«

»Doch, ich habe Vertrauen«, antwortete sie. Wartete. Hielt weiter das Kinn oben, den Kopf nach vorn gerichtet.

»Warum zögerst du dann, wenn ich dich anweise, zu laufen?«

Lia überlegte, ob sie eingestehen sollte, dass sie Sorgen hatte, an ihn zu stoßen. Dass sie nicht sicher war, ob der Weg tatsächlich frei war. Sie stand immerhin auf Schuhen, die sie stürzen ließen, wenn sie nichts sehend auf etwas trat, umknickte oder stolperte.

»Antwort?« Er wurde ungeduldig. Direkt neben ihrem Ohr.

»Entschuldigung«, sagte sie zügig und laut. Blieb bewegungslos stehen. Sie ahnte, dass er abwog, es ihr durchgehen zu lassen oder nicht. Sie hatte an seiner Entscheidung keine Anteile. Darum wartete sie. Er regierte ihre Welt.

»Lauf.« Es war nur ein Flüstern.

Lia holte Luft, mühte sich, einen normalen Schritt zu gehen. Er war zu groß für die Höhe ihrer Absätze, beinahe wäre sie ins Straucheln gekommen. Ihr nächster Schritt war darum kleiner. Couch und Hocker zur linken, Esstisch nicht mehr weit entfernt zur rechten. Anrichte voraus. Vielleicht. Noch einen Schritt. Das Auftreffen der Absätze auf den Fliesen hallte von allen Seiten zurück. Lia klammerte sich an den Gedanken, dass er in der Nähe war. Genauso konnte er aber auch stehen geblieben sein. Couch und Hocker links hinter ihr, Esstisch zur rechten. Anrichte nah. Wo blieb sein Kommando? Ihr nächster Schritt wurde noch kleiner. Lia wusste, dass sie gleich mit der Spitze eines Schuhs in die untermauerte Anrichte einschlagen würde, wenn sie so weiterlief. Es konnte kaum noch ein Meter sein, der sie von diesem Schmerz trennte. Und von einem Sturz. Kein Kommando. Sie wurde unsicher. Ihre Angst zwang sie, die Körperachse ein wenig nach hinten zu verlagern. Ihr nächster Schritt war noch kleiner als alle zuvor. Und langsamer. Gerade, als sie nach ihm rufen wollte, spürte sie zwei Arme, die sich von vorn um ihren Körper legen und sie abfingen.

»Halt.«

Sie tarierte ihr Ungleichgewicht aus, lehnte sich gegen ihn. Spürte seine Wärme auf ihrer nackten Haut. Lia wunderte sich darüber, dass er noch Platz hatte, vor ihr zu stehen. Hatte sie sich so sehr verschätzt?

»Lia.« Er sprach leise, aber langsam und eindringlich. »Du sollst Vertrauen haben.« Seine Hände wanderten zu ihren Schultern, dann hob ein Finger ihr Kinn. Als könne sie ihm in die Augen sehen. »Warum bist du so zögerlich gelaufen?«

Sie musste ihre Antwort nicht lange überlegen. Die Wahrheit war offensichtlich. Er kannte sie auch.»Ich dachte, gegen die Anrichte zu stoßen.« Alles andere hätte er ihr nicht abgekauft.

»Die Anrichte?« Er lachte leise. Nicht hämisch, aber amüsiert. »Die ist hier nicht.«

Lia fühlte sich verführt zu einem Lächeln. Sie hatte sich verschätzt, wie es schien. Oder er hatte sie an der Nase herumgeführt.

»Lia!« Plötzlich klang er streng. »Du sollst nichts überlegen! Leere deinen Kopf! Ich bin derjenige, der jetzt für dich denkt. Ich bin derjenige, der für dich sieht. Ich gebe dir ganz klare Anweisungen. Und ich erwarte, dass du sie befolgst. Nichts weiter. Du bist mein.«

Der Zeigefinger unter ihrem Kinn zwang den Kopf noch ein Stück nach oben. Lia spürte warme Atemluft an ihrer Nasenspitze. Sehr nah musste er sein. Sie schluckte.

»Hast du das jetzt verstanden?«

»Ja, habe ich. Entschuldige bitte.« Lia spürte, wie er sie erreichte. Seine Stimme vibrierte in ihrer Bauchgegend. Sie mühte sich um einen flachen Atem, vermutete sein Gesicht direkt vor ihrem.

Sarah atmet mit. Bemerkt, dass der Cognacgeruch zugenommen hat. Sie schielt zu Herrn Conrad, will ihn weder unterbrechen noch verärgern. Er sitzt zurückgelehnt im Sessel, hat den Kopf angehoben, fixiert einen Punkt irgendwo an der Decke. In seiner Hand hält er die Pfeife, aus der ganz dünner Rauch aufsteigt.

»Meinst du, ich würde dich vor eine Wand laufen lassen?«

»Nein, das würdest du nicht.« Er hatte sie am Haken. Dessen war sich Lia bewusst. Seine Konsequenz, seine Strenge, die ganze Situation. All das ergriff sie.

»Es gibt hier keine Wände mehr für dich«, flüsterte er. Plötzlich wieder sanft. Seine Hände legten sich zurück auf ihre Schultern. Ruhten einen Augenblick schwer und warm, drängten ihr dann eine Bewegung auf. Vielleicht eine Vierteldrehung, jedenfalls keine halbe. »Du bist auf einer weiten Fläche, Lia, auf meinem Grund und Boden, und ich werde bestimmen, wie weit du gehen kannst. Du wirst dich auf mich verlassen müssen, denn es gibt nichts zu bewerten für dich. Ich habe dich in der Hand. Alles, was dir passiert, lenke ich. Was glaubst du, Lia, kannst du mir soweit vertrauen?«

»Ja. Ich vertraue dir.«

»Völlig?«

»Ja, völlig.«

Er wartete eine Sekunde. Als denke er darüber nach. Dann nahm er seine Hände von ihr. »Lauf.«

Lia atmete tief durch. So, wie er sie gedreht hatte, würde sie nicht den gleichen Weg zurück in den Raum laufen. Dessen war sie sich bewusst. Drei, vier Schritte und sie würde die Wand erreichen. Er hatte versprochen, sie zu dirigieren. Er würde es tun. Lia versuchte sichere Schritte, so gut es die hohen Absätze zuließen. Die Fliesen verkündeten jedes Auftreten laut hörbar, von allen Seiten des Raumes wurde es quittiert. Das, was ihr die Schuhe an Konzentration abverlangten, fehlte ihr bei der Orientierung. Tisch irgendwo links. Oder? Noch einen Schritt ging sie. Anrichte vor ihr? Lia wehrte sich gegen das Gefühl, den nächsten Schritt kürzer zu setzen. Gegen die Angst, mit dem Kopf gegen die Wand zu stoßen. Krallte ihre Finger in die unter ihnen liegenden Handrücken, um sich mit dem Schmerz abzulenken.

»Halt!« Neben ihr. Laut. Schallend.

Lia hielt sofort an. Knickte mit dem Fuß um, strauchelte. Im gleichen Augenblick waren zwei Arme um sie, stützten sie, richteten sie wieder auf. Er war tatsächlich bei ihr. Und sie bemerkte stolz, dass sie nicht einmal die Hände aus dem Nacken genommen hatte. Das war Vertrauen, oder? Das war es, was er sehen wollte.

»Du denkst noch immer«, lautete die ernüchternde Bemerkung von ihm. »Du hast noch immer nicht verstanden.«

Lia war enttäuscht. Sie hatte auf ein Lob gehofft.

»Was meinst du, wo du gerade bist?«

Sie überlegte. Vorhin hatte sie geglaubt, nahe der Anrichte zu sein. Er hatte sie dann gedreht, sie war quer durch das Zimmer gegangen. Soweit es ihre Wahrnehmung zu deuten versuchte. Dann müsste sie jetzt kurz vor einer Wand stehen. »Kurz vor der Wand neben dem Hocker.«

»Lia!« Er klang verärgert, unzufrieden, tadelnd. »Falsch! Wo bist du?« Er schob ihr die verschränkten Hände ein wenig nach oben, griff ihr fest in den Nacken. Sie wusste, dass er das auf diese Weise nur tat, wenn er sie ernsthaft ermahnen musste. »Du sollst nicht denken, sagte ich! Wo also bist du?«

Lia erinnerte sich. »Auf einer großen Fläche.« Sie versuchte, dem zwingenden Griff im Nacken ein wenig zu entkommen, indem sie den Kopf leicht nach vorn beugte. »Keine Wände.«

Er griff sofort nach.

»Du siehst für mich.«

»Na endlich«, sagte er. Seine Hand entließ ihren Hals.

Einen Moment war Stille. Lia spürte, dass ihr der Schweiß auf dem Rücken lief. Es fiel ihr zunehmend schwer, auf den hohen Absätzen zu stehen. Aber sie wollte ihn nicht noch mehr enttäuschen.

»Lauf.« Sein Kommando erreichte sie von einem Ort sehr nah neben ihr. Leise, aber nicht überhörbar. In jedem Fall konsequent.

Lia war sicher, dass vor ihr die Wand sein musste. Nur wenige Zentimeter. Er hatte sie eben kurz vor der Mauer zum Stehen gebracht. Gedreht hatte er sie anschließend nicht. Hatte er das vergessen? War das ein Test? Baute er darauf, dass sie ihm nicht vertraute? Was, wenn sie es ausgerechnet jetzt doch tun würde und blind mit dem Kopf vor die Wand schlug?

»Lauf!« Noch deutlicher.

Sie glaubte, die Wand fühlen zu können. Ganz sicher. Eine Abstrahlung gleich welcher Art. Weder vor noch in ihrem Kopf war der Weg frei. Ihr erster Schritt würde sie gegen die Wand führen. Lia versuchte, sich zu überwinden. Unsicher auf Absätzen stehend, die Hände im Nacken mit ungeschütztem Gesicht.

»Lia?« Wartend. Ungeduldig.

Lia kämpfte. Würde sie den ersten Schritt gehen, ohne dabei zu zögern, konnte er sie niemals so schnell anhalten, wie ihr Körper gegen die Wand schlagen würde. Würde sie sich dagegen mit einem vorsichtigen Schritt nach vorn tasten, wäre es nicht das, was er von ihr verlangt hatte. Es war gleich, was sie tat, dachte sie. Sie unternahm noch einen Versuch, doch mehr als eine leichte Bewegung nach vorn gelang ihr nicht. Lia scheiterte. Langsam schüttelte sie den Kopf. Tränen schossen ihr in die Augen und sie war dankbar, dass er sie hinter der Augenmaske nicht sehen konnte. Sie wollte ihm gefallen heute, nicht nur äußerlich, sondern auch in ihren Handlungen. Hatte sich hübsch gemacht, viel vorgenommen, sich gefreut. Und nun stand sie hier und versagte bei einer so billigen, einfachen Aufgabe. Weil sie sich nicht überwinden konnte, einen Schritt zu gehen. Gerade wollte sie in die Hocke sinken, ihm signalisieren, dass sie nicht weiter konnte, als sich seine Hände von vorn unter ihre Arme schoben und sie davon abhielten.

»Lia, nicht so schnell.«

Sie registrierte, dass er vor ihr stand. Er. Keine Mauer. Ihr erster Schritt hätte sie in seine Arme geführt.

»Ich lasse dich niemals gegen ein Hindernis laufen. Hatte ich dir das versprochen?«

»Ja«, quetschte Lia heraus, weil sie ihre Stimme nicht im Griff hatte.

»Habe ich mich daran gehalten?«

»Ja, hast du.« Er hatte Recht. Lia holte tief Luft. Sie musste sich eingestehen, dass er nicht mehr und nicht weniger als einen Schritt zu sich, in seine Arme erwartet hatte.

»Glaubst du, ich würde mich – aus welchen Gründen auch immer – nicht daran halten?«

Lia richtete sich auf. Stand gerade. Nahm den Kopf wieder nach oben. »Nein, das denke ich nicht.« Sie spürte, wie seine Hände zärtlich über ihren nassen Rücken strichen. Sie fühlte sich töricht, dass sie hier so stand, da sie ihm nicht geglaubt hatte. Vertrauen. Nur Vertrauen. Das war es, was er verlangt hatte. Das war es auch, was sie ihm immer entgegen gebracht hatte. Warum also nicht jetzt und hier? Nur, weil ihr Kopf sich nicht von Raumkoordinaten befreien wollte? »Ich möchte weitermachen«, sagte sie, und sie war stolz darauf, dass ihre Stimme dabei fest und überzeugt klang. Sie wiederholte es noch einmal laut. »Ich möchte jetzt bitte weitermachen.« Überhaupt war sie stolz auf sich. Sie würde sich umdrehen lassen und alle Wege gehen, die er ihr vorgab. Den Fliesenboden unter sich zum Dröhnen bringen. Laufen, wenn er es anwies, und zwar so lange, bis er sie anhielt. Keine Sekunde vorher. Er war um sie. Immer.

»Nein«, sagte er mir ruhiger Stimme. »Nicht mehr heute. Ich denke, du hast deine Lektion bereits gelernt.« Er zog eine Hand unter ihren Armen hervor und hob vorsichtig die Augenmaske nach oben.

Lia sah ihm direkt in die Augen. Und keine zehn Zentimeter hinter ihm die Wand.

Herr Conrad saugt noch einmal genüsslich an seiner Pfeife, leise schmatzend. Dann schweigt er. Sarah tut es auch. Die große Turmuhr beginnt zu schlagen, einmal, zweimal. Sarah zählt mit. Nach dem zwölften Schlag verstummt auch die Glocke.

Kapitel Fünf

Ein lautes Knarren unterbricht das Schweigen im Raum. Sarah schrickt auf, denn sie ist in Gedanken bei Lia. Für die es ebenso still gewesen sein muss, während sie die Augenmaske trug und nichts weiter wahrzunehmen hatte als die knappen Anweisungen des Mannes.

»Na sowas«, sagt Herr Conrad, sichtlich ebenso aus Gedanken gerissen wie Sarah. Er bemüht seinen Körper aus der Lehne des Thronsessels, ächzt dabei ein wenig. Als er endlich steht, hält er in der linken Hand die kleine geschwungene Pfeife und zieht sich mit der rechten die Weste glatt. »Kundschaft! Das hätte ich doch fast vergessen!« Er geht um den Sessel herum und bringt dabei beinahe die Flamme der kleinen Kerze auf dem Tisch um ihre letzten Minuten.

Sarah schwingt schnell ihre Füße vom Sofa, streicht sich durch die Haare, setzt sich aufrecht. Sie mag sich nicht vorstellen, welches Bild sie vor anderen Leuten abgäbe, in einem Laden entspannt und in Strümpfen auf dem Sofa liegend.

Herr Conrad nimmt davon keine Notiz. »Ich komme!«, ruft er mit tiefer Stimme dem Flur entgegen. Diesem langen Raum, dessen Wände bis unter die Decke mit Riemen und Gürteln behangen sind. Zügig durchquert er den Raum. Am Eingang zum Flur bleibt er stehen, begrüßt jemanden. Freundlich klingt es.

Sarah hört eine Männerstimme, gedämpft, denn der Flur schluckt Geräusche wie ein Schlund. »Natürlich, selbstverständlich«, hört sie Herrn Conrad sagen. Dann gibt er den Eingang frei. Ihm folgt ein weiterer Mann, wesentlich jünger, gekleidet in einen langen, grauen Mantel. Nass. Draußen scheint es zu regnen. Sarah bemerkt, dass sie völlig in die von Herrn Conrad erzählten Geschichten abgetaucht ist.

An die nasskalte Witterung draußen hat sie gar nicht mehr gedacht. Sie erinnert sich an ihren Eindruck, dass der Flur zwei Welten trennt. Die ihr bekannte dort draußen. Und diese seltsame hier drinnen, die sie noch nicht vollständig ergründet hat.

Der Mann schaut kurz zu Sarah, grüßt flüchtig durch ein Kopfnicken. Des Anstandes wegen. Mehr nicht. Sie sind sich unbekannt.

»Alles wie vereinbart«, sagt Herr Conrad und betont es, als sei er davon selbst überrascht. Er tritt an ein Regal, zieht auf Zehenspitzen stehend eine Rolle nach vorn, die mit Samt umspannt ist. Seltsam sieht es aus, wie er die Pfeife von seinem Körper abhält und mit der anderen Hand im Regal herum tastet. Noch während er tänzelnd und gestreckt vor dem Regal steht, dreht er seinen Kopf nach hinten. »Sarah, du machst mir noch einen Tee.« Dann endlich bekommt er die Rolle richtig zu fassen und lässt sie hinabgleiten. Er schaut mühselig auf einen daran befestigten Zettel. »Titus Braun, richtig«, murmelt er zu sich selbst. »Verzeihung«, ergänzt er laut, »ich muss eben etwas ablegen. Kommen Sie ruhig näher.« Er lächelt den Mann an und bewegt sich durch den Raum auf den Tisch zu.

Sarah sitzt wie versteinert. Glaubt, sich verhört zu haben. Einen Tee? Sie? Hatte er das tatsächlich eben verlangt? So ganz nebenbei?

Herr Conrad erreicht den Tisch, macht mit Hand und Pfeife kurze, wedelnde Bewegungen. »Sarah, Kindchen, los! Einen Tee für mich. Ich brauche den Platz hier.« Er sieht sie dabei nicht einmal an. So als wäre sie ein Gegenstand, den er eben in die Ecke schieben könnte.

Sarah glaubt, die Atmosphäre kippen zu spüren. Alles zerfällt in kalte Einzelteile. Die Gemütlichkeit bricht in Scherben. Der Geruch nach Rooibos, Leder und Cognac wirkt lasch. Sarah fühlt sich aus der Mitte des Raumes gestellt. Dabei ist sie nicht weniger Kunde als der Mann, der den Laden eben betreten hat. Mit welchem Recht behandelt Herr Conrad sie auf einmal wie einen Einrichtungsgegenstand?

»Sarah?«

»Ich möchte einen Gürtel kaufen und dann gehen«, sagt sie kalt. Und fühlt sich auch so. Sie hört diese eigentümliche Verbindung, die sie eben noch beim Erzählen der Geschichten gespürt hat, reißen. Fühlt sich nicht mehr wohl.

Der Mann im nassen Mantel schaut verwundert auf, blickt zwischen ihr und Herrn Conrad hin und her. Dann zieht er die Augenbrauen nach oben und spreizt die Finger seiner Hände ab. Als wolle er andeuten, dass er sich lieber nicht einmischen will.

»Natürlich«, sagt Herr Conrad. »Selbstverständlich, Kindchen. Das erledigen wir gleich im Anschluss. Und nun mach den Tee. Du findest alles, was du brauchst. Los.« Im gleichen Augenblick wendet er sich dem Mann zu. »Sie ist wirklich ein hilfsbereites Mädchen«, sagt er. Dann legt er die mit Samt umhüllte Rolle auf den Tisch, schiebt die Kerze beiseite und beide Tassen zu Sarah. Unmissverständlich. Immer näher an den Rand der Tischplatte.

Sarah schaut zu ihm auf und erhascht einen Blick, der sie an den Moment erinnert, als sie unbedacht in seinem Thron gesessen hatte. Es gibt keinen Spielraum für Diskussionen. Genauso blickt jemand, der ein Vorhängeschloss klickend schließt, es aus der Hand entlässt, den Schlüssel einsteckt und wortlos geht.

Nur noch Millimeter trennen die Tassen von jener Stelle, an der ihr Schwerpunkt über die Tischplatte hinaus gerät. Herr Conrad scheint davon unbeeindruckt.

Mistkerl, denkt Sarah, und dann greift sie zu, bevor die Tassen auf den Boden stürzen. Sie erhebt sich vom Sofa. Verzichtet darauf, auf Zehenspitzen zu gehen. Sie will den Mann im Mantel nicht auch noch auf die fehlenden Schuhe an ihren Füßen hinweisen. Was soll er denken von ihr. Sie schlängelt sich zwischen Sofa und Tischkante und bemerkt, dass Herr Conrad offensichtlich mit dem Öffnen der Rolle wartet.

»Sarah?«

Sie bleibt stehen und dreht sich um. Herr Conrad sieht sie an. Eindringlich. Langsam hebt sich sein Körper um wenige Zentimeter. Senkt sich wieder. Nochmal. Sarah versteht erst, als er seinen Blick auf ihre Füße richtet. Auf die Zehenspitzen. Nichts anderes kann er meinen. Als sie ihre Fersen hebt, lächelt er sie an. Und widmet sich wieder der Rolle auf dem Tisch, als sei nichts gewesen.

Sarah legt den Kopf schräg, kneift die Augen ein wenig zusammen, verbietet sich eine Bemerkung. Nicht vor dem fremden Mann. Nicht jetzt. Sie tippelt beide Tassen haltend bis zu dem schwarzen Vorhang und dreht sich an dessen Seite vorsichtig hindurch.

»Sie wollen es sich ansehen?«, hört Sarah Herrn Conrad leise fragen, dann schwingt der schwere Vorhang hinter ihr zu und trennt die Werkstatt ab.

Sarah bleibt stehen und sieht sich um. Ein großer Raum liegt vor ihr, sicher ebenso riesig wie die Werkstatt. Das Gebäude muss früher eine Halle gewesen sein, denkt Sarah, und vielleicht ist sie lediglich durch die aufgestellten Regale in zwei Hälften getrennt. An einer Seite entdeckt Sarah eine offene Küche, bestückt mit zueinanderpassenden alten Möbeln. Nicht schäbig, sondern stilvoll. Die geschwungenen Wasserhähne, die sich mit kleinen Armen über ein rundes Spülbecken beugen, scheinen aus Messing zu sein. Auf der anderen Seite des Raumes ruht ein Sessel auf einem dicken, weißen Teppich. Gleich neben ihm stehen ein schmaler Tisch und eine Stehlampe. Gemütlich sieht das aus. Einladend. An der Wand zeichnen braune und gelbe Töne eine satte Blumenwiese vor einer untergehenden Sonne. Rembrandt hat so gemalt, denkt Sarah. Auf dem Sofa darunter teilen sich Bücher und Zeitungen das Polster. Die zugehörigen Regale entdeckt Sarah rechter Hand. An sie schließen sich mehrere Schränke, groß, wuchtig und tief. Passend zur Küche auf der anderen Seite.

Sarah sieht sich noch einmal um. Keine einsehbaren Fenster, nur schmale, rechteckige Oberlichter, die sich wie ein Glasband entlang der gesamten Wand unter die Decke quetschen. Ebenso wie die Werkstatt ist der Raum auf Beleuchtung angewiesen. Lediglich seine Größe bewahrt ihn vor einem bedrückenden Gefühl.

Hinter dem Vorhang unterhalten sich die beiden Männer. So leise, dass Sarah ihre Stimmen nur gedämpft wahrnehmen kann. Während sie angestrengt lauscht, bemerkt sie, dass sie noch immer auf Zehenspitzen steht. Der Boden ist ebenso mit Parkett überzogen wie die Werkstatt, aber weniger grau, weniger abgenutzt, weniger leblos. Trotz der matten Beleuchtung des Raumes glänzt er leicht und wechselt alle handbreit die braune Färbung zwischen dunkel und hell. Sarah sinkt auf die Fersen. Sie mag es nicht, dauerhaft auf Zehenspitzen zu stehen. Ganz gleich, ob der Hinweis darauf eine freundlich gemeinte Geste von Herrn Conrad war oder nicht.

Mit den Tassen in der Hand begibt sich Sarah zur offenen Küche, stellt sie auf der großen Anrichte ab. Direkt neben dem Spülbecken findet sie einen Wasserkocher, der noch zur Hälfte gefüllt ist. Sie schiebt ihn ein wenig zur Seite und drückt den kleinen Schalter. Auch den Tee muss sie nicht lange suchen, denn Herr Conrad hat ihn offensichtlich ebenfalls auf der Anrichte stehen lassen. Sie nimmt kurz die kleine Packung in die Hand, öffnet die Lasche aus Pappe und riecht daran. Rooibos. Mit einem zarten Vanilleduft. Zwanzig Beutel, von denen einige bereits fehlen. Sarah mag Tee lieber wenn er lose ist.

Sie lehnt sich gegen den Schrank, schiebt die Hände in die Hosentaschen und wartet. Sie fragt sich, ob Herr Conrad in diesen Räumen wohnt. Drüben die Werkstatt, hier der Wohnbereich. Trotz der Größe der Räume sehr beschränkt, recht düster. Einsam. Sarah stellt sich Herrn Conrad als Einzelgänger vor, wenige oder keine Freunde, der nur selten seine Wohnung verlässt. Vielleicht sitzt er jeden Abend im Sessel unter der Stehlampe oder in seinem Thron in der Werkstatt und liest. Schiebt sich die kleine Brille zurecht, fährt sich durch die weißen Haare. Sarah entdeckt hinter dem Sessel in Augenhöhe einen kleinen Bilderrahmen, in dem etwas befestigt zu sein scheint. Vorsichtig schaut sie zum Vorhang, vergewissert sich. Sie hört die Männer noch immer miteinander sprechen. So geht sie zügig durch den Raum, legt ein Knie auf die Sitzfläche des Sessels, stützt den Oberkörper auf die Lehne und betrachtet das, was sie von der Küche aus sah. Der Rahmen ist nicht länger als ihr Unterarm, schlicht und aus dunklem Holz. In ihm sind wenige kleine Fotos befestigt, in vergilbten Farben, die schwarz-weiß besser ausgesehen hätten. Sarah kann keine Ordnung erkennen, auf einem Bild entdeckt sie eine leere Bank vor einer weiten Landschaft mit Leuchtturm, auf einem anderen das ernste Gesicht einer Frau. Über die Fotos hinweg hängt ein kurzer, schwarzer Lederriemen, dessen Schließe über den dreieckigen Halter des Rahmens geschoben ist. Sarah betrachtet ihn irritiert und stellt fest, dass er nicht unbenutzt ist, denn das oberste Loch ist leicht erweitert und über ihm verläuft eine Druckstelle quer über das Leder. Eine Hommage an den Beruf? Als ob die vielen Gürtel im Flur nicht reichen würden, denkt Sarah.

Das Wasser im Kocher macht mit einem zunehmend lauten Rauschen auf sich aufmerksam. Sarah verlässt schnell den Sessel und begibt sich zurück zur Anrichte. Sie spült kurz beide Tassen unter fließendem Wasser aus, dreht sie um, lässt Tropfen ablaufen. Dann nimmt sie einen Teebeutel aus der Packung, stellt ihn in eine der Tassen, legt den Faden vorsichtig über den Rand. Sie überlegt. Ob es Herrn Conrad recht ist, wenn sie sich selbst ebenfalls einen zweiten Tee zubereitet? Sollte sie allerdings auf ihre Ankündigung bestehen, sofort einen Gürtel zu kaufen und anschließend den Laden zu verlassen, bliebe keine Zeit mehr dafür. Genauso wenig für eine weitere Geschichte. Sarah gesteht sich ein, dass sie neugierig geworden ist. Der Mann mit dem weißen Haar übt eine seltsame Anziehungskraft auf sie aus. Nicht nur seine Erzählungen, die er so spannend und überraschend vorbehaltlos aus seinem Sessel heraus erzählt. Sondern auch seine Art. Seine unmissverständlichen Worte und Gesten, die keinen Zweifel lassen an dem, was er sagen will und was er erwartet. Sarah überlegt, ob ein Teil der Faszination an seinen Geschichten vielleicht daher rührt, dass seine eigene Persönlichkeit so wunderbar zu ihnen passt. Dass sie aus seinem Mund so authentisch klingen, als hätte er sie tatsächlich selbst erlebt. So glaubhaft wie der heimgekehrte Soldat, der vom Krieg erzählt. Wie ein gealterter Sportler, der Bilder vergangener Erfolge aufleben lässt. Wie die alte Frau im Kreis ihrer Enkel, die aus ihrer Jugend erzählt. Sarah weiß, dass sie noch ausreichend Zeit hat, sich erneut auf dem Sofa niederzulassen. Es ist gerade Mittag. Und sie denkt, dass sich Herr Conrad darüber freuen könnte. Vielleicht ist sie seine einzige ernst zu nehmende Abwechslung seit Tagen. Kurz entschlossen ergreift sie einen zweiten Teebeutel und stellt ihn in ihre Tasse.

Sarah hebt den Wasserkocher von seinem Fuß und füllt vorsichtig die Tassen auf. Schnell wird es wieder leise im Raum. In der Werkstatt unterhalten sich die beiden Männer noch immer, aber sie sind zu leise, als dass Sarah ihre Worte verstehen könnte. Sie möchte das auch gar nicht. Es geht sie nichts an. Sarah vermutet, dass Herr Conrad dem Mann etwas Besonderes angefertigt hat, vielleicht hat es lang gedauert, war aufwendig oder ist aus teurem Material beschaffen. Vielleicht auf Maß. Sie denkt unwillkürlich an Lia. Wie sie am Fenster steht, die Hände gegen die Glasscheibe gestützt. Gleichsam geschnürt und gefangen in einem Korsett. Aus Leder und nach ihr abgenommenen Maßen gefertigt. Sicher hatte Herr Conrad die Geschichte aus genau diesem Grund erzählt. Vielleicht, überlegt Lia, fertigt er selbst solche Korsetts an? Sie erinnert sich nicht, in den vielen Regalen der Werkstatt Kleidungsstücke wahrgenommen zu haben. Aber sie entsinnt sich der Kiste, die sie gesehen hatte, als sie die Streichhölzer geholt hatte. Gefüllt mit ringähnlichen Metallteilen. Ösen? Sarah überlegt, wie sie selbst aussehen würde, wie es sich anfühlen würde, so wie Lia am Fenster zu stehen. Bewundert von allen, die von unten zu ihr heraufschauen. Die nicht den Mann in ihrem Rücken sehen, der sie beherrscht, der darüber entscheidet, wie lange und auf welche Weise sie zu sehen sein wird. Sarah zieht ein wenig den Bauch ein, sieht an sich herab. Atmet bewusst aus, legt die Hände in die Taille. Übt ein wenig Druck aus. Sie findet den Gedanken reizvoll, jedenfalls aus der Ferne, unbeteiligt und ohne die Gefahr, plötzlich einer Realität zu begegnen. Auch das, denkt sie, ist eine der faszinierenden Seiten an den erzählten Geschichten. Sie fühlen sich gut an, kribbeln in der Magengegend wie aufgeregte Schmetterlinge. Aber sie sind Fiktion. Ungefährlich. Ein Feuer, das wärmt, aber nichts anbrennen kann.

»Die Kerze ist erloschen«, ruft Herr Conrad von der anderen Seite des Vorhangs laut und deutlich. »Sarah!«

Sarah schrickt aus ihren Gedanken. Nimmt schnell die Hände von der Taille. Weiß nicht, wie lange sie hier gestanden und sich dem Nachleuchten der Geschichten hingegeben hat. Sie hebt die Teebeutel aus den Tassen, schwenkt sie an ihrem Faden in das Spülbecken. Es duftet wunderbar nach Rooibos.

»Sarah?«

»Ich komme«, ruft sie und stellt fest, dass sie eine belegte Stimme hat. Sie räuspert sich. Mit den Händen greift sie beide Tassen, balanciert sie vorsichtig bis zum schwarzen Vorhang. Kurz hält sie dort inne. Lächelt verschmitzt. Und dann hebt sie sich, noch bevor sie sich am Stoff des Vorhangs vorbei schiebt, auf ihre Zehenspitzen und betritt die Werkstatt.

Kapitel Sechs

»Einen zweiten Tee?« Herr Conrad sitzt in seinem Thronsessel und beobachtet Sarah, die beide Tassen auf dem Tisch abstellt. »Für wen?« Er blickt sich um, als könnte aus den vielen Regalen an den Wänden plötzlich Besuch hervortreten. Tatsächlich aber ist der Raum leer. Der Mann mit dem nassen Mantel scheint gegangen zu sein, während Sarah gedankenverloren den Geschichten nachhing und sich einen Moment wie Lia fühlte. Selbst die geschwungene Pfeife von Herrn Conrad liegt auf dem Tisch, sorgfältig im rechten Winkel zur Kante, die Packung mit den Streichhölzern und der Stopfer neben ihr.

Noch bevor Sarah antworten kann, erhebt sich Herr Conrad aus seinem Sessel. Stützt sich an der großen Lehne ab. »Warte, Kindchen, ich will dir etwas geben.« Er lächelt kurz geschäftig und setzt sich in Bewegung. Durchquert mit den Schuhen schlurfend gemächlich den Raum, die Hände auf dem Rücken verschränkt. Wie ein Spaziergänger sieht er aus, denkt Sarah, während der Mann im Flur verschwindet. Sie ist sich zunehmend sicher, dass er hier wohnt. In dieser Werkstatt und in dem großen Zimmer hinter dem Vorhang. Er ist Teil dieser Räume, gehört zu ihnen und wird sie nie für längere Zeit verlassen. Das alles hier ist sein Leben. Mehr hat er nicht. Aber auch nicht weniger. Und fühlt sich wohl. Vielleicht mag er ja die andere Welt, die der Flur abtrennt, nicht sonderlich.

Die Schritte von Herrn Conrad werden erst leiser, dann kurz unregelmäßig. Sarah steht unschlüssig neben dem Tisch und weiß nicht, wie sie sich verhalten soll. Nach kurzem Überlegen entscheidet sie sich dafür, der Anweisung von Herrn Conrad Folge zu leisten. Und zu warten. Wohin sollte sie auch gehen.

Als der alte Mann zurückkommt, hält er etwas in der Hand. Er tritt an den Tisch, schaut zu Sarah. »Hier, der Gürtel.« Dann legt er ihn der Länge nach auf die Tischplatte, schiebt sich daran vorbei und lässt sich laut ausatmend erneut in seinem Sessel nieder.

Sarah ist irritiert. »Was meinen Sie?« Unsicher schaut sie neben der anderen Seite des Tisches stehend auf Herrn Conrad herab.

»Du wolltest einen Gürtel kaufen und anschließend gehen, oder?« Der weißhaarige Mann schiebt mit dem Zeigefinger seine kleine Brille ein Stück auf die Nase zurück. »Das hier ist jedenfalls der Gürtel, den du gestern in der Hand hattest.« Er weist auf den Tisch. »Oder besser gesagt der, den du dir um das Handgelenk gewickelt hattest. Richtig?«

Sarah betrachtet den auf dem Tisch liegenden Riemen. Schwarzes, stabiles Leder. Sorgfältig genäht mit einem roten Faden. Zweireihig gestanzte Lochreihen. Tatsächlich. Sie erinnert sich, wie sie den Gürtel versehentlich berührt hat, als sie gestern den Laden zum ersten Mal betrat. Dass sie ihn in die Hand genommen hat. Und, ja, auch daran, dass sie ihn um ihr Handgelenk gelegt hat. Aus einer Erinnerung heraus. Es ist ihr ein Rätsel, wie Herr Conrad genau diesen Gürtel in dem bis unter die Decke behangenen Flur finden konnte. Er muss es sich bereits gestern eingeprägt haben.

»Ich schenke ihn dir«, sagt Herr Conrad. Er lächelt ihr zu, aber es fühlt sich nicht an wie von Herzen kommend. Es schmeckt nach einem bitteren »Hier hast du endlich, was du wolltest.«

»Warum?«, fragt Sarah erstaunt. »Ich kann ihn bezahlen, das wäre in Ordnung ...«

Der alte Mann unterbricht sie. »Du hast mir zwei Stunden Gesellschaft geleistet heute. Ich habe das genossen. Beinahe hätte ich es verlernt, wie es sich anfühlt, wenn mir jemand wie du gegenüber sitzt. Weißt du, in Hinterhöfe verirren sich nicht zu viele Menschen. Schon gar nicht besondere. Nimm ihn als ernst gemeinten Dank. Und nun geh.«

Sarah steht einen Moment schweigend neben dem Tisch. Fühlt ihre Pläne torpediert. Sie wollte noch diese Tasse Tee trinken und hatte heimlich darauf gehofft, dem Mann noch eine Geschichte zu entlocken. Sie war doch gar nicht in Eile. »Meine Schuhe werden noch nicht trocken sein«, wirft sie ein und blickt zu der Werkbank, als wäre die ihre Rettung.

»Ach«, sagt Herr Conrad. Mehr nicht. Eine Mischung aus Desinteresse und gespielter Ungläubigkeit. Dann streicht er sich ungerührt die Weste über dem Hemd glatt.

»Vielleicht kann ich vorher noch die Tasse Tee austrinken?« Sarah spricht leise und zieht ein wenig den Kopf ein, als wäre es eine ungebührliche Frage. Sie gesteht sich ein, dass es sie überhaupt nicht in diese andere Welt hinter dem Flur zieht, in der es nass und kalt ist und in der sie sich von unbekannten Menschen über den Gehweg nach Hause schieben lassen müsste. Die Atmosphäre in der Manufaktur war eine viel intensivere, angenehmere. So dicht mit all den Geschichten. So würzig.

»Du hast gesagt, dass du einen Gürtel kaufen und dann gehen willst.« Herr Conrad scheint von all dem unbeeindruckt. »Gebe ich das richtig wieder?«

Sarah erinnert sich an die Worte, die sie gebraucht hatte, als er so schroff mit ihr umgegangen war. Vielleicht war es Trotz, vielleicht Wut oder Enttäuschung, dass er sie so unvermittelt aus der gemütlichen Mitte des Raumes verbannt hatte. »Ja, das stimmt. Aber …«

»Nichts aber.« Herr Conrad fällt ihr ins Wort. »Komm her zu mir.« Er klopft mit der flachen Hand leicht auf die linke Armlehne des Sessels. Als wolle er einen Platz weisen.

Sarah tritt neben den Sessel. Es sind nur zwei Schritte, die sie gehen muss. Sie tut es auf Zehenspitzen. »Ja?« Von oben schaut sie auf den weißhaarigen Mann herab.

»Ich werde dir doch noch eine Geschichte erzählen, Kindchen«, sagt Herr Conrad. »Wirst du mir zuhören?«

Sarah atmet auf. »Gerne«, sagt sie sofort, und es ist ehrlich gemeint. Diese Wende bedeutet Aufschub. Sie darf noch bleiben in diesem wunderbaren Universum. Ein wenig. Neben ihm.

Herr Conrad verschränkt die Hände über seiner Weste und lehnt sich zurück.

Lia rutschte ungeduldig auf ihrem Hintern hin und her. Das Holz der schlichten Bank unter ihr fühlte sich rau an, alt, ungleichmäßig und in keiner Weise bequem. Nicht mehr als ein wenig bearbeiteter, längs gespaltener Baumstamm. Eine Lehne gab es nicht. Und trotzdem saß Bruno seelenruhig neben ihr, als habe er den bequemsten Platz der Welt gefunden.

»Bruno?«, fragt Sarah überrascht und beißt sich sofort auf die Unterlippe. Sie soll Herrn Conrad nicht unterbrechen, wenn er erzählt. »Entschuldigung«, gibt sie deswegen klein bei.

»Einwände gegen den Namen?« Herr Conrad schaut forschend aus seinem Sessel nach oben zu Sarah, kneift die Augen zusammen.

»Nein«, sagt Sarah. »Keine.«

Bruno hat sie hierher geführt, an den Rand des Waldes. Am späten Nachmittag, als die Sonne tief zu sinken begann, fühlte sich das Holz noch warm an und der Wald atmete harzigen Duft zu ihnen herüber. Mittlerweile war es frischer geworden. Der Horizont hatte längst den Feuerball verschluckt und aus dem Wald heraus strömte Luft, die nach altem Holz roch.

»Wollen wir nicht gehen?«, fragte Lia und lehnte sich ein wenig an Bruno. Denn sie fühlte sich nicht wohl mit dem zunehmend dunklen Wald im Rücken. Das von hohen und kahlen Stämmen getragene schwarze Dach flößte ihr Angst ein.

»Nein«, sagte Bruno. »Wenn wir noch eine Weile warten, wirst du die Sterne sehen können. Von hier aus hat man einen fantastischen Blick.«

Lia rückte wieder ab von ihm. Sie wollte keine Sterne sehen. Und sie wollte auch keine Weile mehr warten. Sie hatten diesen Abend nur für sich und für alle Dinge der Welt, die man zu zweit machen kann. Das waren deutlich mehr als auf einer ungemütlichen Holzbank am Waldrand zu sitzen und in den Himmel zu starren. Es gab nicht viele Gelegenheiten zwischen ihnen, denn sie wohnten weit voneinander entfernt, der Berufe wegen. Bruno war viel unterwegs und wenn er dann tatsächlich einmal Zeit hatte, befand er sich oft an einem ganz anderen Ort der Welt als Lia. So lebten sie von Gelegenheit zu Gelegenheit. Aber vielleicht war es genau das, was ihre Verbindung so besonders machte. So intensiv. Ihre Begegnungen waren immer krönende Abschlüsse langer Trennungen und Entbehrungen.

Das passte so gar nicht zu rauen Holzbänken. Und auch nicht zu dem, was sich Lia von dem Abend erwartet hatte. Sie schob ihre rechte Hand auf seinen Oberschenkel, sah zu ihm herüber. Wartete. Strich mit der Hand ein wenig auf und ab. Nichts passierte. Bruno saß entspannt neben ihr, seine Arme an der hinteren Kante der Sitzfläche abgestützt, den Kopf leicht gehoben. Als nehme er sie nicht wahr.

»Bruno?«

Er lächelte. Bewegte sich aber nicht. »Ja?«

»Ich mag keine Sterne.«

Brunos Lächeln blieb, wo es war. Lia glaubte, dass es sich sogar noch ein wenig ausbreitete auf seinem Gesicht, welches sie in der zunehmenden Dämmerung neben ihr wusste. Sie betrachtete sein kantiges Kinn, die sich leicht abzeichnenden Wangenknochen. Sein kurz geschnittenes und trotzdem volles, struppiges Haar. Entschlossen sah er aus, so wie immer. Das mochte sie an ihm. Seine geraden und klaren Wege, ohne Kompromisse, was sie betraf. Sie hatte es nie bereut, sich ihm anzuvertrauen.

»Du magst Sterne, Lia. Du hast mir das schon erzählt.« Brunos tiefe Stimme klang sanft wie ein schlafender Bär.

Lia wusste um die ruhende Gefährlichkeit. »Aber jetzt mag ich sie nicht«, entgegnete sie trotzdem und zog einen Schmollmund. Sie schob ihre Hand an seinem Oberschenkel herauf. Über den Stoff seiner verwaschenen Jeans hinweg. Vorsichtig, um seine Reaktion abzuwarten. Das hatte sie gelernt in den letzten Jahren. So viele kleine Gefühlsregungen konnte sie an ihm ausmachen, Wetterumschwünge erkennen und sich sofort darauf einstellen. Es war eine der Weisen, wie sie um ihn war und sein wollte. Wie sie sich stets nach seinen Luftströmungen einzustellen wusste.

»Lia!« Mit scharfer Stimme sorgte er dafür, dass ihre Hand ihn sofort verließ. »Ich möchte mit dir den Sternenhimmel ansehen. Wir bleiben hier sitzen.«

Lia spürte Enttäuschung. Direkt in ihrer Magengrube sammelte sie sich, drückte unangenehm. Wurde zu Frust. Zwei Wochen hatte sie auf diesen Abend gewartet. Sie hatte nicht nur ihre Wohnung, sondern vor allem auch sich selbst in einen Zustand versetzt, den man nicht deutlicher als Bereitschaft verstehen konnte. Auf dem Fußboden warteten kleine Kerzen auf die ersten Funken, standen zwei Weingläser, Kissen waren verteilt. Sie hatte den Raum gut beheizt und Platz geschaffen für alles, was er mit ihr vorhaben könnte. Sie hatte gebadet, natürlich in Lavendel, und dafür gesorgt, dass ihre Haut weich und glatt war. Besonders an den Stellen, auf die er immer achtete. Nun saßen sie hier auf einer Bank, unbequem, wartend, während ihre Zeit unwiederbringlich wie ein Rinnsal davonfloss. Morgen früh musste er die Stadt wieder verlassen. Sollten Erinnerungen an einen Sternenhimmel und an eine raue Holzbank dann alles sein, was ihr blieb?

»Grandios«, sagte sie gedankenverloren und enttäuscht zu sich selbst. Zwar leise, aber er hatte es gehört. Natürlich.

»Lia?« Sein Kopf drehte sich langsam zu ihr. Zwei Augen mit großen Pupillen begegneten ihrem Blick. »Was ist mit dir?«

»Soll ich gehen und eine Decke holen?« Trotz. Aus dem Bauch heraus.

Bruno sprach ernst. »Nein, wir brauchen keine Decke.«

»Wie lange gedenkt der Herr hier noch zu sitzen?« Lia bemerkte selbst, dass ihre schnippische Frage unangemessen war. Überzogen. Aber kam es jetzt noch darauf an? Die Kerzen waren ohnehin umsonst aufgestellt.

Bruno schwieg und sah sie entgeistert an. Sein Lächeln war verschwunden.

Lia hatte damit gerechnet. Sie machte sich instinktiv kleiner. Zurücknehmen wollte sie das Gesagte nicht. Höchstens ein wenig abschwächen. »Wenn wir hier noch lange herumsitzen, wird es mir zu kalt.« Sie verfluchte den drückenden Klumpen in ihrem Magen, der aus einem Konglomerat Wut und Frust bestand und dafür sorgte, dass kein Satz mehr liebevoll klang.

Herr Conrad beugt sich nach vorn. Er zieht die beiden Tassen, die Sarah auf dem Tisch abgestellt hat, langsam zu sich heran. Mit einem gleichmäßigen Geräusch gleiten sie über das Holz der Tischplatte. In der Mitte angekommen legt Herr Conrad den Gürtel beiseite. Dann hebt er seinen Kopf und schaut kurz zu Sarah. »Kindchen, willst du die ganze Zeit neben mir stehen?« Er positioniert eine Tasse direkt vor sich, die andere schiebt er in Richtung der Ecke, an der Sarah steht. »Setze dich neben mich. Ich mag das nicht, wenn du auf mich herabsiehst. Das macht mich«, er überlegt kurz, »nervös. Mach es dir bequem, der Boden ist sauber.«

Sarah überlegt kurz, ob sie sich nicht lieber auf das Sofa setzen sollte. Es wird bequemer sein als der Boden neben dem Sessel. Aber sie will Herrn Conrad jetzt nicht unterbrechen. Will nicht mit Rückfragen den Fortgang der Geschichte aufhalten. Sie lässt sich direkt neben dem Sessel nieder und achtet darauf, dass sie den weißhaarigen Mann noch über die Armlehne sehen kann. Ein wenig rutscht sie mit dem Hintern hin und her, denn ganz so bequem ist der Boden doch nicht, aber schließlich umarmt sie mit den Händen ihre Knie und verhält sich still.

»Ich warte auf den Sternenhimmel, Lia.« Bruno klang eindringlich, als sei es eine Warnung. Als wolle er ihr sagen, dass er nicht mit sich handeln und sich auch nicht abbringen lasse. Was sie wissen musste. Er ließ sie dabei nicht aus den Augen. »Jetzt ist es noch zu früh dafür.« Lia schnaubte. Sie sah sich bereits Arm in Arm mit ihm nach Hause gehen, irgendwann später, müde geworden vom langatmigen Blick in den Himmel, frierend, zerfressen von Enttäuschung. Später einschlafend auf dem Fußboden. Wie sehr hatte sie sich gefreut auf diesen Abend. »Morgen früh ist es dann zu spät«, entgegnete sie wütend, rückte weiter von Bruno ab und stützte den Kopf in die Hände. Sah auf den Boden, als weigere sie sich, heute Abend noch ein einziges Mal in den Himmel zu schauen. »Ich werde jetzt gehen.«

»Lia!« Mit einer schnellen Bewegung griff Bruno ihr an den Kopf, fasste ihre Haare, indem er seine flache Hand zur Faust ballte.

Lia schrie erschrocken auf.

»Es reicht!« Er drückte ihren Kopf erst nach unten, und obwohl sie mit beiden Händen sein Handgelenk fasste, um sich von seinem ungestümen Griff zu befreien, zwang er sie von der Bank. Zerrte sie vor sich. Seine Kraft beherrschte ihren Körper mühelos. Lia musste seiner Hand folgen, ging vor der Bank auf die Knie. Vor ihm. Kleine Kieselsteine drückten sich in die Haut ihrer Unterschenkel, denn der knielange Rock konnte sie nicht schützen. Bruno positionierte ihren Kopf zwischen seinen Füßen, klemmte ihn dort mit erheblichem Druck ein. Unzärtlich, wie Lia es manchmal nannte, wenn er sie grob anfasste. Sonst mochte sie es. Im Moment nicht. Sie klammerte sich mit den Händen an seiner Hose fest, suchte Gleichgewicht und eine einigermaßen erträgliche Position. Eben noch hatte sie an seine Entschlossenheit gedacht, die sie so bewunderte. Jetzt war sie deren Opfer geworden. Alle Wetterumschwünge sah sie eben doch nicht voraus.

Lia bemerkte, dass Bruno etwas aus seiner Gesäßtasche zog. Trotzdem gelang es ihm, ihren Kopf weiterhin fest zwischen seinen Beinen zu halten.

»Sei still«, sagte er laut und gepresst. »Kein Wort. Und keine Bewegung.« Dann zog er ihren Kopf nach oben, griff mit einer Hand unter ihr Kinn. Lia spürte, wie sich etwas um ihren Hals legte. Warm und fest. Sie verstand sofort. Ihre Überraschung, dass er ihr Halsband die ganze Zeit bei sich getragen haben musste, wurde erstickt mit der Enge, in der er es um sie legte. Als er es zuzog, würgte sie kurz, dann rutschte der Dorn in das erste Loch.

»Wem gehörst du, Lia?« Bruno sprach laut, deutlich und völlig unbeeindruckt von dem Umstand, dass sie sich in freier Natur befanden. An einem Wegrand, der jederzeit fremde Menschen an ihnen vorbeischicken konnte. An der Seite einer Wiese, die frei einsehbar war.

Lia hatte keine Zeit, darüber nachzudenken. Sie spürte, wie Bruno sich anschickte, Finger zwischen das Halsband und ihren Nacken zu schieben. Es war schon jetzt zu eng um ihren Hals. »Dir«, antwortete sie, so gut es ihre Lage und die Luft in ihren Lungen zuließen. Es klang daher wenig überzeugend. Viel mehr eilig gesprochen. Sie schob ein wenig die Beine auseinander, um ihren Körper näher an den Boden zu bringen. Nicht, weil sie damit etwas ausdrücken wollte. Sondern weil sie so besser atmen konnte. Das war im Moment wichtiger.

»Aha«, sagte Bruno laut, zog die Finger zurück und legte seine flache Hand auf ihr Haar.

Lia versuchte, sich zu beruhigen. Sie hörte Brunos Stimme nur gedämpft, denn seine Oberschenkel zwängten ihren Kopf ein und Jeansstoff rieb an ihren Ohren. Sie analysierte ihre Lage. Stellte fest, dass ihre Wut vollständig verschwunden war. Der Schreck, der mit seinem überraschenden Griff gekommen war, hatte sie überrollt.

»Sagte ich nicht, dass ich den Sternenhimmel abwarten möchte?«

Brunos Stimme klang nicht aufgeregt, eher ruhig. Als sei das hier nichts Besonderes für ihn. Als wiederhole er einem Kind einen Umstand, der sich nicht ändern lässt.

Alles unter Kontrolle, dachte Lia. Wie immer. Konsequent setzt er durch, was er sich vorgenommen hat. Wie konnte sie daran zweifeln. Wie konnte sie versuchen, ihn zu überreden, sich anders zu entscheiden.

»Siehst du irgendwo schon einen Sternenhimmel?«

Wie denn?, dachte Lia. Ihr Kopf war eingeklemmt zwischen seinen Beinen. Sie betrachtete allenfalls seine Schuhe. Oder die zwischen ihnen liegenden Kiesel des Weges. Als ob es Bruno auch bemerkt hätte, lockerte sich der Griff um ihren Kopf. Der Druck auf ihre Ohren ließ langsam nach. Bis sie frei war. Sogar die Hand hob er aus ihren Haaren.

Lia verharrte in ihrer Position. Bewegte sich keinen Millimeter. Sie resümierte, dass sie nun freiwillig vor ihm auf dem Weg kniete. Auf kleinen Steinen, die sich in die Haut ihrer Beine pressten und sich mittlerweile wie ein Nagelkissen anfühlten. Sie hielt den Kopf gesenkt. Schluckte, spürte ihr Halsband. Welches Bild musste sie abgeben. Wie ergeben musste sie aussehen. Wie bezwungen. Lia bemerkte, dass sie sich schnell zurechtfand. Das war es, was in ihr wohnte und bei solchen Gelegenheiten sofort und unweigerlich von ihr Besitz ergriff. Sich unterzuordnen. Bruno über ihr nicht nur zu akzeptieren, sondern auch genau so zu wollen. Immer dann, wenn er sie unmissverständlich darauf hinwies, dass sie sich ihm einst geschenkt hatte. Ihm Eigentum an ihr eingeräumt hatte. Keine Wut war mehr in ihr, keine Enttäuschung. Jetzt war sie genau dort, wohin sie gewollt hatte. Vor ihm, unter ihm. Auf ihrem Platz.

»Geh nach Hause.«

Brunos Worte trafen sie unerwartet wie ein Schlag in den Nacken. Sie glaubte zunächst, sich verhört zu haben. Nach Hause? Ausgerechnet jetzt? Sie hätte die halbe Nacht so vor ihm bleiben wollen. Vielleicht noch ein wenig näher, sich mit dem Kopf an sein Bein schmiegen, ihm gefällig sein. Ganz gleich, ob über ihnen ein Sternenhimmel war oder nicht.

»Lia?« Er bewegte sich nicht. Hatte sich mit den Händen auf der Bank abgestützt und streckte seine Beine rechts und links von ihr aus.

»Ja?«

»Du wolltest nach Hause gehen«, sagte er ruhig. »Nun geh.«

Lia hob den Kopf. Sah ihn an. Fassungslos. Er wollte sie ernsthaft fortschicken? An diesem einzigen Abend, den sie seit langer Zeit für sich gewinnen konnten? Es musste ihm doch gefallen, so, wie sie vor ihm kniete, das war es doch, was er mochte und einforderte. Was sie ihm zu gern schenkte. »Aber die Sterne …« Sie flüsterte zu ihm herauf.

»Du magst sie nicht, hast du gesagt, Lia.« Bruno richtete seinen Blick in den Himmel, als wolle er kontrollieren, ob es dort bereits funkelte. Mit dem Kopf im Nacken saß er auf der Bank, verharrte. Ignorierte Lia, die vor ihm auf dem Boden kauerte.

»Doch, ein bisschen mag ich sie schon«, antwortete sie. Wagte vorsichtig, mit ihren Händen seine Oberschenkel zu berühren. Wie eine angebotene Entschuldigung für ihren Sinneswandel. »Jetzt jedenfalls.«

»Lia«, sprach Bruno in den Nachthimmel, ohne den Kopf zu senken. »Du magst die Sterne erst nicht, dann aber doch. Du willst erst gehen, dann wieder nicht. Das ist recht unstet, finde ich.«

Lia schwieg. Er hatte Recht.

»Und noch etwas, Lia. Du machst deine Meinung nicht an tatsächlichen Gegebenheiten fest. Du orientierst dich an dem, was du gerade im Moment willst. Oder nicht willst. Und im nächsten Augenblick kann es wieder genau anders herum sein.« Bruno stützte seine Arme auf den Knien ab, legte sein Kinn in die Hände. »Weißt du, was dein wirklicher Beweggrund ist? Kennst du den Anlass deiner schnellen Sinneswandlungen?« Nun sah er doch zu ihr herab.

Ja, hätte Lia antworten können. Sie dachte daran, dass es sie gelangweilt hatte, auf einer Holzbank zu verweilen und in den Himmel zu starren. Sie erinnerte sich daran, dass ihr kühl geworden wäre, wenn sie still abwartend gesessen hätte. Das alles war nun nicht mehr der Fall. Sie fühlte sich zwar nicht wohl, aber doch viel besser als vor einigen Minuten. War das kein rechtfertigender Grund für einen Sinneswandel? »Ich mochte nicht den ganzen Abend auf der Bank sitzen und Zeit verlieren«, sagte sie.

»Sondern?« Er blickte streng auf sie herab. Als läge die Lösung direkt vor ihr. »Die ehrliche Antwort ist, Lia, dass du deinen Willen haben wolltest. Dass du bekommen wolltest, was du erwartet hast.«

»Wir haben nur diesen einen Abend«, unterbrach ihn Lia flüsternd und legte in ihren Blick alle Sehnsüchte dieser Welt.

Bruno fuhr unbeirrt fort. »Du hast deine Wünsche über meine gestellt.«

Lia zuckte zusammen. Das saß. Es war ein Tadel in einer Sprache, die sie verstand. Eine Verfehlung in Gefühlen, die ihre ureigensten waren.

»Was meinst du, warum ich dein Halsband bei mir trug, Lia?«

Sie schwieg. Es bedurfte keiner Antwort. Er konnte jederzeit einfordern, was ihm zustand.

»Du hättest schon bekommen, nach was es dich sehnt. Ich hätte es dir gegeben. Aber auf meine Weise. So, wie ich es möchte. Wer gehört hier wem?«

Lia richtete ihren Oberkörper auf und biss die Zähne zusammen, als ihre Knie gegen den Druck der Kieselsteine mit wildem Schmerz protestierten. Sie nahm die Hände hinter den Rücken und sah ihm fest in die Augen. »Ich gehöre dir.« Und im Anschluss betete sie, dass er sie nicht noch einmal auffordern würde, zu gehen.

»Möchtest du nun noch bleiben?« Bruno fragte es, als hätten sie alle Zeit der Welt. Als hätten sie ihre Gemeinsamkeiten unbekümmert auf den nächsten Tag verschieben können. »Entscheide dich nun endgültig.«

Natürlich wollte Lia bleiben. Sie wollte hier vor ihm sein, sich genau so fühlen, wie sie es an all den Tagen des Wartens vermisst hatte. Sie wollte ihn über sich spüren, sich von ihm geborgen, aber auch beobachtet fühlen. Gerade wollte sie ihm antworten, als Bruno sie warnte.

»Überlege genau, an was du deine Entscheidung festmachst.«

Sie wiederholte in Gedanken ihre Gründe. Alles, was sie wollte. Fühlen, spüren. Noch einmal von vorn. Was sie wollte. Was … Lia riss die Augen auf, als ein einzelner Gedanke plötzlich ihren Verstand aus dem Tiefschlaf weckte. Sie wollte. Sie. Das war es. Sie hatte sich den ganzen Abend an dem orientiert, was sie wollte. Hatte Bruno mit dem Argument in die zweite Reihe gestellt, dass er zufrieden sei mit dem, was sie wollte. Dass es das gewesen wäre, was er erwartete. Wäre es nicht genau anders herum richtig gewesen? War nicht er derjenige, dessen Wille über ihrem eigenen stand? Hatte nicht sie sich ihm versprochen? Eine Antwort auf die Frage, ob sie hier bleiben wollte, konnte sie unmöglich in ihren eigenen Wünschen finden. Entscheidend war ausschließlich, was er wollte. Die korrekte Antwort auf die Frage, ob sie hier bleiben wollte, konnte daher nur eine Gegenfrage sein. Und eigentlich, dachte Lia, hatte er sie schon beantwortet mit dem Umstand, dass er ihr Halsband bei sich getragen hatte.

Lia holte also tief Luft und sah Bruno mit festem Blick an. »Möchtest du, dass ich bleibe?«

Er kniff die Augen zusammen. Betrachtete sie. Als müsse er abwägen. Dann beugte er sich nach vorn. Griff mit der Hand unter ihrem Kinn nach dem kleinen Ring, der ihr Halsband zierte. Zog sie langsam zu sich. Bis sich ihre Nasen beinahe berührten. Und dann sagte er nur ein einziges Wort zu ihr.

»Brav.«

Kapitel Sieben

»Der Tee wird kalt.« Herr Conrad beugt sich nach vorn, greift zu seiner Tasse und lehnt sich mit ihr wieder zurück in das Polster der hohen Lehne seines Throns. Vorsichtig, um nichts zu verschütten. Bedächtig setzt er am Tassenrand an und nimmt einen großen Schluck.

Sarah hat die Hände im Schoß liegen und hockt gedankenverloren auf dem Fußboden neben ihm. Die Geschichte hat sie ebenso ergriffen wie Brunos Verhalten. Er ist nicht mehr nur der Beschützende, liebevoll Umgebende, Rücksichtsvolle. Sondern kann auch blitzschnell zugreifen und sich durchsetzen, wenn ihm etwas nicht passt. Hart und konsequent. Aber nicht unbegründet und willkürlich. Sarah findet Gefallen an diesen Eigenschaften. Eine Palette, die ihre Empfindungen anspricht. Heimlich. Sie kann verstehen, dass Lia nicht gehen wollte, als Bruno sie schließlich vor sich auf die Knie gezwungen hatte – nicht nur körperlich, sondern auch seelisch. Sarah hüllt sich in Lia, spürt ihren Kopf zwischen seinen Beinen, seine Hand in ihrem Nacken. Vor allem aber spürt sie dieses Gefühl, einer unbeugsamen Macht ergeben zu sein, friedvoll unterlegen, aber deutlich beherrscht. Sie fragt sich, ob sie das in ihrem Leben zulassen würde. Könnte. Wollte. Es sind Geschichten, mehr nicht, wiegelt sie schließlich ab.

Sarah sieht hinauf zu Herrn Conrad und begegnet seinem Blick. Der weißhaarige Mann thront über ihr und schaut über seine Teetasse hinweg beobachtend auf sie herab. Als sei sie seine Elevin. Und plötzlich hat Sarah das Gefühl, sich mitten in einer seiner Geschichten zu befinden. Wie hinter einem sich lichtenden Nebel glaubt sie plötzlich zu erkennen, dass Herr Conrad sie in ein Spinnennetz aus sirupklebrigen Erzählungen zu entführen versucht. Die Geschichte mit dem am Fenster geschnürten Lederkorsett hat sie angelockt. Zugegeben, sie war eindrucksvoll und hat Sarah nicht nur einmal dazu verführt, sich heimlich in Lia zu versetzen. Sich mit den Händen über die eigene Taille zu fühlen. Kurz zu atmen. Und es war spannend, das Vertrauen zu begreifen, mit dem sich Lia in seine Schnüre gewagt hatte. Als Lia sich später mit verbundenen Augen und auf Heels von ihm durch einen Raum dirigieren ließ, war Sarah noch näher an das faszinierend schillernde Netz herangetreten. Neugierig. War nicht erschrocken weggerannt, als es um blindes Vertrauen ging und Tränen unter der Augenmaske flossen. Nun, da Bruno seine Lia vor sich auf den Boden gezwungen hatte, von dem aus sie zu ihm aufschaute, sitzt Sarah ebenso dort. Wie in einem Paralleluniversum. In dem Herr Conrad die Fäden webt.

»Oh nein!«, protestiert Sarah laut und entschieden, stützt sich auf die Arme und beeilt sich, vom Boden aufzustehen. »Oh nein!« Sie streicht sich die Hände seitlich an der Hose ab, als sei der Boden dreckig gewesen. Kurz leuchtet in ihren Gedanken das Bild des schmutzigen Kieselweges auf, dessen Steine sich in Lias Knie drückten. Sie nimmt daher die Hände schnell beiseite. Verbietet sich weitere Gleichnisse. Dann geht sie um den Tisch und setzt sich mit geschlossenen Beinen auf das Sofa, beugt sich nach vorn, zieht energisch ihre Tasse zurück auf ihre Seite. Will die Distanz wiederherstellen.

»Darf ich nachfragen, was passiert ist?« Herr Conrad hat den Kopf ein wenig gesenkt und sieht mit forschenden Augen über den Rand seiner kleinen Brille.

Sarah sucht nach einer Antwort. Überlegt, ob ihre Reaktion überzogen war. Für einen Moment hatte sie tatsächlich das Gefühl, sie sei Lia. Auf dem Boden vor Bruno. Glaubte, der weißhaarige Mann spinne seine Erzählungen ihr maßgeschneidert auf den Körper. Bohre sich mit den Geschichten unablässig und gleichmäßig in ihre Gedanken. Sarah ist sich nicht einmal sicher, ob er dort nicht auf einen Teil des Grundes stoßen könnte, aus dem sie die Manufaktur noch nicht verlassen hat.

»Ich bin nicht Lia!«, antwortet Sarah schließlich. Langsam sprechend.

»Aber natürlich«, sagt Herr Conrad ernst und schiebt die Brille ein

Stück auf die Nase zurück. »Selbstverständlich.« Er nimmt noch einen Schluck Rooibos und stellt seine Tasse vorsichtig ab. Sieht zu Sarah, überlegt einen Augenblick. »Nun ja …«, er räuspert sich. »Ich muss zugeben, Lia ist dir nicht unähnlich, Kindchen. Vielleicht habe ich dich sogar in dem einen oder anderen Moment mit ihr verglichen. Das mag sein.« Er sieht sie scharf an und konkretisiert: »Gedanklich.« Dann lehnt er sich wieder zurück. »Aber wir sitzen hier in meiner Werkstatt und warten darauf, dass deine Schuhe trocknen. Wenn es soweit ist, wirst du den Gürtel nehmen und wir werden uns nicht wiedersehen. Das ist Realität. Das andere …« Herr Conrad hält inne.

Sarah ergänzt seinen Satz instinktiv, als sie bemerkt, dass er nicht weitersprechen wird: »Das andere sind Geschichten.« Sie schaut zu ihm herüber und beobachtet, wie seine Blicke durch die Brillengläser einen Ort außerhalb dieser Realität suchen. Nachdenklich sieht er dabei aus. Zuerst. Dann sogar ein wenig traurig. Vielleicht, überlegt Sarah, denkt er sich oft solche Geschichten aus, wenn er abends allein in seiner Wohnung sitzt. Er ist ein guter Erzähler, findet sie. Es ist schade, dass er nicht viele Zuhörer hat.

»Sarah, schau nach deinen Schuhen«, meldet sich Herr Conrad mit fester Stimme von seiner gedanklichen Reise zurück. »Und sei so lieb, bringe mir eine neue Kerze mit. Du findest sie in der rechten Schublade der Werkbank.«

Sarah nickt, erhebt sich und geht auf Zehenspitzen zu dem Tisch an der Wand. Sie ergreift einen der beiden Schuhe, hebt ihn an, beschaut das feste Wildleder. Ein feiner, weißer Strich zieht sich längs des Schuhs. Wie eine angebrachte Kreidemarkierung. Vollständig trocken ist er nicht. Sarah weiß, dass sie in den Stiefeletten problemlos nach Hause gehen könnte. Sie muss nicht länger in der Manufaktur bleiben. Sie weiß auch, dass Herr Conrad darüber nicht anders denken wird. Er wird sie nicht aufhalten. Genauso würde er ihr aber auch nicht verbieten, noch ein wenig zu bleiben. Trotzdem sie vorhin angekündigt hat, dass sie nach Hause gehen wird. Weil sie wütend darüber war, dass er sie so ungefragt und über sie verfügend ins Abseits gedrängt hatte. Ich bin nicht Lia, denkt Sarah. Vielleicht liegt ihr gerade deswegen so viel daran, den Schuh entschlossen zurück auf die Werkbank zu stellen. Sie entscheidet selbst über den Lauf der

Dinge. Nicht Herr Conrad. Er hat seine Geschichte hoffentlich nicht gewählt, um ihr das Gegenteil zu beweisen, denkt sie.

»Warum erzählen Sie mir diese Geschichten?« Sarah dreht sich um. »Warum ausgerechnet solche?« Sie schaut zu ihm, hält seinem Blick stand. Ist sicher, dass er nicht mit ihrer direkten Frage gerechnet hat. Jetzt wird er erklären müssen, aus welchem Grund seine Geschichten so seltsam korrelieren mit dem, was um sie passiert.

Herr Conrad sieht wenig beeindruckt aus. Er dreht seine auf den Sessellehnen liegenden Handflächen nach oben, hebt ein wenig die Schultern. »Warum hast du gestern den Gürtel um dein Handgelenk gewickelt?«

Sarah kneift die Augen ein wenig zusammen. Die Gegenfrage ist ihm gelungen, stellt sie fest. Sie nickt ein wenig – nicht zustimmend, sondern anerkennend. Empfindet keine Niederlage, aber auch keinen Sieg. Unentschieden. Dann dreht sie sich zur Werkbank, um sich von seinem Blick zu lösen. Der Gürtel ist sein Ass im Ärmel, denkt sie. Er hat es die ganze Zeit dort behalten und zum richtigen Zeitpunkt ausgespielt. Er kennt den Grund sehr genau, und das ist auch die Antwort auf die Frage, aus welchem Anlass er ihr diese Geschichten erzählt. Sie braucht nicht leugnen, dass sie sich angesprochen fühlt von den Begegnungen zwischen Lia und Bruno. Er weiß es. Und er spielt damit.

Sarah lehnt ihren Oberkörper ein wenig zurück, um die Schublade an der rechten Seite des Tisches zu entdecken. Dann greift sie kurz entschlossen an den kleinen aus Holz gedrechselten Griff und zieht das Fach nach vorn. Es hakt und poltert ein wenig. Sarah fasst kräftiger zu.

»Keine Antwort?«

Sarah beißt sich auf die Unterlippe. Sie fragt sich, was er hören will. Ihr Geständnis, dass dieses Gefühl gebundener Hände Erinnerungen in ihr wach rief? Er würde nachhaken. So lange, bis sie vor ihm ausbreiten müsste, dass sie der Geruch des Raumes nach Leder anspricht. Dass sie in manchen Situationen Lia näher ist, als sie es sich selbst eingestehen will. Und letztendlich: Dass sie den Gürtel um ihr Handgelenk auch deswegen gewickelt hatte, weil sie es erregend fand.

Die Schublade gibt nach und der Holzkasten rutscht rumpelnd

nach vorn. Sein Inneres entspricht einem Sammelsurium an Dingen, für die man gewöhnlich hilflos eine Ablagefläche sucht, sobald man sie beiseitelegen möchte. Eine Rolle brauner Bindfaden aus Bast, der sich zu einem Teil gelöst und abgewickelt hat. Verschiedene Scheren, eine davon so groß wie Sarahs Unterarm. Eine handgroße Schraubzwinge. Messer mit unterschiedlich geformten Blättern. Ein geknüllter Lappen aus weichem, grauen Stoff. Mehrere kleine Metalldosen. Reißzwecken. Ein Stück weiße Kreide. Und, tatsächlich, eine Kerze. Ein schmaler Block aus vergilbtem Paraffin. Aber keine Antwort auf die Frage von Herrn Conrad.

»Sarah?«

»Ich weiß es nicht«, lügt sie spontan, hebt die Kerze aus dem Kasteninneren und drückt die Schublade mit dem Oberschenkel kräftig wieder zurück. Dann lässt sie sich von ihren Zehenspitzen zurück zum Sofa tragen und nimmt dort Platz. Sie dreht die Kerze in der Hand und betrachtet sie, da sie einen Blick auf den Gürtel vermeiden will, der zwischen ihnen auf dem Tisch wartet. So nah liegt er vor ihr. Viel zu nah. Sie glaubt, dass auch Herr Conrad gerade darüber nachdenkt.

»Du weißt es nicht«, wiederholt der Mann auf der anderen Seite des Tisches langsam und greift sich mit einer Hand an das Kinn. Nachdenklich. Dann fügt er hinzu: »Ich weiß es schon, Kindchen«. Leise. Aber deutlich genug.

Sarah ignoriert es und zieht die niedergebrannte Kerze zu sich heran. Ein Häufchen Elend aus Wachs, das den letzten Zentimeter des todbringenden Dochtes in sich konserviert hat. Der Untersetzer aus Glas ist an den Rändern mit erstarrten Tropfen überzogen.

Herr Conrad beugt sich vor und schiebt Sarah die Packung mit den Streichhölzern zu. »Soll ich dir erzählen, wie sich Lia und Bruno kennengelernt haben?«

Die Turmuhr schlägt einmal. Der tiefe Klang ihrer Glocke ist in der Werkstatt nur gedämpft zu hören. Es ist Mittag.

»Wenn du noch Zeit hast«, ergänzt Herr Conrad mit einem fragenden Blick.

Natürlich hat sie das. Sie hat den ganzen Tag Zeit. Sarah öffnet die kleine Pappschachtel und zieht ein Streichholz heraus. Ihr Aufenthalt hier definiert sich längst nicht mehr über die Zeit. Entscheidend ist, ob sie sich noch einmal vor das Netz der Erzählungen des weißhaarigen Mannes wagen will. Denn er ist gefährlicher geworden. Der gestern um ihr Handgelenk gewickelte Gürtel liegt nur scheinbar zwischen ihnen auf dem Tisch. Tatsächlich aber verbindet er sie längst. Mit dem unausgesprochenen, aber gemeinsamen Wissen, welche Gefühle dabei zu empfinden sind. Ein Corpus Delicti. Sarah zieht die rote Kuppe des kleinen Hölzchens kräftig über die Reibefläche. Zischend entflammt sie.

»Einverstanden«, sagt Sarah. Aber sie wird sich nicht wieder neben ihn auf den Fußboden setzen. Sie möchte Abstand halten. Respekt vor den Gleichnissen, die er ihr servieren wird. Davon ist sie überzeugt. Sie hält das Streichholz dicht neben den jungfräulichen Docht der Kerze und beobachtet, wie die Hitze ihn entzündet. Wie doch das Feuer von einem zum anderen übergeht, denkt sie. Wie eine Flamme die nächste entzündet. Dann bläst sie das Streichholz und ihre Gedanken gleichzeitig aus.

Herr Conrad schlägt ein Bein über das andere und streckt seinen Körper. Macht es sich bequem. Lehnt den Kopf zurück. Als Sarah kurz zu ihm schaut, glaubt sie, dass er seine Gedanken sammelt. Den Anfang eines roten Fadens zu greifen sucht. Sie fragt sich, ob die Geschichten schon in ihm wohnen oder ob er sie spontan entstehen lässt. Beeindruckend findet sie beides.

Herr Conrad holt tief Luft und beginnt.

Es gibt Tage, an denen ganz unscheinbar kleine Dinge geschehen. Zunächst nimmt man sie nur am Rande wahr, wie ein Wetterleuchten in der Ferne. Misst ihnen keine wesentliche Bedeutung bei. Niemand ist in der Lage, abzuschätzen, welchen gewaltigen Sturm sie entfesseln werden. Welche Verwüstung sie anstellen können in einem menschlichen Leben. Wie sie die Dinge neu ordnen können. Und dass nach ihnen nichts mehr so sein wird, wie es bis dahin war. Das kann mitunter ganz großartig sein, manchmal hinterlässt es aber auch furchtbare Trümmer.

Herr Conrad hält inne und schaut zu Sarah, die vorsichtig die brennende Kerze mit den Fingern neigt und langsam dreht. Erste heiße

Tropfen stürzen auf den Rest Wachs und verblassen dort erstarrend. »Kennst du solche Tage, Kindchen?«

Sarah überlegt. Im Grunde, denkt sie, war ein solcher Tag erst gestern. Als sie das Schild in der Toreinfahrt entdeckt hatte. Ein kleines, unscheinbares Schild mit schwarzen Buchstaben auf rostbraunem Blech. Wie oft sie zuvor daran vorbeigelaufen ist, weiß sie nicht. Spätestens, als sie die Toreinfahrt passiert und den Hinterhof betreten hatte, musste es Wetterleuchten gegeben haben. Bemerkt hat sie davon nichts. Und nun sitzt sie hier in der Manufaktur, darüber unsicher, welche Sturmschäden der heutige Tag bei ihr hinterlassen wird. Sturmtief Lia, denkt Sarah und muss lächeln. »Ja, es gibt solche Tage.« Sie dreht den Docht der Kerze schnell nach oben, drückt die untere Seite in eine Pfütze aus getröpfeltem Wachs und öffnet vorsichtig ihre Hand. Die Kerze steht. Sie sieht aus, als wüchse sie direkt aus Vergangenem heraus.

Lia hatte ihre Füße in den Sand gegraben. Kurz vor Mitternacht fühlte sich die Seeluft frisch an, die über das Wasser kommend den Strand hinauf kroch. Das Meer gurgelte aus der Dunkelheit heraus zu ihr, immer wieder warfen sich Wellen in den Tod und vergingen in einem Rauschen. Lia hatte ein Teelicht neben sich gestellt, es liebevoll mit kleinen Steinen und Muscheln umlegt. Sie liebte es, bis in die Nacht hinein dem Gesang des Meeres zu lauschen. Die Lichter fahrender Schiffe weit draußen zu beobachten, bis sie hinter dem Horizont verschwanden. Dort, wo es wetterleuchtete. Sie zog den Kragen ihres weiten Pullovers höher und fühlte sich gleichermaßen beschützt, entspannt und losgelöst. Es gab nichts Wichtiges in diesem Moment. Nichts außer ihr selbst und dem Meer. Und den Lichtkegeln des entfernten Leuchtturms, von denen sie sich streicheln ließ. Lia bezeichnete das als die schönste und reinste Form des Alleinseins. Ein leises Knirschen holte sie aus ihren treibenden Gedanken. Sie erkannte Schritte, entdeckte im Dunkeln eine näherkommende Silhouette und zog die Beine an.

»Oh, guten Abend!« Eine tiefe, brummende Stimme. Überrascht klingend, aber freundlich. Aus der Silhouette wuchs die Figur eines Mannes. »Entschuldigung, ich wollte Sie nicht erschrecken.« Der

Mann wies mit seinem rechten Arm Richtung Land. »Ich sah von den Dünen aus ein kleines Licht flackern und konnte es mir nicht erklären.«

»Schon gut«, sagte Lia und stützte sich auf ihre Hände, die sie hinter sich tiefer in den kühlen Sand schob. »Sie haben mich nicht erschreckt.« Lia sah zu dem Mann hinauf, der kräftig erschien. Breite Schultern, kantige Gesichtszüge. In der linken Hand hielt er ein paar Sandalen. Seine Körpergröße konnte Lia schlecht abschätzen, so wie sie zu seinen Füßen im Sand saß. Vielleicht ein Fischer aus dem Dorf, das ein paar hundert Meter landeinwärts hinter knorrigen und im Dunkeln geisterhaft erscheinenden Weiden verborgen lag, dachte sie.

»Ist bei Ihnen alles in Ordnung?« Es klang nicht wie eine Floskel. Eher nach echter Besorgnis.

»Hinterlasse ich einen anderen Eindruck?«, fragte Lia und sah zu ihm.

Der Mann holte tief Luft, als sei er auf die Gegenfrage nicht gefasst gewesen. »Nun ja, so alleine mit einer Kerze am Strand in der Nacht…« Er reichte seine Sandalen von einer Hand in die andere und zurück, hielt sie schließlich mit beiden Händen fest.

Nervös, dachte Lia, und es gefiel ihr. So kantig, so kräftig, und trotzdem nicht hart.

»Da darf man doch mal nachfragen, oder?«

Lia schmunzelte und zog den Rollkragen des Pullovers zurück unter ihr Kinn. Dass sich ausgerechnet um sie jemand Sorgen machte, amüsierte sie. Sie fühlte sich gerade als die leichteste Person des Universums. Die einzige Sorge war daher, dass sie davonschweben könnte. Lia schob die Hände noch tiefer in den Sand. »Man darf nachfragen«, antwortete sie. »Und nun?« Sie sah zu ihm herauf.

»Nun sollte ich einen schönen Abend wünschen und gehen, oder?« Er nahm die Hände auseinander und sah sich um, als suche er einen Weg. Oder als wolle er sich vergewissern, dass er nicht beobachtet wird. Dabei war es dafür schon viel zu dunkel. »Aber wissen Sie, ich entscheide mich grundsätzlich ungern nach dem, was erwartet wird. Lieber nach meinem Gefühl. Darum werde ich Ihnen ein wenig Gesellschaft leisten.«

Lia schwieg. Wartete darauf, dass er sie fragen würde, ob es ihr recht sei. Stattdessen trat er einen Schritt näher zu ihr heran und ließ sich uneingeladen im Sand nieder. Neben ihr. Ziemlich nah. Das kleine Teelicht zwischen ihnen leuchtete die schmale Grenze aus. Seine Schuhe warf der Mann auf seiner anderen Seite in den Sand. »Ziemlich forsch«, kommentierte Lia.

Er legte den Kopf schräg und konterte: »Warum? Der Strand gehört nicht Ihnen allein.«

Lia biss die Lippen zusammen und schnaufte. Remis, dachte sie. Vor ihnen brach eine Welle, ergoss sich über nassen Sand, rollte zischend zurück. »Wohnen Sie dahinten im Dorf?« Lia wies mit einer Kopfbewegung über ihre Schulter hinweg.

»Nein, leider nicht.«

»Leider?«

Der Mann legte seine Arme um die Knie und sah zu ihr herüber. »Ich bin beruflich viel unterwegs und manchmal wäre es gar nicht so schlecht, sich für ein paar Wochen in einem Fischerdorf zu verschanzen. Die Seele baumeln zu lassen. Tagsüber alleine spazieren zu gehen. Land und Luft zu genießen. Nachts am Strand zu sitzen. So wie Sie. Urlaub?«

Respekt, dachte Lia. Er hatte mit wenigen Worten umrissen, was sie seit Tagen tat. »Ja. Ich glaube, ich denke da ähnlich.«

Er nickte. »Bruno«, sagte er. »Mein Name ist Bruno.« Dann streckte er ihr herzlich seine Hand entgegen. Als Lia sie ergriff, erlag sie einem kräftigen Händedruck, dem sie sich nicht entziehen konnte. Er verzögerte ihn, gab sie nicht gleich wieder frei. Zwang ihr auf, ihn anzusehen. Für einen Augenblick war sie sprachlos darüber. Dann besann sie sich. »Lia«, antwortete sie. Und er ließ los.

Das Teelicht zwischen ihnen flackerte. Wie ein Alarmsignal.

»Und was machen Sie um diese Zeit hier, wenn Sie beruflich unterwegs sind?« Lia drehte sich ein wenig zu ihm, beugte sich nach vorn und stützte ihren Kopf auf Arme und Knie.

»Ich beliefere Kunden. Quer durch das Land. In alle Himmelsrichtungen. Ich weiß gar nicht, wann ich das letzte Mal länger als zwei Nächte an einem Ort war. Aber um ehrlich zu sein: Man lernt Land und Leute kennen. Das mag ich. Manchmal trifft man sogar junge Frauen nachts am Strand. Es ist also nicht der schlechteste Job.«

»Keine Familie?«

Seine Augenbrauen schnellten in die Höhe. Er sah sie mit einem tiefen Blick an. »Ich hoffe, die Frage hatte keinen tieferen Hintergrund?«

Lia schüttelte den Kopf. »Nein, sollte sie?«

»Ich habe schon ein Bett heute Nacht«, sagte er mit einer gespielt ernsthaften Stimme, als sei es etwas Geschäftliches.

Lia sah ihm an, dass er das nicht ernst meinte. Sein kantiges Gesicht schien spitzer zu werden und seine Augen funkelten. Das verriet ihn. Sie lachte laut auf. Wieder schäumte eine Welle über den Sand, verlor Kraft, zog sich zischelnd zurück. »Keine Sorge, ich bin keine lüsterne Nixe, die nach Mitternacht aus der See steigt und Opfer sucht.«

Er tat überrascht. »Sicher nicht?«

»Nein«, kicherte Lia in ihren Rollkragen hinein. »Ich mag grundsätzlich keine Männer in Opferrolle.«

»Sondern?« Als er mit einem eindringlichen Blick zu ihr herübersah, wurde sich Lia ihrer Worte bewusst. Vielleicht, dachte sie, war es nicht die beste Idee, solche Sätze zu formulieren. Nachts am Strand. Neben einem fremden Mann. Beschützt von einem Teelicht. Sie hatte keine Angst, aber sie nahm sich vor, trotzdem ein wenig vorsichtiger zu sein.

»Sagen Sie jetzt bloß nichts Unüberlegtes«, warnte der Mann, als wolle er ihren Entschluss bestätigen. »Manchmal kriechen einem versehentlich dunkle Gedanken aus der Seele, die man lieber für sich behalten hätte.«

Lia nutzte das Rauschen der nächsten Welle, um ihren Blick zu lösen. Sie legte ihren Kopf in den Nacken und schloss die Augen. Sie wollte nichts Unüberlegtes sagen. Erst recht nichts über ihre Seele.

Der Mann schien ihr Schweigen akzeptiert zu haben. Er lehnte sich nach hinten und stützte sich mit einem Ellenbogen im Sand ab. Als Lia zu ihm herüber blinzelte, sah sie, dass er seinen Oberkörper zu ihr gedreht hatte und sie beobachtete. Kräftig sah er aus. Muskulös. Und noch immer kantig. Wie ein schwerer Baumstamm mit tiefer Rinde lag er ruhig und unerschütterlich neben ihr. In der Nähe solcher Männer glaubt man sich aus einem inneren Gefühl heraus behütet, dachte Lia. Selbst dann, wenn man sie gerade erst kennengelernt hat. Ein Urinstinkt, der nicht ungefährlich ist.

»Sie wohnen in einer Großstadt«, sagte der Mann und fuhr mit der

Kante einer Hand über den welligen Sand. »Sie machen hier Urlaub, um der aufgeschichteten Hektik eines ganzen Jahres zu entkommen. Sie sind nicht zum ersten Mal hier, sondern kommen regelmäßig.« Er las ein paar kleine, schwarze Steine auf, die auf der planierten Sandfläche zum Vorschein gekommen waren. »Und Sie sind Single. Weil Sie auf etwas Besonderes warten.«

Lia öffnete die Augen, sah ihn verwundert an. Nicht, weil er ungefragt ihr Leben freilegte wie die schwarzen Steine aus dem Sand. Sondern weil er mit allem richtig lag. »Wie kommen Sie darauf?«, fragte sie und bemühte sich, dass es nicht wie eine Bestätigung klang.

»Ich habe recht, oder?« Er lächelte sie an. Schüttelte die Steinchen in seiner geschlossenen Hand. Als wolle er gleich ein Orakel legen. Dann positionierte er den ersten Stein auf der Mitte der flach geschobenen Sandfläche. »Sie sitzen hier, weil sie die Weite genießen. Die Stille. Und den Sternenhimmel. Dinge, die Sie sonst nicht haben. Nachts scheinen in großen Städten keine Sterne mehr. Der Himmel findet keine Ruhe über ihnen.« Er sah Lia kurz an, dann legte er den nächsten Stein in den Sand. »Sie sind schon mehrmals hier gewesen. Oder in der Nähe. Erst dann erkennt man die wahre Schönheit dieser Orte und setzt sich nachts an dem Strand. Beim ersten Mal sieht man tagsüber so viel Neues, dass einem die Sinne ermüden. Dann erfährt man nicht mehr den Klang der nächtlichen Wellen und des Windes in den Dünen. Erst, wenn man wirklich frei von allem ist, spürt man. So wie Sie hier.« Wieder sah er zu ihr, als wolle er sich vergewissern. Er störte sich nicht daran, dass Lia schwieg, auch wenn sie ihn aufmerksam beobachtete. Während er den dritten Stein legte, sprach er weiter. »Wären Sie nicht Single, würden Sie nicht alleine hier sitzen. Entweder zu zweit oder viel wahrscheinlicher auch gar nicht. Sie aber haben sich ein Teelicht als Begleiter mitgebracht.«

Lia biss sich auf die Unterlippe, als sie bemerkte, wie fest er ihren Blick erwiderte. Nur ein Zwinkern hätte ihm verraten, wie angespannt sie ihm folgte. Sie wartete auf die letzte Begründung seiner Anamnese.

Er setzte den vierten Stein neben die anderen und drückte sie gleichmäßig fest. »Ich schätze Sie auf knapp unter dreißig Jahre. Nicht nur das beste Alter, um sich einen Partner zu suchen. Sondern auch eine Zeit, in der schöne Frauen selten allein bleiben.« Er umrundete mit dem Finger die Reihe aus Steinen und zog einen Kreis in den Sand. »Wenn sie das nicht ausdrücklich so wollen. Sie scheinen also Gründe zu haben.«

Lia blies Luft über ihre Stirn und eine Haarsträhne nach oben. Riss sich von seinem Blick los. Einerseits war es ihr unangenehm, dass er ihr Dasein so präzise seziert hatte wie einen auf dem Rücken liegenden Hamster. Andererseits war da dieses beiläufig erwähnte Kompliment. Und es war eines. Da gab es keinerlei Zweifel. Er hatte es ganz bewusst gesagt, war sich Lia sicher.

»Sie dürfen mir ruhig eine Ohrfeige geben«, meinte der Mann neben ihr mit ruhiger Stimme. Man hörte ihm das felsenfeste Selbstbewusstsein an, mit dem er darauf setzte, dass es nicht passieren würde. »Wenn ich aber richtig liege, können wir uns ab sofort mit einem Du anreden. Schließlich kenne ich Sie dann schon ganz gut, oder?«

Lia musste lachen. Leise, aber auch für ihn hörbar. Noch nie hatte sie einen Menschen erlebt, der so forsch und doch charmant einen Blick in sie geworfen hatte. Der selbst dann nicht innehielt, wenn sie nicht darauf einging. Das war unglaublich. Es gelang ihr nicht einmal, darüber böse zu sein. Denn er hatte recht. Mit allem, was er vermutet hatte. »Du bist ziemlich direkt, Bruno«, stellte Lia fest. Und gab ihm damit die Antwort, auf die er gewartet hatte.

Der Mann nahm mit einer Handbewegung alle gelegten Steine auf und schüttelte sie. Lächelnd merkte er an: »Du machst es mir nicht unbedingt schwer.« Dann streckte er die flache Hand aus und hielt Lia die kleinen Steine entgegen. Direkt über dem flackernden Teelicht. »Du bist dran.«

Die Flamme der Wachskerze zuckt und knistert kurz. Sarah reckt den Hals, beugt sich nach vorn und wäre beinahe abgerutscht. Denn der Strand, auf dem sie es sich neben Lia bequem gemacht hat, ist nur knapp einen Meter breit und aus altem Polster.

Herr Conrad unterbricht seine Erzählung und schaut auf. »Ist dir langweilig, Kindchen?«

»Nein«, wehrt Sarah schnell ab. »Überhaupt nicht!« Sie lächelt.

»Dann glaubst du mir nicht, dass Bruno das konnte?«

Sarah überlegt. Sie denkt, dass manche der Schlussfolgerungen, die Bruno aus dem Sand gelesen hat, ein wenig wagemutig sind. Auch wenn sein Selbstbewusstsein beeindruckend erscheint. Aber in erzählten Geschichten, denkt sie, darf man darüber hinwegsehen. Da liegen die Fähigkeiten der Protagonisten nicht nur in den Händen ihrer Schöpfer, sondern enden oftmals auch erst weit hinter deren Fingerspitzen. Warum also nicht. »Konnte Lia das auch?«

Der alte Mann zieht seine Brille ein Stück auf der Nase nach vorn. Dann beginnt er, den Kopf zu wiegen. »Beim Setzen der Steine lag sie in vielen Vermutungen falsch. Sie lernte erst viel später, Bruno zu verstehen, aus ihm zu lesen und auf seine Stimmungen zu reagieren. Aber dann war sie darin unglaublich gut.« Er hält inne, als suche er nach dem fortführenden Faden der Erzählung. Dann schiebt er die Brille zurück.

Sie hatten Stunden damit zugebracht, Steine in den immer kälter werdenden Sand zu legen und wieder aufzunehmen. Gegenseitig Vermutungen über das Leben des Anderen anzustellen. Behauptungen zu bestätigen oder abzustreiten, während die Wellen rauschten. Um das Teelicht herum war der Sand schließlich vollständig geglättet und auch zwischen ihnen gab es kaum noch Erhebungen.

Beinahe fühlt es sich schon vertraut an, dachte Lia gerade, als Bruno unvermittelt hinter sich griff und dann einen faustgroßen Stein zwischen ihnen fallen ließ. »So«, sagte er mit tiefer Stimme, als wäre nun ein Abschluss erreicht. Sein Körper spannte sich an. »Dann wäre nur noch eine Frage offen, denke ich.« Er fixierte Lia mit einem Blick so scharf, dass sie sich ihm unterlegen fühlte, bevor sie überhaupt wusste, um was es ging. »Wie ist das nun mit der Opferrolle? Wenn du keine Männer in Opferrolle leiden kannst, wie sieht es dann mit dir aus?«

Eine Welle krachte laut und kräftig gegen das Ufer und fraß, was andere vor ihr trocken gelassen hatten. Schleuderte einen Luftzug über den Sand, der die Flamme des Teelichtes erneut tanzen ließ. Beinahe wäre sie erloschen.

»Meinst du, dass ich eine Reihe Steine legen soll, Lia?« Fordernd

klang er. Auf einmal. »Oder weiß ich schon, was deine Seele antworten wird?«

Lia spürte, dass ihr Körper reagierte. Sie war wie elektrisiert. Die
letzte Welle hatte die entspannte Situation umgeworfen. Eben hatte
sie noch gelacht und sich immer weniger Gedanken darüber gemacht, dass sie ihm mit jedem in den Sand gelegten Steinchen mehr
von sich preisgab. Wie viel hatte sie ihm dabei verraten? Wie tief
hatte er in sie gesehen, ohne dass sie es bemerkt hatte? Sie spürte
ein leichtes Zittern an den Oberschenkeln und wusste, dass sich
die feinen Härchen ihrer Unterarme schlagartig aufgerichtet hatten.
Lia streckte ihren Körper und strich sich die Haare nach hinten. Wenn
der Mann neben ihr tatsächlich die Seele meinte, die sie in sich trug,
wussten beide genau, über was sie sprachen. Dann war ihr Gespräch
von einer Sekunde auf die andere brandgefährlich geworden. Damit
hatte sie nicht gerechnet.

Lia hatte es in ihrem ganzen Leben vorgezogen, nicht darüber zu
sprechen, welche Gefühle sie heimsuchten. In Stunden, in denen
sie sich sehnte. Dass sie nicht nach einem gleichberechtigten Partner suchte, sondern nach einem, der sie beherrschen konnte. Ihre
Launen, ihre Gedanken, ihre Sehnsüchte. Sie saß an manchen Tagen
auf dem Boden, weil sie sich dort wohlfühlte, weit unten, die ganze
Welt über ihr. Träumte nachts im Bett liegend von gefesselten Händen.
Davon, auf jemanden zu warten, für jemanden bereit zu sein, der sie
aufsuchen und sich ihrer bedienen würde. Dem sie sich vollständig
aufopfern und hingeben könnte. Den sie bedingungslos über sich
akzeptieren würde. Noch nie war sie jemandem begegnet, dem sie
zugetraut hätte, ihre Art Liebe und Sexualität zu begreifen. Sie erinnert
sich an Brunos Satz: Aus der Seele gekrochene Gedanken. Er hatte
es geschickt angestellt. Steinreihe für Steinreihe.

»Ohje …« Die Stimme des Mannes klang sanft und tief. Beinahe
besorgt. »Volltreffer?«

Lia versuchte, sich zu konzentrieren. Ließ ihre Hände am Hals,
weil sie nicht wusste, wohin damit. Stellte fest, dass sich ihre Finger
plötzlich kalt anfühlten. »Ich weiß nicht«, stammelte sie und suchte
nach einem Weg, sich aus der Situation zu retten. Die große Welle,
die sie herbeisehnte, die bis zu ihnen schwappte und sie aufsprin-

gen ließ, blieb aus. Er weiß es, dachte Lia. Die Frage, ob er bemerkt hat, was sie denkt, stellt sich nicht. Die Frage ist vielmehr, wie er mit dem Wissen umgeht. Was nun passiert. »Ich habe noch ein paar Lichter dabei«, sagte sie leise und es war nicht mehr als ein hilfloser Versuch, seiner Frage zu entgehen und die Spuren ihrer Gedanken zu verwischen.

»Gut«, sagte er. Mehr nicht.

Lia griff in ihre Tasche und zog mühsam ein Teelicht heraus. Beinahe wäre ihr der kleine Wachszylinder aus dem dünnen Metallmantel gerutscht. Sie griff mit einer Hand nach der brennenden Kerze im Sand, hob sie vorsichtig aus ihrem Bett aus Steinchen, welches sie gelegt hatte. Ihr Zittern war deutlich zu bemerken und Lia ärgerte sich über ihre Ausflucht. Spätestens jetzt musste der Mann neben ihr sehen, wie aufgeregt sie war. Statt Spuren zu beseitigen, trampelte sie weiter umher. Sie hielt das brennende Licht knapp über den umgeknickten, weißen Docht in ihrer anderen Hand. Die Hüllen klapperten aneinander. Sarah meinte, im Boden versinken zu müssen. Wie ungelenk musste sie aussehen. Aus dem brennenden Licht tropfte beinahe Wachs herab, als Lia es langsam kippte.

»So wird das nichts«, sagte der Mann neben ihr. »Ich kümmere mich mal um dich«, fügte er entschlossen an und griff – ohne eine Zustimmung abzuwarten – nach Lias Händen.

Lias Herz sprang. Ein Blitzeinschlag muss sich ähnlich anfühlen, dachte sie. Als sich seine Hände um ihre legten, glaubte sie, all ihre Kraft würde über diese Verbindung zu ihm abfließen. Sie wehrte sich nicht. Er dirigierte ihre Hand mit dem brennenden Licht, die andere hielt er still wie in einem Schraubstock fixiert. Lia sah auf die Kerzen, obwohl sie viel lieber ihn angesehen hätte. Sein kantiges, entschlossenes Gesicht. Beleuchtet von einer unruhigen Flamme. Lia bemerkte, wie er langsam ihre Hand drehte. Wachs tröpfelte, blieb erst zögernd am Metall kleben, bildete eine blasse Nase. Dann tropfte es ab.

Ein kurzer, stechender Schmerz traf Lias Haut zwischen Daumen und Zeigefinger. Dort, wo das heiße Wachs aufgekommen war. Instinktiv versuchte sie, ihre Hand an sich zu ziehen. Erfolglos. Der Mann hielt sie unnachgiebig. Wirkte sogar ihrer Bewegung entgegen, als hätte er mit der heftigen Reaktion gerechnet.

»Autsch«, sagte Lia, aber es klang leise und weder nach Schreck noch Empörung. Sie musste zusehen, wie der Mann ihre Hand mit dem brennenden Licht noch weiter kippte. Beharrlich. Unbeirrbar. Wie gebannt starrte Lia auf die heiße Flüssigkeit, die sich träge über den Rand des Metallbehälters lehnte und dann plötzlich nachgab, um auf ihre Haut zu fließen. Lia grub die Zähne in ihre Unterlippe. Sog zischend Luft ein. Und stöhnte leise, als der erste Schmerz nachließ. Genießend. Es war ihr für einen Augenblick tatsächlich gleich, was der Mann von ihr dachte. Das, was er mit ihr tat, bediente ihre Sehnsucht. Zum ersten Mal in ihrem Leben fühlte sie real und durch einen Anderen, was sonst stets ungreifbar geblieben war. Und es fühlte sich viel besser an als jede flüchtige Fantasie zuvor. Er ließ noch einmal Wachs tropfen, wartete einen Moment und tat es wieder. Und noch einmal.

Lia bedauerte den Moment, in dem er ihre mit weißen, hügeligen Spuren überzogene Hand freigab. Es fühlte sich an wie ein Verlust. Solange er sie unnachgiebig gehalten hatte, eingezwängt in seinen starken Griff, glaubte sie sich von ihm gefangen und in Besitz genommen. Als sei sie sein und müsse ihm folgen, ganz gleich, welchen Weg er mit ihr beabsichtige. Sie blieb regungslos sitzen, hoffte darauf, dass er wieder zufassen würde. Sehnte sich nach seiner Hand. Sie registrierte ganz beiläufig, dass ihr Zittern verschwunden war und Ruhe in sie strömte.

Schließlich nahm er ihr wortlos beide Kerzen aus der Hand, entzündete den unbenutzten Docht und stellte die kleinen Metallhülsen vor sich in den Sand. Legte nachdenklich einen Finger auf seine Lippen und sah durch die Dunkelheit auf das Meer hinaus. Schwieg.

Lia ließ langsam ihre Arme sinken. Versuchte, das Wachs auf ihrer Haut so lange wie möglich zu spüren. Es zu genießen. Sie trug Spuren auf ihrer Haut, die ein Anderer ihr beigebracht hatte. Sie atmete gleichmäßig und, wie sie glaubte, so tief und frei wie nie zuvor.

Es dauerte viele heranrollende Wellen lang, bis Lia sich wiederfand. Bis sie nicht mehr das Wachs auf der Hand, sondern den kälter werdenden Sand unter sich spürte. Als sie endlich ihre Sprache wiedergefunden hatte, drehte sie sich zu ihm. Wenn er tatsächlich so war wie sie, musste eines noch erwähnt werden.

»Danke«, flüsterte sie.

Kapitel Acht

Es dauert Minuten, bis Sarah bemerkt, dass Herr Conrad schweigend zu ihr sieht. Sie fühlt sich ertappt, seinem Netz so nahe gekommen sein, viel näher, als sie es zulassen wollte. Sie hat die Wellen gehört, die Nacht gerochen. Und das Wachs gespürt. Ruckartig beugt sie sich nach vorn, greift mit aufgeregt kalten Fingern an den Henkel ihrer Teetasse. Sucht etwas, an dem sie sich zurück in die Werkstatt ziehen kann. Als sie das Porzellan hebt, sieht sie ihre Hand zittern. Leicht, aber nicht zu verbergen. So, wie auch das Teelicht in Lias Hand zitterte, denkt sie. Noch immer hat sie Mühe, sich vom Strand und von dieser Geschichte zu lösen. »Gut erzählt«, sagt sie anerkennend und mit belegter Stimme. »Eine schöne Geschichte.« Dann nimmt sie einen Schluck Tee.

»Ja, eine schöne Geschichte«, wiederholt Herr Conrad gedankenverloren. »Da hast du Recht, Kindchen.«

Sarah lehnt sich mit der Tasse zurück. Sie überlegt, ob es den Zauber der Begegnung zwischen Bruno und Lia stören wird, wenn sie Herrn Conrad nach dem Fortgang der Nacht befragt. Sie möchte nicht, dass er den Faden so spinnt, wie es in tausend anderen Geschichten der Fall wäre. Würden die beiden am Strand übereinander herfallen, wäre sie enttäuscht. Ernüchtert. Weder von Lia noch von Bruno mag sie sich das vorstellen. Bruno, der sanfte, aber konsequente, der sich nicht anfühlt wie ein nach schnellen Abenteuern suchender Mensch. Lia, die zwar Ungeduld in sich trägt, aber nach lang anhaltenden Eindrücken sucht statt nach schnell gestilltem Hunger. Die sich hingibt und nicht herschenkt. Sarah erinnert sich an das am Fenster geschnürte Korsett und auch an die verbundenen Augen. Auch das waren Bruno und Lia. Es kann nichts schief gegangen sein in der Nacht am Strand. Sonst hätte es diese Bilder nicht mehr gegeben. Oder Herr Conrad hat es in seinem Erfindungsreichtum übertrieben, was die erzählten Geschichten betrifft.

Sarah befeuchtet ihre Lippen mit der Zunge. Die schmecken nach Rooibos. »Sie saßen noch lange am Strand, oder?«

Herr Conrad fährt auf, als sei er erschrocken. »Was?« Er schiebt sich die Brille zurecht, richtet seinen Oberkörper auf. »Wie meinst du das?«

»Ich meine Lia und Bruno«, sagt Sarah und ist irritiert über die Reaktion des weißhaarigen Mannes, der hilflos aussieht in seinem großen Thronsessel. Als habe er jeden Faden verloren oder sich selbst eingesponnen. Vielleicht, denkt Lia, hängt er seiner Erzählung ebenso sehr nach wie sie selbst. »Lia und Bruno sind doch sicher noch eine Weile am Strand geblieben, oder?«

»Natürlich.« Erleichtert lehnt sich Herr Conrad wieder zurück. »Selbstverständlich.« Er räuspert sich. »Sie landeten in dieser Nacht weder in seinem noch in ihrem Bett, falls du das wissen wolltest, Kindchen.«

Sarah lächelt. »Nicht?« So gefällt es ihr. »Und wie ging es weiter?« Sie zieht die Beine heran, beugt sich ein wenig nach vorn. Neugierig.

Herr Conrad legt den Kopf schief und sieht sie an. »Eigentlich habe ich eine andere Frage erwartet von dir.«

Sarah blickt auf den Gürtel, der zwischen ihnen auf dem Tisch liegt. Die Verbindung zwischen ihr und dem weißhaarigen Mann. Sein Ass im Ärmel. Sie denkt über die Bedeutung seines Satzes nach. Über seine Erwartung. Meint Herr Conrad lediglich, dass er mit einer anderen Frage gerechnet hat? Oder will er tatsächlich andeuten, dass sie seine Erwartung enttäuscht? Eine feine Nuance, die nur derjenige kennt, der das gesamte Bild versteht. Sarah überlegt, ob Herr Conrad überhaupt etwas von ihr erwarten kann. Steht sie in seiner Schuld? Sie ist in seine Manufaktur gekommen, sie hat versehentlich seinen Platz in Anspruch genommen, hat gleichermaßen von seinen Geschichten und seinem Tee gekostet. Nichts, wofür er zwingend eine Gegenleistung beanspruchen könnte. Trotzdem, denkt Sarah, hat er eine erhalten: Sie hat ihm zugehört. Und in manchen Momenten hat sie getan, was er verlangte. Hat ihm Streichhölzer gebracht, Tee zubereitet und eine neue Kerze entzündet. Er hat kein Anrecht auf Erwartungen, findet Sarah.

»Ich hatte erwartet, dass du nach dem Wachs fragst.« Herr Conrad stützt die Arme auf die Lehnen des Sessels, verschränkt die Finger seiner Hände und stützt den Kopf darauf. Spielt mit seinem Blick den Ball zu Sarah.

Das leichte Zittern kehrt in Sarahs Hände zurück. Sie fühlt sich in die Enge getrieben. Weiß, dass sie nicht länger schweigen kann. Entweder fragt sie gespielt neugierig, aus welchem Grund Lia das heiße Wachs ertragen und nicht empört ihre Hände zurückgezogen hat. Mit dieser Lüge wird sie das schillernde Netz aus Geschichten mit einem einzigen Schlag zerstören. Nichts mehr erfahren über Lia und Bruno. Den Gürtel nehmen und der unangenehmen Situation entfliehen. Oder sie räumt ein, dass sie das auf Lias Hand fließende Wachs in keiner Weise ungewöhnlich oder verstörend empfindet. Dann bekennt sie aber dem weißhaarigen Mann gegenüber, solche Gefühle zu kennen. Selbst nicht anders zu sein.

Noch immer schaut Herr Conrad zu ihr herüber. Macht ihr mit einem festen Blick und seinem Schweigen deutlich, dass er auf ihre Antwort wartet.

Schuft, denkt Sarah. Er weiß es doch längst. Er kennt das Ass in seinem Ärmel. Er hat ihr all die Geschichten erzählt auf eine Weise, wie man weitere Karten ausspielt, sobald man sein Gegenüber durchschaut hat. Und nun fordert er sie auf, ihr Blatt offen vor ihm auf den Tisch zu legen. Er hat in Wahrheit gar keine Frage nach dem Wachs erwartet. Vielmehr wusste er, dass sie nicht danach fragen wird.

»Sie schummeln«, sagt Sarah und ist sich bewusst, was sie damit preisgibt. »Sie wären enttäuscht gewesen, wenn ich mich über den Schmerz empört hätte.« Sarah hält sich mit beiden Händen an ihrer Teetasse fest. Nun gibt es keine Heimlichkeit mehr. Alles liegt offen auf dem Tisch. Direkt neben dem Gürtel. »Spätestens als ich mich erkundigte, ob Lia und Bruno noch lange am Strand saßen, war Ihnen doch klar, dass ich nicht mehr nach dem Wachs fragen werde.«

Herr Conrad beginnt zu lächeln. Ganz leicht nur, aber Sarah sieht es an seinen Mundwinkeln und an den Augen, die kurz zu glänzen scheinen.

»Sie haben es schon die ganze Zeit gewusst«, fügt Sarah hinzu. »Genauso, wie Bruno es von Lia wusste, seitdem er in dieser Nacht ihre Bemerkung über Opfer aufspürte.« Sarah fühlt sich plötzlich wie auf einer Woge. Mitgerissen von ihrer eigenen Courage, sich zu offenbaren. »Richtig?«

Der weißhaarige Mann wiegt den Kopf. »Nicht ganz, Kindchen. Man weiß das nicht. Man fühlt das. Es bedarf nicht unbedingt einer versehentlich der Seele entstiegenen Bemerkung. Es ist wie …« Er sucht nach einem Wort, ringt mit Gedanken. Dann setzt er fort: »Es ist ähnlich einer Aura. Über Wölfe würde man sagen, dass sie es wittern können.«

»Sind Sie etwa ein Wolf?«, erwidert Sarah lächelnd. Nur einen Sekundenbruchteil später glaubt sie, ihr gefriere das Blut in den Adern. Das, was sie da gefragt hat, kann Herr Conrad auch als direktes Auskunftsersuchen um seine Neigung verstehen.

Der Mann zieht die Augenbrauen ruckartig nach oben, sein Blick schärft sich. Als fixiere er sie. Wie ein Wolf seine Beute, denkt Sarah. Kurz, bevor er zum Sprung ansetzt. Also doch.

Sarah ergreift instinktiv die Flucht. Schlägt sich mitsamt dem Thema in die Büsche. »Wann haben sich Lia und Bruno wieder gesehen?«, fragt sie hastig und löst ihren Blick aus seinen Fängen, dreht die Teetasse in den Händen. Wünscht sich, nie nach dem Wolf gefragt zu haben. Es dauert eine kleine Ewigkeit, bis sie hört, dass sich Herr Conrad wieder bewegt. Sein Hemd raschelt. Das Leder des Thronsessels knarrt leise. Er lehnt sich zurück. Sarah weiß, dass er ihr seine Antwort noch präsentieren wird. Auf seine Weise.

»Na gut, Kindchen«, sagt Herr Conrad. »Hör zu.«

Als Lia die kleine Holzbank aufsuchte, im Dunkeln unterhalb des Leuchtturms, wartete Bruno bereits auf sie. So, wie es verabredet war. Sie hatten gestern geschwiegen am Strand, jeder in seiner Welt gefangen, und sie fühlten sich doch in der gleichen. Am Morgen, als das Rauschen der Wellen grauer geworden war, hatten sie schließlich ein Treffen vereinbart. Wollten es darauf ankommen lassen. Einmal. Gegen jeden Verstand. Einfach so. Sie kannten sich nicht, aber sie ahnten viel voneinander. Das sollte genügen. So waren sie auseinandergegangen bis zum Abend. Er mit festem Schritt, sie schwebend und mit Wachs auf den Händen.

Nun saßen sie hier. Die mit einem kleinen Holzdach geschützte Bank verlor sich beinahe auf der großen Wiese, deren Halme bereits Feuchtigkeit sammelten. Nur eine sanfte Erhebung weiter rauschte das Meer. Kühle und salzig schmeckende Luft wehte zu ihnen herüber.

Lia hatte ihre Schultern mit einer leichten Decke umgeben. Die Hände auf ihrem Schoß. Den Kopf gesenkt. Das große Karussell, das sich in ihr tagsüber gedreht hatte, war zum Stillstand gekommen. Mit ihm auch die rasenden Gedanken darüber, auf welches Risiko sie sich einließ. Wann aber, dachte sie, wenn nicht jetzt. Noch nie war sie einem Mann auf diese Weise nahegekommen. Zum ersten Mal wollte sie ihren Sehnsüchten nicht alleine lauschen. Sie stattdessen fassbar machen, vorsichtig nach ihnen greifen. Vielleicht gelang dieses Wagnis. Wenn sich ihre gemeinsamen Bilder tatsächlich so anfühlten, wie sie sich gestern auf Hand und Verstand getröpfelt hatten. Ein Seiltanz. Stürzten sie ab, würde sie Bruno nie wieder begegnen können, dessen war sich Lia bewusst. Es gab nur diesen einen Versuch. Sie ahnte, dass das auch Bruno wusste.

»Alles in Ordnung?«, fragte Bruno leise und nahm sie vorsichtig in den Arm. »Du bist dir sicher?« Er sah zu ihr herüber, als wolle er die Antwort selbst aus ihr lesen.

»Ja«, sagte Lia und wusste nicht, warum sie es flüsternd tat. Sie sah zu ihm und nickte. Jetzt sollte es sein. Jetzt.

Als Bruno die erste Schlaufe Seil um ihre Handgelenke legte, glaubte Lia zu fallen. Sie atmete überrascht und tief ein. Hörbar. Sank nach vorn. Sichtbar. Zitterte. Fühlbar. Alles gleichzeitig. Weil sie es zum ersten Mal spürte. Mit jemandem, der echt war und keine lebenslange Fantasie. Plötzlich erlebte sie es nicht nur in ihren Gedanken, sondern auf und unter der Haut. Sie wusste, dass es ab diesem Augenblick keine Umkehr mehr gab. Nicht für sie, nicht für ihn.

Behutsam führte Bruno das Seil, auf dem sie tanzten, um Lias Haut. Eng. Jeder Zentimeter brachte sie näher zu ihm. Langsam und sorgfältig nahm er sie in Besitz. Legte und ertastete die Windungen um ihre Arme, parallel, akkurat, fest. Als er schließlich die Seilenden zwischen ihren Armen kräftig zusammenzog, war sie ganz bei ihm. Das

Geräusch und der Gedanke ließen Lia derart erzittern, dass Bruno innehielt.

Er wartete. Räumte Lia Zeit ein für die Erkenntnis, sich zum ersten Mal nicht selbst aus Fesseln befreien zu können. Und sich selbst für das Gefühl, sie zum ersten Mal befreien zu müssen, wenn etwas passiert. Die Frau, die er gestern am Strand gefunden hatte.

Bruno lauschte nach Geräuschen, die nicht Lias Atem, nicht ihr Puls waren. Er allein war ihre Versicherung heute Nacht. Alles, was Lia zu schenken bereit war, hatte sie eben eingezahlt. Im Vertrauen darauf, dass er den Wert kannte. Und selbst in tiefsten Momenten bei Verstand bleiben würde. Niemand sollte ihren Einsatz, sollte sie so sehen. Nur er. Der schmale Weg, aus dem Dunkeln kommend über die Wiese zum Leuchtturm führend, blieb einsam. Niemand suchte etwas hier um diese Zeit. Nur Lia und Bruno. Auf der Suche nach sich selbst.

Bruno konzentrierte sich. Ließ Lia aufstehen, langsam. Schob sie ein wenig nach vorn, in die richtige Position. Lia fühlte sich einen Moment unsicher an. Schwankte kurz. Weil sie nicht wusste, was er plante. Den Balken über ihr nahm sie nicht wahr. Er war nicht auf ihrer Augenhöhe. Ihr Blick folgte bislang ausschließlich ihrem Gefühl. Nach unten. Bruno aber zwang sie nach oben. Ihre Arme. Ihre Hände. Das Stück Seil über dem Balken straffte erst sich, dann Lias Körper. Direkt vor seinen Augen.

Lia atmete ruhig. Wie in Trance. Hielt unbeirrt Blickkontakt zu ihm.

Bruno strich ihr über die Schultern. Griff sanft in ihren weichen Nacken. Seine Lieblingsstelle. So verletzlich. Er stellte sich vor, wie es sich anfühlen würde, dort ein Halsband zu schließen. Später. Wenn sie diesen Seiltanz überlebten. In Lias Augen lag stiller Glanz. Das Licht eines ruhigen Sternenhimmels. Die langsam drehenden Lichtkegel des Turms. Und ihr inneres Leuchten. Als warte alles.

»Mach weiter«, flüsterte Lia. »Bitte. Mach weiter.«

Bruno trat näher an sie heran. Spürte ihre Körperwärme. Und ein sanftes Beben, als er ihr die Bluse langsam hob. Leichten Stoff über ihre Haut bewegte. Den zarten Körper freilegte. Das forderte Lia einen Augenblick Beherrschung ab, aber sie beruhigte sich wieder. Ihre Hände brauchten das Seil nicht als Halt. Noch nicht, dachte Bruno still.

Er legte Zeigefinger und Daumen um ihre nackten Brustwarzen und ihre Blicke suchten sich erneut. Begegneten sich irgendwo in der Mitte zwischen ihnen. Duell. Lia hielt Stand. Bruno schloss seine Finger ein wenig und bemerkte, dass Lia den leichten Druck sofort registrierte. Er spürte es. Jede Regung nahm er auf. Witterte ihre Gefühle. Wie ein Wolf seine Beute. Begann, ihren Willen anzusaugen. Griff fester zu. Lia atmete kurz und heftig. Aber sie gab nicht auf. Hielt den Blick. Wie lange hatten sie gestern am Strand gesessen. Ihre Tiefen gegenseitig erahnend, aber Abstand haltend. Und dabei waren sie sich so nah. Längst vom Sog erfasst.

Lia stöhnte leise. Ihr Blick erreichte Bruno. Fest. Entschlossen. Doch als er sie an den Brustwarzen nach vorne zog, verlor sie. Gegen das Unerwartete. Sofort. Sie blickte erschrocken nach unten, um nicht zu stolpern. Musste einen Schritt auf ihn zugehen. Beinahe tänzelnd. Im Dunkeln. Dem Schmerz folgend. Die Seilschlingen zwischen dem Balken und ihren Handgelenken strafften sich. Ihre Brüste auch. Erste Belastungsprobe. Lia sah wieder auf. Musste sich erst wieder fangen. Den Zug an den Handgelenken über sich austarieren. Der Sternenhimmel tanzte über ihr. Und obwohl sie Sterne mochte, waren sie in diesem Moment aus ihrem Universum verschwunden.

Bruno hielt sie noch immer an ihren Brustwarzen. Fest. Wartete, bis sie glaubte, wieder sicher zu stehen. Unter Lias Haut wühlte derweil ihre Seele. Wurde unruhig. Neugierig, aber nicht ohne Respekt.

Die Lichtkegel des Leuchtturms leckten den Nachthimmel. Kosteten lauwarme Sommerluft unter Sternen. Hatten Appetit auf Dunkelheit. Bruno dagegen hatte Hunger. Auf Lia. Auf alles, was er ihr antun wollte. Auf jeden Zentimeter Weg, den er sie messen lassen wollte. In kaltes Wasser war sie gesprungen heute Abend. Ein Tag war viel zu wenig Zeit, ernsthaft über die Höhe des Seiles nachzudenken. Jetzt war sie auf seine Navigation angewiesen. Hier am Leuchtturm. Er hätte keinen besseren Ort finden können für den Versuch, sie zu lotsen.

Langsam und unnachgiebig verstärkte Bruno den Zug an Lias Brustwarzen.

Ihr Körper bog sich nach vorn. Sie glaubte, widerstehen zu können. Kämpfte. Eine kleine Ewigkeit lang. Bis sie erkannte, dass sie dem zerrenden Schmerz an ihren Brustwarzen nicht Paroli bieten konnte. Dass sie ihre sichere Position verlassen musste. Und dass sie tun musste, was er verlangte. So ließ sie es zu. Einen kleinen Schritt nach vorn. Zu ihm.

Bruno zog sie über den Ereignishorizont.

Lia hatte keine Chance. Ihr Körper hing im Seil. Es streckte ihre Hände unnachgiebig nach oben. Hielt nun, da sie ihren sicheren Stand aufgegeben hatte, den ganzen Körper aufrecht. Sie wäre gestürzt, wenn es sich gelöst hätte.

Bruno fühlte ihr an, dass sie diesen Gedanken durchlebte. Ihre Augen erzählten es ihm. Die Erkenntnis, wie hilflos sie ist, drang in sie. Er war es, der sie jetzt noch bewahren konnte. Allein er. Nichts und niemand anderes. Er war ihr einziger Halt.

Lia übereignete sich. Ihre Kontrolle. Ihre Beherrschung. Die Sicherheit. All das hatte nun Bruno. Er hatte sie.

Bruno sah ihr tief in die Augen und öffnete ihre Hose. Ohne Rückfrage. Wozu auch. Sie war nun seine. Zusammen mit dem Slip schob er ohne Zögern den Stoff nach unten.

Lia biss die Zähne zusammen. Ihre Wangenknochen hoben und senkten sich. Sie ahnte, was er suchte.

Brunos warme Handfläche fühlte über ihren Schamhügel. Rasiert. Glatt. Zart. So hatte er es unverblümt von ihr verlangt, als sie sich am Strand getrennt hatten. Es hatte sie heimlich jubeln lassen. Das war aber nicht das, was er kontrollieren wollte. Er drängte zwischen ihre Schenkel. Mit zwei Fingern teilte er ihr Fleisch. Verharrte nicht lange. Tauchte ein. Kein Widerstand. Ihre Nässe war hörbar. Er tastete sie aus. Hatte das Gefühl, seine ganze Hand in ihr versenken zu können. Welche Lust. Doch er hielt sich ab davon. Riss sich los von diesem Sog. Es wäre der Moment gewesen, in dem er vom Seil abgerutscht wäre, in dem sie beide gestürzt und nie wieder aufgestanden wären. Es musste genügen. Er hatte erfahren, was er wissen wollte. Hatte kontrolliert. Sie. Ihr Körper hatte bestätigt, was er schon wusste.

Als er seine Finger langsam aus ihr zog, stöhnte Lia heiße Atemluft. Bruno spürte sie an seinem Hals. Die Versuchung war groß. Seine Sinne waren erregt. Lia war es auch. Trotzdem schob er seine Finger nicht erneut in ihr nasses Fleisch. Stattdessen in ihren Mund. Sie begriff die Forderung. Leckte sie sauber. Ihre eigene Lust. Saugte an ihr. Gierig. So hungrig wie die Lichtkegel.

Hungrig war sie tatsächlich. Lia wusste, was in ihr wohnte, so weit sie sich erinnern konnte. Hatte nie Zweifel darüber gehegt. Nie Bedenken an den dunklen Geschichten, die ihr die Seele zuflüsterte. Nachts in Träumen. Tags in Fantasien. Sie ging damit um. Hatte versucht, es zu leben. War gescheitert an ihrer Tiefe. Weil sich niemand bereit fühlte, ihr bis auf den Grund zu sehen. Nie konnte sie bis dorthin sinken. Mit jedem gescheiterten Versuch wurde das Wasser trüber. Irgendwann hatte sie aufgehört, zu tauchen. Hatte sich resigniert an den Strand gesetzt und Kompromisse in den Sand gezeichnet. Alles vergraben, was sie in sich trug. Ihr blieb, sehnsüchtig auf das Meer hinaus zu blicken. Bis zu dem Tag, an dem sich Bruno zu ihr gesetzt hatte.

Er griff mit beiden Händen an ihre Brustwarzen. »Du hast es noch nicht geschafft«, flüsterte er. Einen Schritt mehr wollte er fordern. Begann zu ziehen.

Ihre Brüste dehnten sich nach vorn. Ihr Oberkörper streckte sich ihm entgegen, während das Seil die über ihr gebundenen Handgelenke nach hinten zerrte. Lia kämpfte gegen die Angst, ihre Füße weiter nach vorn zu setzen. Zu ihm. Noch mehr aus dem Gleichgewicht zu geraten. Ihr Körper hing an dem Seil. Sie schwankte. Wie schnell man doch die Kontrolle verlieren kann.

Er zog weiter. Unnachgiebig. Sah ihr fest in die Augen, während ihr Schmerz wuchs. Glaubte, ihre Seele zu sehen, geweckt von dem, was ihr so lange gefehlt hatte. Wie tief kann ein Blick gehen, dachte Bruno und zog sie noch mehr zu sich.

Lia atmete schnell. Immer häufiger verlor sie ein gequältes Stöhnen.

»Komm näher …« Bruno gab sie nicht frei.

Sie warf den Kopf nach vorn. Mühte sich. Aber sie konnte ihn nicht erreichen. Zu kurz spannte das Seil zwischen dem Holzbalken und ihren Handgelenken.

»Komm näher. Versuche es.« Mit einem weiteren kräftigen Zug zwang Bruno ihre Brustwarzen zu sich. »Für mich.«

Lia atmete erschrocken ein und musste ihren letzten Schritt gehen. Stöhnte laut auf. Hing mehr, als sie stand.

Bruno registrierte, wie schwer es ihr fiel. Er weidete sich daran. An dem Schmerz in ihren Augen. An dem Umstand, dass sie es erduldete. Für ihn. Erst als er bemerkte, dass sie nicht länger so stehen konnte, beendete er ihren Seiltanz. Sie hatte genug gelitten für ihn. Heute. Hatte genug gezeigt, wie sehr sie ihm vertraute. Sich ihm übergab. Er entließ langsam ihre Brustwarzen dem Druck seiner Finger. Legte seinen Arm um sie, kam ihr näher.

Lia lehnte sofort ihren Kopf auf seine Schulter. Als suchte sie Trost.

Bruno dirigierte ihren Körper wenige Schritte rückwärts unter die Stelle, an der das Seil an den Balken geknotet war. Ohne sie loszulassen. Er wusste, dass Lia ihn brauchte, wenn er ihre Hände löste. Er hatte sie gefordert. Hatte sich von ihr genommen, was sie ihm zugebilligt hatte. Nun stand auch ihr etwas zu. Eine sichere, stille Umgebung in ihren tiefsten Momenten. Sein Schutz.

Der letzte Knoten löste sich, Lias Arme sanken nach unten. Im gleichen Augenblick sank sie. Bruno fing sie sicher im Arm, ließ sie vorsichtig zu Boden.

Dorthin gehörte sie. Dort war ihr Platz. Lia fühlte es so sehr, dass sie sich nicht erheben konnte. Wollte. Hockte still und klein auf blanker Erde. Über ihr der Holzbalken mit taumelndem Seilende. Sie schlang aus einem Gefühl heraus beide Arme um seine Füße, so fest, wie sie noch nie jemanden umarmt hatte zuvor. Klammerte. Als hätte sie Angst, er könnte nun gehen.

Bruno war tief bewegt. Er wusste nicht, wann sich das letzte Mal eine Frau so an ihm gehalten hatte. Er spürte, dass Lia zitterte. Hielt sie fest, bis es aufhörte.

»Ist alles gut?« Bruno flüsterte, um nicht die Stille zu zerreißen. »Wie geht es dir?« Mehr als ihren nickenden, sich an seine Beine schmiegenden Kopf erfuhr er nicht. Es genügte ihm als Antwort. Er deutete ihr an, dass er sie auf die Holzbank bringen möchte, denn es wurde kühl und feucht am Boden. Selbst in dieser lauen Sommernacht. Es dauerte noch viele geschwenkte Streifen am Nachthimmel, bis Lia in der Lage dazu war.

Dann saßen sie schweigend nebeneinander. Voller neuer Bilder. Unsortiert. In überwältigender Zahl. Lia sah darauf nicht nur ihn. Sondern erkannte auch sich selbst. Wie sie ist. Was sie ist. Dass die flüchtigen Fantasien ihres bisherigen Lebens plötzlich Halt gefunden hatten. An ihm kondensiert waren.

Stille. Der Leuchtturm tastete den Nachthimmel ab, so, wie es Bruno zuvor mit Lia getan hatte. Leuchtende Spuren drehten sich um sie. Alles drehte sich um sie in dieser Nacht.

Bruno zog die Decke um ihre Schultern zurecht. Sie sollte nicht frieren.

Lia hob kurz den Kopf. Lächelte. Sie hatte geleuchtet wie ein Stern in der Nacht am Himmel. Dabei war sie so tief auf den Boden gesunken. Vor ihm. Unverglüht.

Es hatte funktioniert. Das wussten sie beide. Sie würden sich wieder sehen. So wieder sehen.

Kapitel Neun

Herr Conrad zieht seine Brille von der Nase und senkt den Kopf. Erst wischt er sich mit dem Zeigefinger durch die Augenwinkel. Dann beginnt er, die Brillengläser am Ärmel seines weißen Hemdes zu reiben. »Was meinst du, Kindchen, wie oft im Leben begegnet man einem Menschen, dem man ohne viele Worte in die Seele schauen und dabei erkennen kann, dass sie nicht weniger tief ist als die eigene?« Seine Stimme klingt angegriffen. »Dem man keine Geschichte erklären muss, weil er im gleichen Buch liest?«

Sarah setzt ihre Lippen an den Rand der Tasse und nimmt nachdenklich den letzten Rest Rooibostee. Sie ist noch nicht losgekommen von dem Seil, das Bruno um Lias Handgelenk band. Von seinen Fingern an ihren Brustwarzen. Und – Sarah fühlt ein Ziehen unterhalb der Magengegend – von seiner Hand in ihrem Schritt. Sie setzt die Tasse ab, schluckt schwer. So würde sie sich auch am Strand abholen lassen.

»Oder anders«, sagt Herr Conrad mit ernster Stimme, während er die Brille vor seine Augen hält und auf dem Glas nach Verunreinigungen sucht, »wie oft im Leben trifft eine Lia auf einen Bruno?«

Sarah stellt sich vor, dass sie an Lias Stelle am Strand gesessen hätte. Vorhin, als Herr Conrad erzählte, dass sich Lia und Bruno bereits in der nächsten Nacht aufeinander einließen, war sie ein wenig skeptisch. Fand es überstürzt, riskant, unvernünftig. Die Frage von Herrn Conrad lässt sie anders darüber denken. Menschen wie Lia und Bruno finden nicht oft zueinander, das hat sie selbst erfahren. Kein Bruno hat sie je aufgesucht, wenn sie am Strand saß. Und dabei trägt sie ihre dunklen Sehnsüchte in sich, solange sie denken kann.

Sie hat sich arrangiert mit der Art und Weise, in der sie bislang geliebt wurde. Herzlich, aber nie so tief, wie ihre Seele es zuließ. Was also würde sie tun, wenn sich plötzlich jemand neben ihr in den Sand setzen und Wachs auf ihre Hand träufeln würde? Sarah überlegt, ob es nicht vielmehr überstürzt, riskant und unvernünftig wäre, einen Menschen fortzuschicken, dem man nie wieder im Leben begegnen wird. Ein zweites Mal wird man nicht gefunden, wenn es schon das erste Mal so selten passiert.

Herr Conrad setzt seine Brille wieder auf und schaut über den Tisch hinweg zu Sarah. »Hat dich denn schon jemand gesehen, Kindchen?« Sanftmütig wie ein Vater sieht er aus. Wissend, aber nicht altklug. Gleich einem Mentor.

»Nein«, flüstert Sarah. Sie fühlt plötzlich eine Traurigkeit in sich, die sie nach unten zieht wie eine Last. Direkt vorn am Hals. Geschichten, wie sie der weißhaarige Mann erzählt, wohnen nicht in ihr. Werden nie in ihr wohnen. Sie ist eine Lia ohne Bruno. »Nein, niemand«, antwortet sie und kann nicht verhindern, dass ihre Stimme so angekratzt klingt wie ihre Seele. Was würde sie geben dafür, einen Menschen zu finden, der ihr solche Geschichten in die Erinnerungen brennt. Der ihre Sehnsüchte nicht nur kennt, sondern auch verlässlich mit ihnen umzugehen weiß. Sarah fürchtet, dass sie einem Bruno nie begegnen wird. So lange hat sie schon gewartet. Nie war ein Mann auch nur ansatzweise in der Lage gewesen, ihren Grund der Seele zu erreichen. Zu sehen, welcher Reichtum dort liegt. Niemand. Dabei war sie mehr als bereit, alles herzugeben. Vor allem sich selbst. Sie beißt sich heftig auf die Unterlippe und senkt den Kopf, um ihre wässrigen Augen zu verbergen.

Herr Conrad nickt langsam. »Verstehe.«

Sarah räuspert sich, um sich von dem schnürenden Gefühl um ihre Kehle zu befreien. »Sie haben eine Toilette?«

»Natürlich«, sagt der Mann, seufzt und erhebt sich aus seinem Thronsessel. »Selbstverständlich.« Er zieht einen kleinen Ring mit zwei Schlüsseln aus seiner Westentasche. »Du musst auf dem Hof gleich links um die Ecke gehen, dort ist ein Treppenaufgang und in ihm findest du die Tür.« Er fasst einen der beiden Schlüssel an seinem Eisenbart und streckt Lia den Ring entgegen. »Dieser ist es.

Der andere ist für die Eingangstür. Es tut mir leid, dass ich hier etwas einfach lebe. Auf Besuch bin ich nicht eingerichtet. Das hier war früher eine Lagerhalle.« Er schaut kurz um sich. »Für mich reicht es. Du hast alles verstanden?«

Sarah nickt, lächelt ein wenig, erhebt sich vom Sofa und nimmt die Schlüssel an sich. »Ich denke schon. Sie werden es sicher bemerken, wenn ich nicht zurückkomme.« Sie begibt sich auf Zehenspitzen zur Werkbank, hebt ihre Stiefeletten an, betrachtet sie von allen Seiten. Trocken sehen sie aus. Ein wenig in Mitleidenschaft gezogen. Sarah zieht das geknüllte Zeitungspapier heraus, wirft die Knäuel auf die Arbeitsplatte.

»Du wirst zurückkommen.« Herr Conrad spricht mit tiefer, überzeugter Stimme. »Du gehst nur auf Toilette, nichts anderes.«

Fast wie eine Anweisung, denkt Sarah. Sie behält Blickkontakt zu ihm, während sie sich beugt und erst in den einen, dann in den anderen Schuh schlüpft. Kurz überlegt sie, ob sie ihre Jacke mitnehmen soll, lässt sie dann aber über der Lehne des Sofas liegen. Sarah vertraut ihm. Er wird sie noch als Zuhörerin brauchen.

»Das sieht ein wenig nach Aufbruch aus«, konstatiert Herr Conrad und Sarah glaubt, so etwas wie Besorgnis in seiner Stimme zu spüren. Sie hält inne. Stellt sich seine Einsamkeit vor, die bleiben wird, wenn sie selbst später geht. Weil niemand da sein wird, der seine Geschichten hört, mit ihm teilt und versteht. Sarah muss ihm vorkommen wie ein seltenes Fundstück am Strand. In Gedanken wiederholt sie die Frage, die der weißhaarige Mann selbst gestellt hat: Wie oft im Leben trifft man einen Menschen, dem man keine Geschichte erklären muss, weil er im gleichen Buch liest? In diesem Moment tut er ihr leid.

»Nun geh schon.« Herr Conrad greift sich in die Hosentaschen, als suche er etwas, dann schaut er um sich und schließlich schlurft er ohne weitere Anmerkungen in Richtung des Vorhangs. Lässt sie einfach stehen.

Sarah dreht sich noch einmal auf den Hacken hin und her, um richtig in die Stiefeletten zu rutschen. Dann durchquert sie die Werkstatt und schlüpft in den langen, mit Leder und Riemen behangenen Flur. Er kommt ihr nicht mehr so geheimnisvoll und düster vor. Viel beeindruckender empfindet Sarah nun Herrn Conrad selbst. Mit einer flachen Hand streift sie im Vorbeigehen über die vielen Gürtel, denkt daran, wie sie gestern am Eingang stand und ihr Handgelenk umwickelte. Mit dem Gürtel, der mittlerweile auf dem Tisch in der Werkstatt liegt. Der sein Ass im Ärmel war, das er nun ausgespielt hatte.

Als sie die Klinke kräftig nach unten drückt und in den Hof treten will, widersteht die Tür unbeeindruckt. Sarah stößt gleichermaßen überrascht und schwungvoll mit ihrem Körper gegen das Holz. Sie flucht kurz und reibt sich die Schulter. Dann versucht sie es nochmals. Die Tür ist verschlossen. Sarah ist kurz fassungslos, muss sich orientieren. Herr Conrad muss die Tür abgeschlossen haben, als er den Kunden aus dem Laden begleitet hat, überlegt sie. Während sie hinter dem Vorhang stand und auf das Teewasser wartete. Nur so konnte es sein. Aber warum? Will er sie festhalten? Hat sie ihn so falsch eingeschätzt? Sarah findet das absurd. Das würde nicht zu ihm passen. Grob ist er mitunter in dem, was er sagt, aber er hat sie stets in einer sehr präsenten, freundlichen Art und Weise umgeben. Sie betrachtet den Ring mit den zwei Schlüsseln in ihrer Hand. Erinnert sich an die Worte des Mannes: Der andere ist für die Eingangstür. Sie schiebt den zweiten Schlüssel ungelenk in das Schloss, dreht langsam und vorsichtig. Eine Feder spannt sich. Es klackt. Die Tür gibt nach. Sarah zieht den Schlüssel wieder zu sich, betrachtet ihn und schüttelt den Kopf. Herr Conrad hätte ihr kaum den Schlüssel gegeben, wenn er so wäre, wie es sich einen Augenblick lang anfühlte. Sarah atmet einmal tief ein und aus. Er wird den Raum abgeschlossen haben, weil er nicht während des Erzählens unterbrochen werden will. Vielleicht auch, weil er nicht möchte, dass Sarahs Zuhören gestört wird. Sie lächelt bei dem Gedanken, dass sie ihm so wichtig sein könnte. Der Gedanke, dass Herr Conrad die Atmosphäre um sie zu schützen versucht, fühlt sich seltsam an. Aber angenehm.

Als Sarah die Tür öffnet, greift eiskalte und feuchte Luft nach ihr. Unwillkürlich zieht sie die Schultern ein. Sie schließt kurz die Lider. Ihre Augen haben sich an die matte Beleuchtung der Werkstatt gewöhnt. Sie hätte nie geglaubt, dass sie von einem trüben Himmel so geblendet werden könnte. Sarah tritt mit einem großen Schritt in den nassen Hof und drückt die Eingangstür der Manufaktur hinter sich zu. Mit den Armen vor dem Körper verschränkt wendet sie sich nach links, sieht die Mülltonnen, das gegen die Mauer gelehnte Fahrrad.

Nichts hat sich verändert. Während die Glocke der großen Turmuhr deutlich hörbar zweimal schlägt, eilt Sarah frierend über den Hof, findet den Eingang zum Hausflur. Das Quietschen der schweren Holztür hallt in ihm mehrere Stockwerke aufwärts und rollt von dort wieder zurück. Irgendwo über ihr öffnet sich eine Tür und eine Frauenstimme tönt zwischen den Geländern herab. »Anton? Bist du es?« Und noch einmal. »Anton!« Es antwortet nur der Schall. Sekunden später kracht eine Tür ins Schloss und es wird still.

Sarah schaut sich um. Der Steinfußboden ist in einem rotschwarzen Muster gelegt, das bis an den Ölsockel der Wände reicht. Das hat Sarah schon in anderen alten Häusern gesehen. Es riecht penetrant nach Bohnerwachs und stehender Luft. Sarah fröstelt. Der Flur ist so kalt, wie er aussieht, denkt sie. Rechter Hand entdeckt sie – wie von Herrn Conrad beschrieben – die Tür zur Toilette. Es ist ihr unangenehm, dass es im ganzen Flur zu hören ist, als sie den Schlüssel einschiebt und die Tür öffnet. Sie hält noch einmal kurz inne und lauscht nach oben, aber es regt sich nichts. Dann betritt sie den kleinen Raum. Er ist sauber und beherbergt nicht mehr, als unbedingt nötig. Ein Spiegel über einem kleinen, halbrunden Waschbecken aus Porzellan. An der Wand daneben ein Behälter mit Flüssigseife und ein unterarmlanges Handtuch. Mehr nicht. »Notdurft«, denkt Sarah ironisch und muss lächeln. Nirgendwo anders trifft dieses Wort besser.

Sie öffnet ihre Hose, lässt sie in die Kniekehlen sinken. Als sie den Slip nach unten schiebt, bemerkt sie, dass er nass ist. Nicht feucht. Wirklich nass. Sarah beißt sich auf die Unterlippe. Fühlt mit der Hand zwischen ihre Schenkel. Die letzte Geschichte von Herrn Conrad hat Spuren hinterlassen. Es überrascht sie nicht die Tatsache, aber deren Heftigkeit. Was der weißhaarige Mann ihr erzählt hat, entspricht einem großen Teil ihrer sexuellen Fantasien. Auf der Holzbank unterhalb des Leuchtturms war sie eine Zeit lang in Lia geschlüpft. Hatte den intensiven, salzigen Duft wahrgenommen, den das Meer über die Wiese schickte. Sie hatte an Lias Stelle das Seil um die Handgelenke und schließlich Brunos warme Hand gespürt. Als sich Lia mit dem letzten Schritt aus dem Gleichgewicht begeben hatte, war Sarah beinahe nach vorn vom Sofa gerutscht. Ob Herr Conrad das bemerkt hat, weiß sie nicht.

Sarah drückt die Handfläche gegen ihre empfindliche Haut. Fühlt ein Ziehen, das sie aus Momenten ihrer heimlichen und erregenden Fantasien kennt. Sie schließt die Augen. Schwimmt auf dem Gefühl, nur wenige Bewegungen zu brauchen, um sich zum Höhepunkt zu bringen. Einen Wimpernschlag lang Lia zu sein. Abseits des geschützten, aber kontrollierten Raumes, den Herr Conrad um sie gebaut hat. Er hätte sie nicht hierher gehen lassen dürfen, wenn er ihr das hätte verbieten wollen. Wollte er das?

»Du gehst nur auf Toilette, nichts anderes«, hört sie Herrn Conrad noch einmal sagen. Laut und unerbittlich. In diesem Augenblick fühlt Sarah ihre Gedanken wie etwas Ungehöriges, Falsches. Nichts anderes? Was glaubt er, was sie hier tut? Sie knurrt leise. Das hat er so nicht gemeint, versucht sie sich einzureden. Auch, dass der alte Mann nicht in die Besetzungsliste ihrer Fantasien passt. Sie müht sich das große und kantige Erscheinungsbild von Bruno vor Augen. Wie er aus dem Dunkeln heraus auf sie zu tritt.

Draußen auf dem Flur wird die Tür geöffnet. Sarah hört es gedämpft. Aus salziger Luft wird gegen ihren Willen wieder Bohnerwachs. Die Kälte in dem kleinen Raum schleicht sich in ihr Bewusstsein zurück und formt Gänsehaut. Sarah fühlt sich am falschen Ort. Auch durch diesen unmöglichen Satz von Herrn Conrad. Sie lässt ihre Hand sinken, wischt verschämt die Feuchtigkeit flach an der Haut ihrer Oberschenkel ab und setzt sich.

Schritte stampfen durch den Flur, klingen schwer. »Anton?« Wieder stürzt die laute Frauenstimme das Treppenhaus herab. »Anton!«

Sarah verdreht die Augen.

»Ja doch«, antwortet schließlich die knurrige Stimme eines Mannes. Er muss sich gerade in der Nähe der Toilettentür befinden, denn Sarah hört deutlich, wie er im Vorübergehen vor sich hin flucht. »Verdammt noch mal, ziemt sich das?« Dann scheint er die Treppen nach oben zu gehen. Laut und polternd.

Sarah beeilt sich, dem kleinen Raum zu entkommen, sobald wieder Ruhe eingekehrt ist. Vorsichtig blickt sie in das Treppenhaus nach oben, aber es bleibt leer. So eilt sie über den Steinfußboden nach draußen, überquert frierend den unwirtlichen Hof und lässt sich von einer Hand aus warmer Luft zurück in den Flur der Werkstatt ziehen.

Als sie die Tür mit der geschwungenen Klinke heranzieht, fällt ihr das Schloss in die Augen. Sie verharrt und fühlt den Ring mit den zwei Schlüsseln in ihrer Hand. Ist sich unsicher, ob sie den Eingang wieder versperren soll. Herr Conrad wird den Schlüssel zurückverlangen, und wenn sie ihn aushändigt, wird sie ihm gleichzeitig die Gewalt über sich geben.

Vielleicht, überlegt Sarah, ist es klüger, die Tür unverschlossen zu lassen. Was macht es für einen Unterschied? Sie gibt die Klinke frei und will sich gerade von der Tür entfernen, als sie an den Mann denken muss, der am Vormittag zwischen zwei Geschichten die Werkstatt besucht hatte. Sein Erscheinen hatte sie aus der Mitte des Raumes katapultiert und beinahe flüchten lassen. So verletzlich war die Atmosphäre um sie, Herrn Conrad und seine Geschichten. Sarah schränkt sachlich ein, dass dies nur einmal vorgekommen ist. Aber nur deswegen, weil anschließend die Tür verschlossen war, kontert sie sich selbst. Sie erinnert sich an dieses eigenartige Gefühl, von Herrn Conrad in einem geschützten Raum gehalten zu werden. Er hatte keinerlei Worte darüber verloren, hatte nicht gefragt, ob ihr das recht ist. Er hatte es einfach entschieden und getan. Über sie hinweg. Konsequent. Er hatte sich anschließend nicht darum bemüht, es ihr zur Kenntnis zu geben. Als ginge es sie nichts an. Er entscheidet. Auch über sie.

Sarah lehnt sich mit dem Rücken gegen die Tür. Herr Conrad hat ihr nicht nur Geschichten erzählt. Er hat sie mit Worten gelenkt. Er hat den Lauf der Dinge beeinflusst, wie es ihm beliebt. Und währenddessen hat er auf alles geachtet, was um sie geschah. Das ist kein Spiel, denkt Sarah. Das ist schlicht und ergreifend sein Wesen. Er hat sie sich längst untergeordnet. Sarah erinnert sich an seinen bohrenden Blick, nachdem sie es sich in seinem Sessel bequem gemacht hatte. Sieht sich auf dem Boden neben ihm sitzen. Hört noch einmal seine harsche Anweisung, ihm einen Tee zu bereiten und die Werkstatt zu verlassen, gleichzeitig aber auch die lobende Erwähnung ihrer Körperhaltung auf Zehenspitzen. Sarah wird schwindlig. Ihr ist die ganze Zeit entgangen, dass er kein filigranes Netz aus Erzählungen spinnt, sondern feste Seile legt. Und sie? Sarah zieht kurz die Luft ein. Sie hat nichts davon bemerkt. Im Gegenteil: Sie hat sich wohlgefühlt.

Sarah atmet tief ein und aus. Blickt den mit Gürteln behangenen Flur entlang, der nun erst recht zwei Welten trennt. »Carl Conrad«, sagt sie leise und nickt anerkennend mit dem Kopf, als stünde er vor ihr. »Was sind Sie für ein dominanter Mensch.«

Sarah gibt sich einen Ruck, schiebt entschlossen den Schlüssel in das Schloss und dreht ihn betont schwungvoll. Die Feder klackt so laut, als zerberste sie. Sarah hat keine Angst vor Herrn Conrad. Im Gegenteil. Jetzt, wo sie erkannt hat, was er mit ihr tut, weiß sie, wie sie sich arrangieren kann. Wenn sie das will. Aber vielleicht, überlegt Sarah, kostet sie das Gefühl nun ein wenig aus. Gefahrlos. Er ist zu alt, als dass er sie haben könnte und wollte, denkt sie. Ein müder Wolf. Trotzdem beeindruckend und mitunter knurrend. Nur jagen wird er nicht mehr. Es kann nichts passieren.

Sarah schiebt den Schlüssel in ihre Hosentasche und durchquert zügig und mit festem Schritt den Flur. Sie müht sich um eine aufrechte Körperhaltung, streicht sich die Haare nach hinten. Sie wird dem weißhaarigen Mann zeigen, dass sie über ihn Bescheid weiß. Aber sie wird sich nicht fangen lassen von ihm. Es wird ihm gefallen. Und letztendlich, resümiert Sarah, ist es genau das, was sie nun will. Ihm gefallen.

Als Sarah die Werkstatt betritt, bemerkt sie wieder diesen Duft nach Cognac. Herr Conrad ist nicht zu sehen. Auch nicht in seinem großen Thronsessel. Es ist still. Über die Lehne des Sofas hängt Sarahs gefütterte Jacke. Unverändert. Auf dem Tisch liegt noch immer der Gürtel. Die Werkbank ist überzogen mit Knäueln aus Zeitungspapier, die Sarah vorhin aus ihren Schuhen gezogen hat. Es ist, als sei der gesamte Raum erstarrt.

Sarah bleibt einen Moment unschlüssig stehen, dann überquert sie langsam den abgeschliffenen, stumpfen Parkettboden. Sie begibt sich zu dem Vorhang, der den Durchgang zum Wohnbereich mit schwarzem Stoff abtrennt. Mit einer Hand fasst sie an dessen umnähte Seite, zieht sie vorsichtig wenige Zentimeter zurück. Durch den entstandenen Spalt sieht sie den weißhaarigen Mann im hinteren Teil des Raumes an den Sessel gelehnt. Nachdenklich sieht er aus. Dünner Pfeifenrauch steigt bedächtig über ihm auf, als seien es all die Gedanken, die er nicht zu fassen bekommt. Seine rechte Hand greift an den

Rahmen aus dunklem Holz, der hinter dem Sessel an der Wand hängt. Vielleicht, überlegt Sarah, betrachtet er die Bilder. Vergilbte Farben. Erstarrte Vergangenheit. Seine Erinnerungen. Es werden hoffentlich nicht alle sein, die er hat, denkt sie. Denn so, wie er da steht, sieht er sehr einsam aus. Sarah glaubt, dass es das Beste ist, wenn sie in der Werkstatt auf ihn wartet. Ihm diesen intimen Moment nicht nimmt. Sie fände das ungehörig. Er wird sie zu sich rufen, wenn es ihm recht ist. Bis dahin wird sie Geduld haben.

Herr Conrad lässt die Hand von dem Holzrahmen sinken. »Komm ruhig näher, Kindchen.« Er spricht langsam, versonnen.

Sarah erschrickt. Sie hat nicht damit gerechnet, dass er sie längst bemerkt hat. Es ist ihr unangenehm, denn es muss so aussehen, als habe sie ihn beobachtet. Sie erinnert sich an den Mann im Treppenhaus. »Ziemt sich das?« Fluchend. Herr Conrad konnte nun ebenso erbost über sie sein. Sie würde es verstehen.

»Entschuldigung«, stammelt Sarah, während sie den Vorhang weiter zur Seite drückt. »Sie waren nicht in der Werkstatt …«

»Natürlich«, sagt Herr Conrad, nimmt die Pfeife aus seinem Mund und bläst kleine Kringel in die Luft. »Selbstverständlich.« Er dreht sich zu ihr. »Komm nur, wir setzen uns. Bequem ist es hier auch.«

Sarah nickt erleichtert und schließt hinter sich den Vorhang. Sie erinnert sich, dass sie an der Eingangstür im Flur eben noch meinte, sich nicht fangen lassen zu wollen von dem alten Wolf. Keine fünf Minuten später hat er ihr schon gezeigt, dass sie es nicht leicht haben wird. Sie richtet sich erneut auf, zieht den Saum ihres Pullovers nach unten. Sie weiß, dass es ihren Körper betont.

Ihre Bemühungen um Selbstbewusstsein schwanken kurz, als die den Rand des Teppichs erreicht. Sie stoppt im gleichen Moment, in dem sich die Augenbrauen von Herrn Conrad ruckartig heben. Sarah schaut an sich nach unten, auf die Spitzen ihrer Stiefeletten, die beinahe die weißen Flusen berühren. Dann sieht sie wieder zu Herrn Conrad. Fragend. Dieses Mal versteht sie seine Geste sofort, als er sich kurz auf die Zehenspitzen stellt. Sarah streift wortlos die Schuhe von den Füßen, stellt sie ordentlich neben den Teppichrand.

Der alte Mann nickt anerkennend. »Setz dich.«

Sarah ist unschlüssig. Am liebsten würde sie in dem Sessel vor dem

Holzrahmen Platz nehmen. Aber an ihn gelehnt steht Herr Conrad, und es ist ihr unangenehm, so viel Distanz aufzugeben. Sie glaubt, dass es auch ihm nicht recht wäre. Es ist nur ein paar Stunden her, als er sie mit harschen Worten aus seinem Thronstuhl vertrieben hat. Sie schaut zu dem Sofa, über dem das wunderbare Gemälde hängt. Eine Blumenwiese vor einer untergehenden Sonne. In braunen und gelben Tönen. Rembrandt, denkt sie wieder. Unter der Wiese stapeln sich noch immer Zeitungen und Bücher und Sarah müsste auf dem Sofa erst Platz schaffen, um dort sitzen zu können. Sie weiß nicht, ob Herr Conrad es akzeptiert, wenn sie beherzt zugreift. Denn sie empfindet Bücher als etwas Wertvolles, das man nicht einfach von einem Anderen beiseiteschieben oder auf den Boden legen lässt. Sarah schaut unwillkürlich nach unten. Der weiße Teppich wäre wärmer und weicher als das Parkett, auf dem sie vorhin neben dem Thronsessel des Mannes gesessen hatte. Sie überlegt, ob Herr Conrad damit rechnet, dass sie sich wieder zu seinen Füßen niederlässt. Sie würde es tun, denkt sie, aber dann soll er es anweisen. So einfach mache ich es dir nicht, alter Wolf.

Der weißhaarige Mann zieht langsam und sie beobachtend an seiner Pfeife. Entlässt feinen Rauch aus seinem Mund. Lächelt. Als verfolge er Sarahs Gedanken. Schweigend lehnt er sich wieder gegen die Lehne des Sessels.

Sarah begreift und nickt leicht mit dem Kopf. Er hat ihr gezeigt, dass er von sich aus nichts sagen wird. Entweder entscheidet sie selbst oder sie fragt ihn. Sarah ist sicher, dass die erste Variante nicht das ist, was er erwartet. Sie räuspert sich leise und hakt ihre Daumen rechts und links im Hosenbund ein. Als sie bemerkt, dass sie wie ein verlegenes Kind aussehen muss, nimmt sie die Hände schnell hinter den Körper. Dann gibt sie sich einen Ruck. »Darf ich mich auf das Sofa setzen?« Sarah glaubt, ihren Puls gegen die Adern drücken zu spüren. Ihr eigener Satz wühlt sie auf, als sie sich bewusst wird, was sie da gerade getan hat. Sie hat um etwas Selbstverständliches gebeten. Ihn. Sie hat von ihm eine Entscheidung erbeten. Darüber, wie sie sich zu verhalten hat. Sarah schluckt. Sie handelt in Mustern, die sie noch keinem gezeigt hat zuvor. Als würden sie aus ihr herausbrechen.

»Gut, Kindchen«, antwortet Herr Conrad, und es klingt nicht

daher gesagt, sondern anerkennend. »Mach dir auf dem Sofa ein wenig Platz.«

Sarah balanciert auf Zehenspitzen an ihm vorbei. Sie nimmt Zeitungen zusammen und legt sie zu einem Stapel. Ein paar Bücher schiebt sie vorsichtig zur Seite. Flüchtig sammelt sie Titel und Autoren auf, puzzelt aus ihnen das Bild eines Liebhabers klassischer und philosophischer Literatur. Gleichzeitig überlegt sie, ob der alte Wolf wirklich nicht mehr jagt. Ob es nicht ein Fehler ist, vor ihm tanzen zu wollen. Wie es sich anfühlt, braucht er gar nicht zum Sprung anzusetzen. Stattdessen lenkt er sie einfach zu sich. Sarah ist verunsichert, warum sie darauf eingeht. Obwohl der alte Mann niemals eine Figur in ihren Fantasien sein wird. Und doch fühlt sie sich angezogen von seiner Macht über sie. Irgendwo zwischen ihr und ihm verläuft eine Grenze und Sarah ermahnt sich, diese im Auge zu behalten.

»Die Schlüssel.«

Sarah dreht ihren Kopf zu dem Mann, während sie noch ein dickes Buch zur Seite schiebt. »Wie bitte?«

»Die Schlüssel, Sarah. Ich bekomme sie noch wieder.«

Ausgerechnet jetzt denkt er daran.

»Sie stecken in deiner Hosentasche.« Herr Conrad weist mit der Pfeife in seiner Hand auf ihr Gesäß und grinst breit.

Sarah richtet sich auf, greift nach hinten. Der Metallring mit den beiden Schlüsseln beult ihre Tasche aus. Sie überlegt, ob Herr Conrad wirklich nur auf die Schlüssel aufmerksam geworden ist. Mit zwei Fingern zwängt sie das Bund heraus, legt es auf den Tisch. »Entschuldigung.«

Herr Conrad schaut sie abwartend an, aber Sarah beschließt, sich nicht einschüchtern zu lassen. Sie wird ihn nicht fragen, warum sie die Eingangstür verschlossen vorgefunden hat. Und sie wird ihm nicht verraten, dass sie den Schlüssel wieder im Schloss gedreht hat, als sie zurückkam. Er soll ruhig denken, dass ihr der Fluchtweg offen steht. Vielleicht, denkt sie, ist das besser so. Vor allem dann, wenn sie den Wolf unterschätzt haben sollte.

»Du bist doch zurechtgekommen?«

Sarah nimmt auf dem Sofa Platz und bremst reaktionsschnell mit der Hand einen Stapel Zeitungen, der sich neben ihr in Bewegung gesetzt hat. »Ja«, antwortet sie und fügt lächelnd an: »Im Treppenhaus polterte zwar ein Anton umher, aber ansonsten gab es nichts, was mich hätte aufhalten können.« Sie schichtet das bedruckte Papier neu auf und schiebt es von sich.

»Anton?« Herr Conrad überlegt kurz. »Er und seine Frau wohnen im obersten Stock. Sie sind die Einzigen aus dem Haus, die wissen, was ich hier mache. Bei ihnen habe ich diese Halle angemietet. Nette Leute. Tun niemandem etwas. Ich begegne ihnen ab und an. Mehr aber nicht.« Er saugt an seiner Pfeife.

Sarah hakt irritiert nach. »Was machen Sie denn hier?« Sie versteht nicht, aus welchem Grund die Ledermanufaktur einer besonderen Erwähnung bedürfte. Oder warum sie nicht erwähnt werden sollte.

Der alte Mann verharrt mitten im Ausatmen. Man sieht ihm an, dass er nachdenkt. »Nun«, sagt er nach einer Weile, »jedenfalls nichts Unerlaubtes.« Mit jedem Wort entweicht ihm ein Hauch zarter, nach Tabak und Cognac riechender Qualm. »Oder siehst du hier etwas Verbotenes?« Er beschreibt mit der Hand einen Kreis. »Eine Werkstatt, eine Wohnung. Mehr nicht.«

Sarah lehnt sich zurück, verschränkt die Hände über ihrem Schoß. Das Polster des Sofas gibt ein wenig nach. Weich und bequem. Sarah empfindet die Situation entspannend. Wie einen Waffenstillstand zwischen Wolf und Beute. Vielleicht hilft es ihr, Distanz zurückzuerlangen. »Sie wohnen also hier?« Eine rhetorische Frage, denn Sarah ahnte es bereits, als sie die zweite Tasse Tee zubereitete. »Warum haben Sie keine richtige Wohnung?«

Der weißhaarige Mann stützt sich mit einem Ellenbogen auf die Lehne des Sessels und beugt sich ein wenig nach vorn. »Ist das denn keine richtige Wohnung?«

Sarah schaut sich noch einmal um. Die offene Küche, Sofa, Tisch, Sessel, Schränke. »Doch, sicher. Aber ich meine eine Wohnung mit mehreren Zimmern. Sie wissen schon.«

Herr Conrad nickt langsam. »Kindchen, manchmal geschehen Dinge im Leben, die man nicht vorhersehen kann. Die sich anders entwickeln, als man es ihnen zutraut.« Er nestelt am Mundstück der Pfeife.

Sarah zieht die Beine auf das Sofa und macht es sich bequem.

»Überraschende Stürme nach unscheinbarem Wetterleuchten?« Sie weiß, dass es seine eigene Formulierung ist.

Es dauert eine Weile, bis Herr Conrad antwortet. »Ja, auch das.« Er richtet sich wieder auf, tritt einen Schritt zurück und lehnt sich mit dem Rücken gegen die Wand. In einer Hand die Pfeife, die andere unter seinem Kinn. Auf einen Punkt am Boden vor sich blickend. Als denke er nach.

Sarah fühlt, dass er unruhig ist. Das tut ihr leid. Sie wollte nicht in seine Privatsphäre vordringen. Sie erinnert sich, wie er eben vor dem Holzrahmen mit den Bildern gestanden hatte. Voller Gedanken. Genauso sieht er nun wieder aus. Nur einen halben Meter neben ihm hängen die vergilbten Fotos und dieser kurze Lederriemen.

»Als ich hierher zog, musste ich mich zunächst um das Geschäft kümmern. Eine Wohnung wollte ich erst im Anschluss suchen. Es sollte nicht irgendeine sein. Aber es war nicht so leicht, wie ich es mir vorgestellt hatte. Es dauerte, bis mich die ersten Kunden fanden. Trotz dieser riesigen Stadt.«

Sarah runzelt die Stirn. »Sie kommen gar nicht von hier?«

»Nein.« Herr Conrad zieht an der Pfeife, lässt sich Zeit. »Kindchen, ich gehöre in keine Stadt. Zu groß und trotzdem zu eng, zu hektisch, zu anonym. Ich fühle mich nicht wohl hier.«

Sarah ahnt, dass das über ihr an der Wand hängende Landschaftsbild viel mehr für ihn bedeutet als passend gekaufte Dekoration. Es ist sein täglicher Ausblick auf Weite, Gelassenheit und Rembrandts ockerfarbenes Lebensgefühl. »Warum sind Sie dann hergezogen?«

Der weißhaarige Mann nickt still vor sich hin. Lange. Sarah glaubt, dass ihre Frage einen Punkt berührt, an dem er sich bereits wund gerieben hat. Sie nimmt sich vor, schnellstmöglich das Thema zu wechseln. Es ist ihr unangenehm, den Wolf derart in sich gekehrt zu sehen. Älter wirkt er so. Schwächer. Unsicher.

»Ich hatte Gründe.« Herr Conrad räuspert sich. »Man muss seinen Lebensunterhalt verdienen, irgendwie.« Er zuckt mit den Schultern. »Wahrscheinlich habe ich mir nie eine andere Wohnung gesucht, weil sie meinen Verbleib in der Stadt besiegeln würde. Das wäre endgültig.«

Es fühlt sich an wie eine ausweichende Antwort, denkt Sarah. So, als belüge er sich selbst. Sie mag aber nicht nachfragen, ob es weitere

Gründe gibt. Stattdessen lächelt sie ihn an und gibt sich Mühe, dass es mitreißend aussieht. »Ich finde es auch so bei Ihnen gemütlich«, sagt sie betont fröhlich. »Vielleicht etwas düster«, ergänzt sie und schaut auf die kleinen Oberlichter, »aber eine sehr anregende, stille Atmosphäre.« Als sie wahrnimmt, dass sich sein Blick aufhellt, schwenkt sie eine Hand leicht vor ihrer Nase. »Und ich mag diesen tollen Geruch bei Ihnen. Rooibos, Cognac, Tabak. Das habe ich noch nie zuvor zusammen gerochen. Vielleicht sollten sie besser damit handeln?«

Herr Conrad lehnt den Kopf nach hinten, ohne Sarah aus den Augen zu lassen. »Du hast etwas vergessen, Kindchen.«

Sarah bemerkt sofort, dass der Wolf wieder blinzelt. Nicht, weil er sie so nennt. Es liegt in seinem Blick und in seinem Tonfall. Er erfasst sie wie der Fokus einer scharfen Linse und er spricht nicht mehr weich, sondern bestimmend. Es fühlt sich an, als spanne sich ein Seil. Knarzend. Sarah spürt das. Solche Signale empfängt sie mit Haut und Seele. Herr Conrad hatte es eine Aura genannt. Sie richtet ihren Oberkörper auf, setzt sich gerade hin. Ohne darüber nachzudenken, aus welchem Grund.

»Na?«

»Ich weiß es nicht«, antwortet sie ehrlich.

»Als ich dich fragte, was dir an dem Gürtel am besten gefällt, hast du mir wie geantwortet?« Herr Conrad streckt sich wie ein Lehrer vor der Tafel. Sarah denkt, dass nur noch der Rohrstock in seiner Hand fehlt. Es kribbelt in ihrer Magengegend. Und ihr fällt ein, was er meint.

»Der Geruch nach Leder. Sie merken sich alles.«

Der weißhaarige Mann lächelt. »Nein, Kindchen. Nicht alles. Aber das, was bedeutsam ist. Gefühle und Gedanken sind es. Du musst sie wittern, aufsammeln, einzeln auflesen aus Reaktionen und Gesagtem. Wenn du die Gefühle eines Menschen einschätzen kannst, dann kennst du ihn viel besser als jeder andere. Beginnst, ihn zu verstehen. Das ist wichtig, wenn du seine Tiefe loten willst.«

Sarah schweigt. Sie denkt an die kleinen Steinchen am Strand und überlegt, wie viele von ihnen Herr Conrad schon in eine Reihe gelegt hat.

Der weißhaarige Mann geht um den Sessel herum, nimmt Platz.

Zieht genüsslich an seiner Pfeife. Legt das linke Bein über das rechte. Schaut sie an. »Noch eine Geschichte, Kindchen?« Er sagt es, als reiche er ein Tablett mit Plätzchen.

Nichts lieber als das, denkt Sarah. Sie vermisst Lia und Bruno beinahe schon. Möchte erfahren, wie es weitergeht. Sarah nickt. »Wenn Sie noch eine haben, sehr gerne.«

Herr Conrad lacht einmal kurz, als hätte Sarah etwas Dummes gesagt. »Natürlich habe ich noch welche. Selbstverständlich.«

»Unendlich viele«, ergänzt Sarah. Er kann jederzeit neue erdenken. Denn er ist ein fantastischer Erzähler.

Der alte Mann schüttelt den Kopf. »Nein«, erwidert er und es klingt trüb, »nichts ist unendlich, Kindchen. Auch wenn du fest daran glaubst.« Er haucht noch einmal feinen Qualm in die Luft und schaut ihm eine Weile nach. Zarte Schwaden wellen und kräuseln sich still ineinander. Vielleicht, denkt Sarah, will er aus ihnen eine neue Erzählung extrahieren. Die Endlichkeit der Geschichten ausdehnen, genau so, wie sich der graue Schleier in der Luft verteilt.

Kapitel Zehn

Lia nahm die letzten Steinstufen der Treppe mit einem großen Schritt. Sie war völlig außer Atem. Dabei lagen nur drei Stockwerke hinter ihr. Sie hatte verzichtet, auf den Fahrstuhl zu warten, denn sie war ohnehin verspätet. Zu dem Zeitpunkt, als sie die Eingangshalle des Hotels betrat, fehlten ihr schon fünfzehn Minuten. Bruno sah das nicht gern. Ihre gemeinsame Zeit war beschränkt. Er war beruflich bedingt ständig unterwegs, hielt sich die meiste Zeit des Jahres weit entfernt von ihr auf. Es wäre einfacher gewesen, wenn er sich endlich niedergelassen hätte. Vorzugsweise in Lias Heimatstadt. Vielleicht sogar in einer gemeinsamen Wohnung. Wie viel mehr Zeit würden sie füreinander finden.

Sie bog keuchend in den Flur ein, sah sich kurz um. Ein teppichbedecktes Labyrinth aus Gängen und Türen. Keine Bilder, keine Pflanzen. Beschränkt auf simple Nutzbarkeit. Entpersonifiziert. Ein kleiner Wagen aus Metall ruhte an einer freien Wand, auf ihn gestapelt weiße Bettwäsche. Die Zimmernummern entdeckte Lia auf Schildchen aus gebogenem Plastik. Schnell orientierte sie sich, erkannte die Ordnung der aufgeklebten, schwarzen Ziffern, folgte dem richtigen Flur. Dreihundertsieben. So hatte Bruno es ihr geschrieben. Als sie die Tür erreichte, atmete sie noch einmal tief durch. Zog ihre Jacke gerade, die durch das hastige Treppensteigen in Unordnung geraten war. So wie sie selbst. Wohl fühlte Lia sich nicht. Nicht Aufregung, sondern Eile ließ ihr Herz pochen. In ihren Gedanken sah sie noch immer nicht Bruno, sondern überflog wiederholt alle Dinge, die sie vor dem Treffen noch hatte regeln müssen. Eine lange Liste abgehakter und unangenehmer Dinge, unter die sie nun schnell einen gedankenabweisenden Strich ziehen musste.

Sie klopfte zügig an die Tür. Blies sich Luft über das Gesicht. Spürte, dass sie schwitzte. Da sich nichts tat, fiel ihr ein, dass sie ein Zeichen vereinbart hatten. Sie überlegte kurz, klopfte erneut, wartete, wiederholte es. Zwei mal kurz hintereinander mit kleiner Pause.

Als sich die Tür endlich öffnete, stand Bruno lächelnd vor ihr. »Lia!« Er musterte sie in einer Zehntelsekunde und noch bevor sie etwas sagen konnte, griff er sie am Arm. Zog sie in den Raum, schloss hinter ihr ab. Er hob die Handtasche von ihrer Schulter, ließ sie neben ihr auf den Boden gleiten. »Lia!« Er umarmte sie stürmisch. Ein halbes Jahr hatten sie sich nicht gesehen.

Lia lachte. Ein wenig bemüht. Zwar tat es gut, Bruno zu spüren und diesen Menschen in die Arme zu nehmen, der sie am Strand gefunden hatte. Der im Laufe der Zeit ihr Vertrauter geworden war und den sie monatelang vermisst hatte. Aber sie war gedanklich noch nicht angekommen. Gerade eben erst hatte der Alltag sie ausgespien. Sie rieb mit der Hand über Brunos Rücken. Wollte ihn nicht enttäuschen.

»Wie geht es dir?«, fragte Bruno, trat einen Schritt zurück und sah sie begeistert an. Seine Freude über das Wiedersehen strahlte über sein Gesicht. »So lange habe ich darauf gewartet.«

»Entschuldigung, dass ich zu spät komme«, sagte Lia und strich sich die Haare nach hinten. »Aber …«

Bruno legte ihr den Zeigefinger auf den Mund. »Nein. Nicht. Es ist gut. Hauptsache, du bist hier.« Er hob ihre Handtasche auf, legte sie auf den kleinen Tisch, der verloren an einer Seite des Raumes stand. Viele Einrichtungsgegenstände waren es nicht, die sich zu ihm gesellten. Ein Doppelbett, ein schmaler Schrank und eine Nasszelle mit großem Spiegel. Man hätte den Raum auf jedem Bild sofort als Hotelzimmer erkannt.

»Seit wann bist du hier?«, fragte Lia und drehte sich mit dem Rücken zu Bruno, der ihr aus der Jacke half.

»Drei, vier Stunden. Die Herfahrt war anstrengend. Überall Stau und Baustellen. Ich bin von der Rezeption direkt hierher gegangen, habe mich auf das Bett gelegt und bin eingeschlafen. Stell dir vor, ich hätte dich nicht gehört.« Bruno lachte. Er griff Lia mit einer Hand in den Nacken und schob sie vor sich her bis zum Schrank. Wie einen Besitz. Als sei es das Normalste der Welt. Als würde er das jeden

Tag so tun. Mit der Stirn gegen das Holz gelehnt stellte er sie ab. Hielt seine Hand noch einen Moment sanft in ihrem Rücken wie in Sorge, dass Lia schwanken oder umfallen könnte.

Lia bemerkte sofort, was er mit ihr anstellte. Dieser selbstverständlichen Dominanz, die ihm innewohnte, verfiel sie von einem Augenblick auf den anderen. Immer wieder. Während Bruno ihre Jacke auf einen Bügel zog und hängend im Schrank verstaute, schloss sie die Augen. Spürte, dass ihre vom Holz reflektierte Atemluft heiß wurde. Ihr Körper reagierte. Unwillkürlich. Er störte sich nicht an den wirbelnden Gedanken in ihrem Kopf. Sie versuchte, sich zu konzentrieren. Die Welt außerhalb des Hotelzimmers auszuschließen.

Bruno stellte sich wieder hinter sie, lehnte sich gegen ihren Körper. »Du weißt noch, wem du gehörst?« Er legte seine Hände auf ihren Hintern, umfuhr mit ihnen den Bund der Hose bis zum Knopf. Schob sich unter ihr Shirt und strich ihr über die Bauchdecke nach oben.

Lia spürte seinen Atem am Hals und legte beinahe automatisch den Kopf schräg, um ihren Nacken zu ihm zu drehen. Er erwartete das so. Sie hatte ihm seine Lieblingsstelle stets anzubieten.

Seine Hände schoben sich nach oben, kamen unter ihren Brüsten zu liegen. Lia atmete ruckartig aus. Eingeklemmt zischen seinem Körper und seinen Händen registrierte sie, dass seine Präsenz ungefragt Besitz von ihr ergriff. Das geschah so, seitdem er ihr am Strand unvermittelt Wachs in die Handflächen gegossen hatte. Immer kam er wie eine Welle, schwappte über sie, riss sie mit. Und immer war es das, was sie wollte. Diese plötzlichen Überfälle auf ihr Innerstes, die unberechenbaren Griffe an ihre nackte Seele. Heute aber konnte sie seinem Tempo kaum folgen. Keine zehn Minuten, nachdem sie über die Hoteltreppe gehetzt war, hatte sie den Strich noch nicht gezogen. Ihre Gedanken noch nicht fallen lassen können. Lia fühlte, dass es schwer werden würde, sich ihm hinzugeben.

»Lia?«

Sie zuckte zusammen. So stark, dass er es gespürt haben musste. Erschrocken darüber, dass sie sich mit ihren Gedanken weit entfernt hatte.

»Was ist los mit dir?« Bruno blieb regungslos hinter ihr. Presste sich nicht mehr ganz so ungestüm gegen sie.

»Nichts«, antwortete Lia hastig. »Gar nichts.« Sie bewegte ein wenig ihren Körper, um Bruno glauben zu lassen, dass sie sich nur verspannt hatte. Er sollte nicht bemerken, dass sie noch nicht vollständig bei ihm war. Sie wollte ihn nicht enttäuschen. Es blieb doch nur so wenig Zeit. Am Morgen würden sie sich auf dem Parkplatz des Hotels tapfer verabschieden. Er würde mit seinem kleinen Van zu den nächsten Kunden fahren. Sie würde sich in entgegengesetzter Richtung in den sonntäglichen Heimreiseverkehr stürzen. Es war nicht leicht, an solchen Tagen Punktlandungen zu setzen. Schon gar nicht, wenn man ein halbes Jahr lang nicht mehr gemeinsam geflogen war.

»Ich hatte dir eine Frage gestellt, Lia.« Bruno zog sie mit den Handflächen leicht gegen seinen Körper. Als wolle er sie wachrütteln, ihre Aufmerksamkeit wecken.

Lia versuchte sich zu erinnern. Eine Frage? Hatte sie nicht eben geantwortet? Sie war nicht sicher, ob sie ihn gedankenverloren überhört hatte. Wenn, dann hatte er ihre Unaufmerksamkeit enttarnt. »Welche?« Lia biss sich auf die Unterlippe. Ihr einzige Rettung war, dass er nur spielte. Ihr eine Verfehlung unterschieben wollte. Das aber hatte er noch nie getan. Das brauchte er auch nicht. Denn er konnte über sie verfügen, wie es ihm beliebt.

»Ich fragte dich, ob du noch weißt, wem du gehörst?« Brunos Stimme schwankte zwischen sanft und verwundert.

Lia drehte sich in seinen Armen und stieß mit dem Rücken gegen den Schrank. Sie brauchte dafür Kraft, denn er hielt sie fest umschlossen. Seine Hände glitten auf ihren Rücken. Lia gab sich Mühe, ihm ein überzeugendes Lächeln entgegenzustrahlen. »Ja«, hauchte sie. »Ich gehöre dir.« Es war ihr bewusst, dass es weniger aus der Tiefe ihrer Seele kam. Mehr aus der Waffenkammer einer Frau. Aber vielleicht konnte sie damit auch den Kampf gegen sich selbst gewinnen.

Bruno reagierte nicht so, wie sie erhofft hatte. Er sah sie ernst an. Nicht zweifelnd, aber überlegend. Seine Finger bewegten sich auf ihrem Rücken, als reibe er etwas zwischen Daumen und Zeigefinger. »Du bist völlig verschwitzt.«

Lia senkte den Kopf, blickte mit weit aufgeschlagenen Augen zu ihm auf. Noch mehr Munition. Sie wollte nicht, dass er ihr auf die Schliche kam. Denn auch sie hatte sich auf den Abend gefreut. Sie würde alles kaputt machen, wenn sie ihm jetzt erklärte, dass ihr Kopf einfach nicht zur Ruhe fand. »Es ist die Wärme hier. Wenn man von draußen kommt …« Viel hatte sie nun aber nicht mehr aufzubieten. Bruno nickte nur einmal und langsam. Ohne sie aus den Augen zu lassen, hob er den Saum ihres Shirts. Raffte es bis in Halshöhe. Zögerte kurz, bis Lia begriff und die Arme über ihren Kopf hielt. Dann zog er es zu sich, faltete es einmal, warf es auf das Bett.

Lia blickte dem Shirt kurz nach. Musste unwillkürlich daran denken, wie groß sich der Stapel ihrer Wäsche türmte, der zu Hause auf das Bügelbrett wartete. Der Stapel würde Geduld haben müssen. Besser er als Bruno. Sie sah zurück zu ihm und hoffte, dass er nichts bemerkt hatte. Lächelte scheu. Ganz bewusst. Wünschte sich, dass er wieder zu der reißenden Woge wachsen würde, die er eben noch war. Wenn er sie mit sich nehmen würde, blieben ihre Gedanken zurück. Bestimmt.

Sie spürte, wie er ihre Hose öffnete, mit den Händen unter den Bund fuhr, an die Seiten rutschte und den Stoff langsam nach unten schob. Lia half ihm mit weichen und schlängelnden Körperbewegungen. Schlüpfte aus ihren Schuhen, hob ihre Füße aus den Hosenbeinen. Als sie nackt vor ihm stand, drückte sie ihren Rücken gerade und ließ ihre Brüste seinen Oberkörper berühren. Bemerkte, dass Bruno schwer schluckte. Siegessicher zog sie eine Augenbraue kurz nach oben und legte ihre Arme auf seine Schultern. »Zufrieden?« Sie jedenfalls war es mit sich.

»Nein«, antwortete Bruno. Unmissverständlich. Niederschmetternd. Er trat einen Schritt zurück und ließ dabei ihre Hände von sich gleiten. »Du tanzt hier nicht an der Stange.« Seine Stimme klang verärgert.

Lia sah ihn schockiert an. Wusste nicht, wohin mit ihren Armen. Sie kam sich auf einmal völlig deplatziert vor, so nackt, wie sie im Raum stand. Vor ihm, der all dem offenbar nichts abgewinnen konnte. Es schien, als wollte ihr heute gar nichts gelingen. Als habe sie nicht nur über, sondern auch unter dem Strich Probleme.

Bruno schob einen Fuß nach vorn und angelte mit ihm nach ihren Knöcheln. Stieß unsanft dagegen. Rechts und links.

Lia positionierte ihre Beine weiter auseinander. Im ersten Augenblick, um dem Schmerz zu entkommen. Nur eine Sekunde später aber spürte sie, wie sich dadurch ihre Scham öffnete, und sie begriff. Mindestens eine Schulterbreite hatten sich ihre Füße voneinander zu entfernen, wenn sie vor ihm stand. Das hatte er ihr beigebracht. Schon ganz am Anfang. Sie mochte es, sich daran halten zu müssen. Sie liebte diese subtile Erniedrigung, der sie sonst immer freiwillig nachgekommen war. Heute hatte sie es vergessen.

»Du bist nicht bei der Sache, Lia.« Bruno schüttelte den Kopf. »Du bist unruhig. Weil du noch gar nicht richtig angekommen bist.« Er musterte sie von oben bis unten. »Und du hast auch nicht geschwitzt, weil es hier zu warm ist.«

Lia hob die Arme hinter den Kopf, verschränkte die Finger. Auch das war ihr eben entfallen. Aber es war ohnehin zu spät. Über so viele Fehler würde Bruno nicht hinwegsehen, fürchtete sie. Und war sich uneins darüber, ob das ein gutes oder schlechtes Zeichen für den weiteren Verlauf des Abends sein würde. Vielleicht konnte er sie auf diese Weise aus dem Alltag reißen.

»Runter.« Bruno trat auf sie zu, legte seine Hand in ihren Nacken. Nicht greifend, nicht hart. Weich und sanft wie eine Decke drückte er sie hinab. Aber konsequent. Bis ihre Knie den Teppich berührten.

Lia spürte, wie zwischen ihren Schenkeln fernab des wirbelnden Alltags entschieden wurde. Seine strikten Anweisungen und das Wissen, dass er Gegenwehr nicht gelten lassen würde, trafen stets auf feuchten Nährboden. Erzeugten Lust. Wenn das der Weg war, heute zu ihm zu finden, dann würde sie ihn gehen. Auch wenn Bruno das nicht sonderlich mochte. Er wollte sie stets ganz. Forderte nicht nur ihren Körper, sondern auch ihre Gedanken. Standen beide nicht im Einklang, bemerkte er es. Früher oder später. Bis zu diesem Punkt, dachte Lia, musste ihre Lust gegen die Unruhe im Kopf gewonnen haben. Feuchte Hitze gegen staubige Trockenheit.

»Bleib so«, sagte Bruno knapp. Er ging an den schmalen Schrank. Öffnete ihn.

Lia nickte und senkte den Kopf. Unsicher, was Bruno beabsichtigte. Seine tiefe und monotone Stimme verriet keine Gefühle. Er konnte zufrieden, aber genauso gut auch verärgert sein. Sie hörte, dass Bruno die Schranktür wieder schloss und sich ihr näherte. Vielleicht, dachte Lia, hat er ein Handtuch geholt und will mich duschen lassen. Nichts täte sie lieber als das, nachdem sie schwitzend vor der Zimmertür gestanden hatte. Es war ihr unangenehm, dass Bruno den Schweiß auf ihrem Rücken gefühlt hatte. Zwar hatte sie am Morgen geduscht, aber der Lavendelduft war längst verwelkt. Der Tag und seine Hektik hatten herbe Geruchsspuren hinterlassen.

Hinter ihr fiel etwas auf den Boden. Zu schwer, um Stoff zu sein. Lia spürte, wie Bruno ihre Handgelenke fasste und hinter den Rücken dirigierte. Ohne Ankündigung, ohne das übliche Streicheln über ihre Unterarme, bevor er zugriff. Er ist doch verärgert, dachte Lia. Und sie wusste nun auch, was er hinter ihr auf den Boden geworfen hatte. Denn um ihre Handgelenke schlossen sich die schweren und breiten Ledermanschetten, die sie in schon vielen Momenten unterstützt und gezwungen hatten. Bruno zog die Riemen zu und befestigte die Manschetten aneinander. Klick.

Lia erwartete das wunderbar bleierne Gefühl, das sich immer einstellte, wenn dieses endgültige Geräusch ihr die Freiheit nahm. Wenn Bruno sie auch physisch in seine Gewalt brachte. Ein einfaches und metallisch klingendes Klicken war der unmissverständliche Klangpunkt, ab dem es sie in die Tiefe zog. Die Ouvertüre. Sonst immer. Aber heute wartete Lia vergebens. Es gelang ihr nicht. Sie trieb hilflos an der Oberfläche.

Bruno fasste ihr mit einer Hand in den Nacken und drückte ihren Kopf in Schräglage. Mit einem Finger der anderen Hand schob er ihr die Haare hinter das Ohr.

Als Lia einen Gegenstand an ihrer Ohrmuschel fühlte, zuckte sie unwillkürlich zur Seite. »Heh«, entfuhr es ihr, »was ist das?«

»Still«, wies Bruno sie entschieden an und folgte mit seiner Hand ihrem ausweichenden Kopf. »Werde ruhig!« Seine Stimme ließ keinen Widerspruch zu.

Lia spürte einen weichen Fremdkörper, der sich immer tiefer in ihren Gehörgang schob. Brunos Finger drehte und trieb ihn langsam, aber unnachgiebig voran. Dann hielt er ihn fest. Unangenehm fühlte es sich an und Lia bemerkte, dass sich mit einem knisternden Geräusch Druck in ihrem Ohr aufbaute. Als sie die Ausdehnung des Fremdkörpers begriff, wusste sie, was Bruno ihr antat. Ohrstöpsel. Fingergroße, schaumstoffartige Zylinder. Lia wurde unwohl. Sie hatte sich noch nie in ihrem Leben ein Ohr vollständig verschlossen. Und sie wusste auch nicht, was Bruno damit beabsichtigte. Sie würde sich mit nur einem freien Ohr noch viel mehr auf ihn konzentrieren müssen. Hatte er doch nicht bemerkt, wie schwer ihr das heute fiel?

Bruno drehte ihren Kopf auf die andere Seite, hielt ihn fest und versenkte wortlos den zweiten Stöpsel.

»Bruno«, hörte sich Lia protestieren und erschrak über ihre eigene Stimme. Sie klang, als spräche sie unter Wasser. Entfernt. Unwirklich. Lieber wollte sie nicht mehr sprechen, als sich so zu hören. Sie schluckte und ihre Trommelfelle knackten deutlich hörbar. Und dann breitete sich zwischen ihren Gehörgängen ein dumpfes Rauschen aus. Aus einem Affekt heraus wollte sie die Fremdkörper aus den Ohren reißen, aber ihr Versuch wurde von den Ledermanschetten auf ihrem Rücken unbeeindruckt abgefangen.

Bruno legte ihr seine Hände auf die Schultern. Beruhigend, aber schwer und unmissverständlich. Er würde sie nicht befreien. Er würde so lange warten, bis sie sich mit der Situation angefreundet hatte. Bis sie nicht mehr unruhig versuchte, ihre Hände aus den Manschetten zu ziehen. Bis sie begriffen hatte, dass es unabänderlich war. Bruno beobachtete, wie Lia den Kopf hin und her bewegte, als könnte sie sich auf diese Weise von den Ohrstöpseln befreien. Ihr Oberkörper drängte vor und zurück, aber Bruno hielt seine Hände fest auf ihr. Schließlich wurde sie ruhiger. Fand sich damit ab.

Lia bemerkte, wie seine Handflächen ihre Schulterblätter verließen. Sie konnte außer dem Rauschen in ihren Ohren nichts hören. Starrte vor sich auf den Fußboden, eines Sinnes beraubt und unsicher, was Bruno hinter ihr tat. Noch immer hatte sie nicht in diese Begegnung gefunden. Mit Mühe wehrte sie sich gegen den Gedanken, dass sicher schon eine halbe Stunde ihrer gemeinsamen Zeit verronnen war.

Plötzlich spürte sie einen weichen Gegenstand auf ihrem Kopf. Ein Handtuch, dachte sie, aber dafür fühlte er sich zu fest und zu schwer an. Als sie ausweichen wollte, zog Bruno sie mit einem festen Griff in die Haare wieder zurück. Lia bemerkte, wie er den Gegenstand leicht hin und her drehte und sie glaubte, es sei eine Mütze, die er ihr aufsetzen wollte. Lächerlich fand sie das, und das kleine Stück Weg, was sie ihm schon entgegengekommen war, begann zu bröckeln. Ihr fehlte jede Vorstellung, welchen Zweck Bruno damit verfolgte. Als der untere Rand über ihre Augen rutschte und es schlagartig dunkel wurde, begriff sie.

Lia drehte erschrocken ihren Oberkörper zur Seite, versuchte, die Hände aus den Manschetten zu befreien und den Kopf nach unten zu bewegen. Aber es half nichts. Bruno behielt sie fest im Griff und ließ keine Flucht zu. Zentimeter um Zentimeter senkte sich der weiche Gegenstand über ihren Kopf. Schien immer enger zu werden. Legte sich über ihre Schläfen. Erzeugte seltsam schabende Geräusche, als er sich über die verschlossenen Ohren schob. Lia roch Leder, als der untere Rand ihre Nasenflügel überquerte und schließlich bedeckte. Beim Einatmen sog sich das Material sofort fest um ihre Nase und Lia musste den Mund öffnen, um Luft zu bekommen. Eine Maske, schrien ihre Gedanken und projizierten Bilder einer blind und gehörlos um ihren Atem ringenden Frau.

Lia schüttelte den Kopf hin und her, aber je wilder sie es tat, umso fester griff Bruno zu. Als das Leder ihre Oberlippe berührte und Bruno die Maske unnachgiebig weiter nach unten zog, wurden Lia die Arme schwer. Wie sollte sie atmen, wenn ihr Nase und Mund verschlossen wurden? Er konnte doch nicht ernsthaft davon ausgehen, dass sie mit der verbleibenden Luft unter einer so engen Maske auskommen würde! Lia wollte nicht glauben, dass er sich so verschätzt hatte, dass er sie einem Risiko aussetzte – aber das, was sich immer mehr über ihren Kopf schob, sprach genau dafür. Vergeblich versuchte sie, mit den gefesselten Händen auf ihrem Rücken seitwärts zu greifen, um seine Beine zu erhaschen und ihn zu kneifen, ihn irgendwie darauf aufmerksam zu machen, dass sie keine Luft bekommen würde. Es gelang ihr nicht. Und mit einem letzten kräftigen Ruck zog Bruno die Ledermaske vollständig über ihren Kopf.

Die Glocke der Turmuhr schlägt. Herr Conrad hält inne, als wolle er die Uhrzeit zählen. Drei Mal quält sich der dunkle Klang durch die Mauern.

»Sarah, wir sollten etwas essen, meinst du nicht?«

Sarah blickt zu ihm. Sie fühlt sich, als habe sie selbst Stöpsel in den Ohren, so weit entfernt klingt die Stimme des weißhaarigen Mannes.

In ihren Gedanken sitzt sie neben Lia und sieht erschrocken zu, wie deren Kopf vollständig umschlossen ist. Wie sie verzweifelt unter der Maske zu atmen versucht, wie sich das Leder über ihrem Gesicht ausbeult und anschmiegt. Spürt Lias Panik auf sich selbst übergreifen. Wenn Bruno nicht gleich einschreitet, wird ein Unglück passieren. Essen? Jetzt? So lange kann Lia niemals die Luft anhalten.

»Sarah?«

»Nein, bitte nicht jetzt.« Sarah schaut Herrn Conrad flehend an, als ginge es um Leben und Tod. Er kann nicht einfach den Fortgang der Geschichte anhalten, denkt sie. Das darf er nicht.

»Warum nicht, Kindchen?« Der Mann nimmt die Brille von seiner Nase und klappt die Bügel zusammen, als habe er eben ein Buch bis zur letzten Seite gelesen und schiebe es zurück ins Regal.

»Weil ich keinen Hunger habe.« Sarah gesteht sich ein, dass es eine Lüge ist, denn sie hat seit dem Frühstück nichts gegessen. Aber es gibt bessere Zeitpunkte. Nicht jetzt. Notfalls würde sie es auch hungrig bis zum Abend aushalten. Sie ist ohnehin nicht hierher gekommen, um zu essen.

Herr Conrad streckt seine Beine aus. »Aber ich habe Hunger.« Er sieht sie ernst an, lehnt sich zurück, verschränkt die Hände vor dem Körper. »Und ich erzähle nicht weiter, bevor ich nichts gegessen habe. Darüber diskutiere ich nicht.«

Sarah atmet aus und sinkt ein wenig zusammen. Sie weiß, dass sie ihn nicht umstimmen wird. Das ist nicht ihre Position. Sie wird also warten müssen, bis er gegessen hat. Vielleicht selbst mitessen müssen.

»Also?« Herr Conrad lächelt ihr zu. »Gibt es nun etwas zu essen?«

Sarah nickt und erhebt sich entschlossen. Sie wird ihm zur Hand gehen. So, wie sie ihm auch zur Verfügung stand, um Tee zu kochen. Sie ist kein Gast, der bewirtet werden muss. Auch wenn er sie in sein Wohnzimmer gebeten hat. Es gibt keinen Grund, der das erklären muss. Es ist so zwischen ihnen. Gilt als vereinbart. Wenn Sarah nicht zu lange auf die Fortsetzung der Geschichte warten will, muss sie ihm zuvor seinen Wunsch erfüllen.

»Schau rechts neben der Anrichte im Kühlschrank nach. Und schlage mir etwas vor.« Herr Conrad weist kurz mit dem Kopf zur Seite und schickt sie los.

Sarah geht auf Zehenspitzen bis zum Rand des Teppichs, an dem sie vorhin die Stiefeletten abgestellt hat. Sie schaut kurz zu Herrn Conrad. Er nickt, obwohl er die Schuhe von seinem Sessel aus gar nicht sehen kann. Sarah findet es bemerkenswert, dass er stets weiß, was sie meint. Als lasse er sie nicht aus den Augen und halte sich ständig neben ihr auf. Das gefällt ihr. Sie fühlt sich behütet und wertvoll. In der Gunst des alten Wolfes. Vielleicht ist das auch einer der Gründe, aus denen sie nichts dabei findet, sein Essen zuzubereiten. Weil sie ihm etwas zurückgeben möchte.

Als Sarah die Tür des Kühlschranks öffnet, sind alle ihre Vorstellungen von einer warmen Mahlzeit zerschlagen. Sie muss an ihre eigene Vorratshaltung denken, die einem Single-Haushalt entsprechend nicht sonderlich üppig ausfällt, aber den Inhalt des Kühlschranks vor ihren Augen um Längen schlägt. Sie überfliegt die wenigen Lebensmittel. Es wird nicht auf ihr Geschick ankommen, etwas zuzubereiten. Sondern darauf, überhaupt etwas zu finden, was man zubereiten kann. Vielleicht sollte sie sich besser die Jacke überwerfen und zunächst einkaufen gehen, überlegt sie.

»Was schlägst du vor?«, hört sie Herrn Conrad aus seinem Sessel rufen.

Sarah beugt sich ein wenig nach hinten, sieht hinter der aufgeklappten Kühlschranktür hervor. »Nun ja«, sagt sie ehrlich, »viele Möglichkeiten tun sich nicht auf.«

»Das war nicht meine Frage, Kindchen.« Herr Conrad klingt ernst. »Hör genauer zu.«

Sarah nickt. »Entschuldigung.« Sie schaut noch einmal über den spärlichen Inhalt. »Darf ich Ihnen ein Rührei machen?« Mehr ist nicht möglich.

»Na sowas«, antwortet der Mann, »das ist genau das, was ich wollte!« Er reibt sich mit den Händen über seinen Bauch. »Und du darfst gern etwas davon haben.«

»Danke«, sagt Sarah und lächelt. Er muss gewusst haben, was in seinem Kühlschrank steht, denkt sie. Er spielt.

»Alles Weitere findest du in den Unterschränken, Kindchen«, ruft Herr Conrad aus seinem Sessel heraus. »Nimm dir ruhig Zeit.«

Sarah balanciert eine Packung Eier aus dem Kühlschrank auf die

Arbeitsplatte. Zeit? Das ist genau das, was sie nicht hat. Lia sitzt noch immer auf dem Boden mit einer Ledermaske über dem Kopf, die ihr die Luft nimmt. Die Geschichte schwingt über einem Abgrund. Entweder gelingt Bruno der Schwung auf die andere Seite oder beide stürzen ab. In dieser Situation Eier zu braten und sich dabei noch Zeit zu nehmen, erscheint Sarah völlig absurd. Sie erinnert sich, wie sie als Kind unter der Bettdecke Bücher gelesen hat. Mit der Taschenlampe Seite um Seite zum Leuchten gebracht hat. Oftmals bis in den Morgen. Weil sie schwebende Geschichten nicht einfach in der Luft stehen lassen konnte bis zum nächsten Tag. Das ist heute nicht anders.

Sarah schließt gedankenverloren die Kühlschranktür und bemerkt zu spät, dass sie sich leichter bewegt als jene bei ihr zu Hause. Sie versucht, den Schwung zu bremsen, aber dabei gerät ihr Daumen zwischen die Dichtungsgummis. Krachend schlägt die Tür auf ihn. »Aua«, ruft Sarah erschrocken, zieht die Hand zu sich und wedelt mit ausgestrecktem Daumen in der Luft herum.

»Sarah?« Der alte Mann beugt sich im Sessel weit nach vorn und stützt sich mit den Händen auf die Armlehnen. »Was ist passiert?«

»Scheiße«, flucht Sarah, aber glücklicherweise so leise, dass er es nicht hören kann. Sie schaut auf ihren Daumen. Unter dem Fingernagel bildet sich ein dunkler Fleck. Sarah ärgert sich, dass sie unaufmerksam war. Sie hätte wissen müssen, wie leicht die Tür ist. Schließlich sind die Innenfächer leer.

»Sarah?«

»Schon gut«, antwortet sie beschwichtigend und verreibt mit der anderen Hand den Schmerz.

»Ich kann es nicht leiden, wenn du ungenau antwortest.« Herr Conrad klingt missgelaunt. Er rutscht in seinem Sessel nach vorn, als wolle er aufstehen.

»Entschuldigung«, ergänzt Sarah schnell. »Ich habe mir den Finger geklemmt. Es ist wirklich nichts weiter passiert.« Sie lächelt ihn kurz an, um ihn von der Harmlosigkeit der Situation zu überzeugen. »Es geht schon wieder.« Sie beißt sich auf die Unterlippe und wendet sich wieder der Arbeitsplatte zu.

»Du ähnelst in gewisser Weise Lia.« Der alte Mann lässt sich wieder zurück in den Sessel sinken. »Jedenfalls im Moment.«

Sarah öffnet einen Unterschrank, entdeckt eine Pfanne und zieht sie heraus. Langsam und vorsichtig schließt sie die Schranktür. Sie ähnelt Lia? Sarah weiß nicht, welche Gemeinsamkeiten Herr Conrad meint. Denn Lia hat sich weder den Finger geklemmt noch geflucht. Lia befindet sich vielmehr in einer hilflosen Situation. Und wird dort auch erst herausfinden, wenn die Eier gebraten und verspeist sind. So viel steht fest, hat Herr Conrad gesagt. Die Geschichte wartet.

Sarah entschließt sich, die Eier direkt in der Pfanne aufzuschlagen und nicht erst in einer Schüssel zu verrühren. Das spart Zeit. Sie schiebt die Pfanne auf die Herdplatte, greift zum ersten Ei.

»Im Kühlschrank liegt ein Streifen Bauchspeck«, ruft Herr Conrad zu ihr herüber. Als habe er auf genau diesen Augenblick gewartet und ahne jeden ihrer Gedanken. »Klein würfeln und mitbraten.«

»Ja, gerne.« Sarah schätzt in Gedanken die Minuten ab, die es länger dauern wird. Fast erscheint es ihr, dass der alte Mann Zeit gewinnen will. Vielleicht weiß er selbst nicht, wie die Geschichte ausgehen soll. Missmutig, aber in Eile legt sie das Ei auf der Arbeitsplatte ab. Tritt zur Seite, öffnet wieder den Kühlschrank. In dem Moment, als sie den Speck greift, hört sie neben sich ein klatschendes Geräusch. Hinter der geöffneten Kühlschranktür stehend sieht sie nach unten auf den Boden. Das Ei ist von der Arbeitsplatte getaumelt, hat im Sturz Schwung geholt und sich schließlich kreisrund auf dem Parkett verteilt. Sarah schließt kurz die Augen. Hat das Gefühl, dass ihr nichts gelingen will. Ärgert sich darüber. Und hofft, dass es Herr Conrad vielleicht nicht bemerkt hat.

»Du bist unaufmerksam, Kindchen.« Wie aus dem Hinterhalt. Natürlich hat er es gesehen.

Sarah schließt die Kühlschranktür, legt den Speck ab. Sie braucht sich zu dem Vorwurf nicht äußern, denn Herr Conrad hat recht. Erst der Daumen, dann das Ei. Sie rechtfertigt sich damit, dass es schnell gehen muss, denn die Geschichte um Lia ist offen. Sie kann jetzt nicht in aller Ruhe und mit Sorgfalt Eier braten.

Der weißhaarige Mann stützt seine Hände auf die Lehnen und erhebt sich seufzend aus dem Sessel. Nachdem er seine Weste nach unten gezogen hat, durchquert er mit gemächlichem Schritt den Raum und tritt neben Sarah. »Du bist nicht bei der Sache.« Mit dem

Finger zeigt er nach unten und ergänzt beiläufig: »Sei doch so lieb und mach das wieder sauber, ja?«

Als sich Sarah mit einer Rolle Papier vor ihm langsam auf den Boden begibt, spürt sie jeden einzelnen Zentimeter. Ihr Blick gleitet an seinen Hosenbeinen hinab. Oberschenkel, Knie, Schienbein. Keinen Schritt weicht er zurück, sondern bleibt vor ihr stehen, als solle sie ihm die Schuhe putzen. Dieses Mal spürt sie ihren Niedergang wie eine Kugel Blei im Magen. Kein Vergleich zu den Minuten, in denen sie neben seinem Thronsessel auf dem Boden saß. Jetzt kontrolliert er sie, schaut auf sie herab, erwartet, dass sie seiner Anweisung nachkommt. Wenn er jetzt seine Hand in ihren Nacken legt, denkt Sarah, wird sie plötzlich Lia sein. So also fühlt es sich an. Sie bemerkt, wie sie reagiert. In jeder Hinsicht.

»Entschuldigung für meine Unaufmerksamkeit«, stammelt Sarah mit belegter Stimme. In Gedanken sieht sie sich vor Bruno knien. Sie wischt mit dem Papier ein wenig auf dem Boden hin und her, aber will gar nicht fertig werden. Sag doch was, denkt sie. Es ist meine Schuld, dass das Ei gefallen ist. Sag doch was.

»Hör mir zu, Sarah.«

Sie erschauert ob seiner ernsten Stimme, die ihr plötzlich voller Stärke erscheint. Der Wolf knurrt direkt über ihr. So tief, so mächtig. Du brauchst nicht knurren, denkt sie, du hast mich doch schon längst.

»Lia ist es nicht gelungen, ihre Gedanken zu beherrschen an dem Tag, von dem ich dir eben erzählte. Das, was sie tat, war nur halbherzig, um ihn nicht zu enttäuschen. In der Hoffnung, dass er es nicht bemerkt. Richtig?«

»Ja«, flüstert Lia und schaut weiter auf den Boden, als sei dort noch etwas zu wischen.

»Glaubst du denn, dass er es bemerkt hat?«

Sarah könnte wetten, dass seine Hand nur Zentimeter von ihrem Nacken entfernt ist. So fühlt es sich jedenfalls an. »Vielleicht«, antwortet sie.

Herr Conrad lacht kurz. Nur einmal. Tief, ernst. »Natürlich hat er es bemerkt. Selbstverständlich. Ich habe dir doch gesagt, dass man nur die Gefühle und Gedanken seines Gegenübers zu sammeln braucht, um daraus ein Puzzle zu legen. Wenn man diese Gabe hat, kann man tiefer in einen Menschen sehen als jeder Andere.«

Sarah schweigt. Sie hat aufgehört, mit dem Tuch den bereits trockenen Boden zu wischen. Aber sie erhebt sich nicht. Er ist über ihr.

»Ich habe dir diese Geschichte nicht ohne Grund erzählt. Genauso, wie ich sie nicht ohne Grund unterbrochen habe.« Der alte Mann tritt einen Schritt zur Seite, geht halb um sie herum. Langsam. Seine Schuhsohlen erzeugen ein leises, schlurfendes Geräusch auf dem Parkett. »Du musst lernen, dich unter Kontrolle zu haben, Kindchen. Deine Umgebung ausblenden zu können, dich fallen lassen zu können, wenn es von dir verlangt wird. Du musst Dinge in Kauf nehmen können und nicht versuchen, sie zu deinem Vorteil zu beeinflussen. Du darfst das nicht einmal erwägen.« Hinter ihrem Rücken stoppt er. »Und weißt du, warum?«

Sarah kann sich nicht gegen das Bild wehren, das sie abgeben muss und vor ihren Augen sieht. Sie, kniend am Boden. Er, kontrollierend und belehrend. Es fühlt sich unglaublich an. Ist sie in einer seiner Geschichten angekommen? »Nein, ich weiß es nicht«, flüstert Sarah. Vielleicht weiß sie es doch. Hat es nur vergessen. Oder traut sich nicht. Sie kann im Moment nicht klar denken.

»Weil du nicht bestimmst.« Er geht den Weg zurück, bleibt direkt vor ihr stehen. »Weil du unten bist, Sarah.«

Sie knüllt in ihrer Hand den Rest des Papiertuches. Die Worte des Mannes reißen sie mit. Weil du unten bist. Genau dort ist sie. Zum ersten Mal im Leben fühlt sie sich tatsächlich unter einem anderen Menschen. Stünde Bruno vor ihr, würde sie sofort ihre Arme um seine Beine schließen. Oder mit der Stirn seine Füße berühren. Sich ihm unterwerfen. Ihn anbetteln, dass er sie annimmt. Darauf hoffen, dass er ihr seine Hand fest auf den Kopf legt und ihn so weit nach unten drückt, bis eine Wange gegen das Parkett gepresst wird.

Sarah hat das Gefühl, als klebe die Zeit. Sie kann nicht einschätzen, ob Sekunden oder Minuten vergehen. Sie rührt sich nicht. Bleibt einfach so, wie sie glaubt, dass es von ihr erwartet wird. Eine angenehme Ruhe steigt in ihr auf. Alles um sie scheint zu verschwinden. Es fühlt sich an, als sei sie in dieser Position beschützt vor allem, was je passieren könnte. Als halte Herr Conrad seine Hand über sie. Zentimeter von ihrem Nacken entfernt.

Absolute Stille.

Herr Conrad räuspert sich. »Nun steh wieder auf und kümmere dich um das Essen.« Es hört sich seltsam an. Der Wolf muss Kreide geschluckt haben.

»Ja«, antwortet Sarah leise, aber deutlich. Sie ist über ihre sichere Stimme selbst erstaunt. Als habe sie auf dem Boden Kraft gesammelt. Ihre Hand beginnt unwillkürlich, wieder langsam über das Parkett zu wischen. Der Zauber des Momentes ist vorüber, aber Sarah hat ihn in sich gesogen.

Diesen Augenblick wird sie nie vergessen, glaubt sie. »Sehr, sehr gerne.«

»Oh«, sagt Herr Conrad erstaunt, »wenn das kein Sinneswandel ist.« Er klingt sanft und zufrieden. »Wenn du mir versprichst, dass du dir nun Mühe gibst, erzähle ich währenddessen weiter.«

Sarah möchte sich noch immer nicht erheben. »Sie sagten, dass Sie das erst tun wollen, wenn Sie etwas gegessen haben.«

»Sehr gut, Sarah«, meint Herr Conrad anerkennend. »Aber daran halte ich mich doch.« Er schmunzelt, greift zu der Scheibe Speck, schneidet eine Ecke ab. »Siehst du?« Genussvoll schiebt er sich das Stück Speck in den Mund, reibt die Hände aneinander ab und wendet sich in Richtung seines Sessels.

Sarah fühlt, wie er sich entfernt. Auch wenn sie es nicht sieht. Mit jedem Schritt nimmt das angenehme Gewicht auf ihren Schultern ab. Sie greift an die Tür des Unterschranks, zieht sich mühsam daran nach oben. Gedanklich fällt es ihr unsagbar schwer, den Boden zu verlassen. Aber wenn sie die Eier braten will, kann sie nicht dort bleiben. Sie blickt kurz nach rechts und sieht, wie Herr Conrad sich auf die Rückenlehne des Sessels stützt und auf die Bilder im Holzrahmen blickt. Als er zu erzählen beginnt, nimmt sie sich vor, währenddessen sehr sorgfältig zu arbeiten.

Lia riss vor Schreck die Augen weit auf. Aber sie konnte nichts sehen. Die Maske über ihrem Kopf bedeckte vollständig das Gesicht. Kräftig sog sie durch die Nase Luft ein, doch im gleichen Augenblick schmiegte sich das weiche Leder eng an ihre Haut. Bedeckte ihre Nasenlöcher. Ihr Atmen glich einem Zischen. Lia warf instinktiv ihren Kopf in den Nacken. Als stünde sie bis zum Hals im Wasser. Ihr Herz raste.

Wie ein Strohhalm legte sich ein Finger an ihre Lippen, schob sie schnell auseinander, drang in den Mund ein. Lia begriff, dass die Maske eine Mundöffnung hatte. Sie atmete heftig ein, schnappte nach Luft. Es dauerte einen Moment, bis sie sich von der aufkommenden Panik befreien konnte. Keuchend saß sie auf dem Boden. Ärgerte sich darüber, dass sie Bruno zugetraut hatte, sie in Not zu bringen. Sie hätte wissen müssen, dass er so etwas nicht tut. Sie schob es auf ihre Unaufmerksamkeit. Darauf, dass sie sich heute einfach nicht einlassen konnte.

Der Finger zog sich wieder aus ihrem Mund zurück.

»Bruno«, flehte Lia und wollte ihn darum bitten, die Maske wieder zu entfernen. Sie würde sich nun ganz sicher auf ihn konzentrieren. Nicht mehr unaufmerksam sein. Alles tun, was er verlangte. Aber sie wollte ihn sehen. Ihre Stimme klang durch die Ohrstöpsel hindurch gedämpft und weit entfernt. Wie bei einer Ohnmacht.

Bruno legte seine flache Hand auf ihren Mund. Verschloss ihn. Sagte nichts. Jedenfalls glaubte Lia, dass er nichts sagte. Denn sie war nicht sicher, ob sie ihn hören würde.

Lia unterbrach das Atmen, hielt die Luft an. Keine Panik, beschwor sie sich. Er weiß, was er tut. Sei einfach nur still.

Die Hand entfernte sich wieder.

»Bruno, bitte.« Lia versuchte es noch einmal in ruhigem Ton. Vielleicht war das die Reaktion, die er erwartete. Und vielleicht hatte er ein Einsehen.

Sofort senkte sich wieder die flache Hand auf ihre Lippen.

Lia mühte sich erneut um Ruhe. Sie verstand. Er wollte nicht, dass sie sprach. Als sich seine Handfläche wieder hob, schwieg sie also. Auf diese Weise war sie zwar nicht von der Maske befreit, aber konnte immerhin ungehindert atmen.

Lia wartete. Sie wusste nicht, was er plante, was er ihr antun würde. Es war ganz allein seine Entscheidung. So, wie er auch entschieden hatte, dass sie weiterhin die Maske zu tragen hatte. Lia überlegte. Wie sie wohl aussah damit? Ob sie ihm gefiel? Sie reckte ihren Oberkörper, hob das Kinn. Schob ihre Knie ein wenig auseinander. Brachte sich in die Position, in der sie sich in Gedanken sah. Die er erwartete. Sicherlich, dachte Lia, stand er direkt vor ihr und beobachtete sie. Und sie wollte nicht schon wieder Fehler begehen.

»Hast du schon einmal eine Maske über den Kopf getragen, Sarah?« Herr Conrad wendet sich von den Bildern an der Wand ab und sieht zu ihr herüber.

Sarah schiebt gewürfelten Schinkenspeck von einem Holzbrett in die Pfanne. Seine direkte Frage überrascht sie. Es fühlt sich an, als habe sie vorhin zu seinen Füßen offen erklärt, wie es in ihrem Inneren aussieht. Als sei ab sofort alle Distanz zwischen ihnen abgeschafft. »Nein«, antwortet sie ehrlich und lässt sich nicht aus der Ruhe bringen. »Habe ich nicht.« Wie sollte das auch sein, denkt sie. Es gibt keinen Bruno in ihrem Leben.

»Dann weißt du auch nicht, wie es sich anfühlt.« Keine Frage, sondern eine Feststellung.

»Nein, das weiß ich nicht.« Sarah ist nicht sicher, ob sie es wirklich erfahren möchte. Ihr gefällt zwar das Bild, das sie sich von Lia malt. Ihr gefällt auch die Hilflosigkeit geraubter Sinne, die sie sich vorstellt. Doch ihre erregte Fantasie scheitert daran, dass sie sich ohne absolut tiefes Vertrauen niemals in eine solche Situation begeben würde. Wie viele Jahre Gemeinsamkeit würde es brauchen, um sich jemandem so ausliefern zu können? Und wie viel Mut würde es trotzdem erfordern, die letzten Unwägbarkeiten aus den Gedanken zu wischen? Sarah weiß nicht, ob sie dazu fähig wäre. Bruno könnte Lia in diesem Moment alles antun, denkt sie. Alles, was er will. Er hat sie vollständig in seiner Gewalt. Selbst wenn Lia es wollte, sie hätte keine Gelegenheit, sich gegen ihn zu wehren. Nichts darf schief gehen. Nichts darf aus dem Ruder laufen. So etwas ist kein Spiel. Und trotzdem übt diese Bedrohlichkeit ihren Reiz aus. Wie etwas Verbotenes und Gefährliches, nach dem man greifen möchte.

»Würdest du es denn versuchen wollen?«

Sarah schaut verwundert zu Herrn Conrad, der gegen den Sessel lehnt und ihren Blick mit Ernsthaftigkeit erwidert. Er scheint ihre Gedanken zu lesen. Als hätte sie ihre Überlegungen laut ausgesprochen. Langsam wird er ihr unheimlich. »Nein«, antwortet sie schnell, auch wenn das nicht ganz der Wahrheit entspricht. Bei einem »Ja« hätte sie aber dessen Bedingungen erklären müssen. »Ich wüsste nicht einmal, wo man eine Maske besorgen könnte.« In einem Laden, denkt Sarah, wird sie kaum danach fragen wollen.

Der alte Mann scheint nachdenklich, dann beginnt er langsam zu nicken. »Na gut«, sagt er schließlich, geht um den Sessel herum und lässt sich in das Polster fallen. »An welcher Stelle waren wir stehen geblieben?«

Lia versuchte, einen Hinweis zu erhaschen, wo sich Bruno aufhielt. Es gelang ihr nicht. Die Ohrstöpsel und die darüberliegende Maske erdrückten jedes Geräusch, bevor es das Trommelfell erreichen konnte. Einmal nahm sie ein kurzes Pochen wahr. Aber gleich darauf bemerkte sie, dass es nichts anderes war als eine knackende Sehne, sobald sie ihren Unterkiefer bewegte. Sie hörte nur sich selbst. Das Pulsieren ihres Blutes, den Rhythmus ihres Herzschlags. Und jede noch so leichte Bewegung ihres Körpers. Sie war akustisch vollständig abgeschnitten von allem, was sie umgab.

Er steht vor dir, wiederholte Lia in Gedanken. Immer wieder. Wie ein Mantra. Er steht vor dir. Wo sonst sollte er sein.

Sie drehte kurz ihren Oberkörper leicht nach rechts und links, um einer sich ankündigenden Verspannung zu begegnen. Dann nahm sie wieder ihre aufrechte Position ein. Vielleicht, überlegte Lia, wollte Bruno sie nur testen. Wie lange sie die Maske erträgt. Sie schloss die Augen unter dem Leder. Gab sich kurz der Stille hin. Nahm erst jetzt den intensiven Geruch des Materials über ihrer Nase wahr. Sog ihn ein.

Er steht vor dir. Wo sonst.

Schwache Flecken und Ringe bildeten sich vor ihren Augen. Violett, grün. Sie erinnerte sich, wie unruhig sie heute zu ihm gekommen war. Wie weit ihre Gedanken immer wieder abgeschweift waren und wie erfolglos sie nach ihnen gegriffen hatte. Es war ihr nicht gelungen, Alltag und Bruno sauber voneinander zu trennen. Sie hatte sich Mühe gegeben, aber jedes Mal hatte sie sich kurz darauf ertappt, schon wieder Gedanken verloren zu haben. Schließlich hatte sie ihm sogar vorgespielt, dass alles seine Richtigkeit habe. Gelogen. Vielleicht, dachte Lia, hat er das bemerkt. Vielleicht ist er darum verärgert. Die nächste Schlussfolgerung schockierte sie: Vielleicht trug sie die Maske, weil er sie deswegen nicht mehr sehen wollte heute.

Dann steht er gar nicht vor dir. Lia schluckte.

Sie öffnete erschrocken die Augen. Die Wimpern schabten an der weichen Lederinnenseite der Maske. Was, wenn Bruno sie hier einfach sitzen ließ und sich derweil anders beschäftigte? Wenn er gar nicht wahrnahm, wie aufrecht und offen sie auf dem Boden kniete? Konnte es sein, dass er den Abend bereits abgeschrieben hatte? Lia wies das alles von sich, niemals würde er das tun, aber die Fragen ließen sie nicht los. Erschienen immer wieder. Griffen ihre innere Überzeugung an, zermürbten und höhlten sie aus. Sie sah Bruno nicht mehr vor sich stehen, sondern tausend andere Dinge tun. Am Fenster lehnend und die Straße beobachtend. An dem kleinen Tisch sitzend, ein Buch lesend. Vielleicht auch telefonierend. Sich in der kleinen verglasten Nasszelle duschend. Auf dem Bett liegend. Einschlafend. Er hatte doch gesagt, dass er müde war. Wie lange würde sie es aushalten? Und was sollte sie tun, wenn sie es nicht mehr ertragen würde?

»Was meinst du, Sarah, wie lange hält sie es aus?«

Sarah beugt sich ein wenig zurück, betrachtet die Frontblende des Herdes und findet den richtigen Knopf, um die Pfanne zu erwärmen. Sie dreht ihn bis zum Anschlag nach rechts, obwohl sie nicht weiß, wie schnell der Herd heizt. Sie wird aufpassen müssen.

»Ich weiß es nicht«, antwortet sie währenddessen Herrn Conrad. So, wie sie Lia einschätzt, hat sie schon einiges für Bruno überstanden. Aber welche Geduld sie unter einer Ledermaske hat, lässt sich schwer abschätzen. Sarah öffnet den Kühlschrank, entnimmt das einsam im mittleren Fach liegende Stück Butter. Nachdem sie die Verpackung geöffnet hat, schneidet sie ein Stück Butter ab und balanciert es auf dem Messer vorsichtig in die Pfanne.

»Worauf wird es denn ankommen?« Der alte Mann erhebt sich aus dem Sessel, fasst ihn an den Armlehnen und dreht ihn auf der Stelle. So, dass das Sitzpolster zu Sarah zeigt.

Sarah stützt ihre Hände auf die Kante der Arbeitsplatte und pustet sich eine Strähne aus dem Gesicht. Überlegt. Sie versucht sich vorzustellen, was am schwierigsten sein könnte. Vielleicht der erste Moment, in dem das Leder über den Kopf rutscht. Lia war in Panik geraten, aber hat sich daran gewöhnt. Es würde keine Rolle mehr spielen. Lias Atem war nicht eingeschränkt, auch das würde nicht mehr entscheidend sein. Eigentlich, denkt Sarah, würde es nur noch darauf ankommen, wie lange Lia auf den Knien hocken kann. Denn das, weiß sie, ist nicht so leicht, wie es aussieht. Sie selbst hat sich schon oft auf die Knie begeben, alleine, nur von ihren Fantasien beobachtet. Sehr lange hat sie es nie ausgehalten. Zuerst schmerzen die Kniescheiben, dann die überstreckten Füße. Schließlich beginnen die Beine einzuschlafen. Sich mit unmerklichen Bewegungen dagegen zu wehren, hilft nur kurzzeitig. Sarah muss daher immer lächeln, wenn sie in Büchern liest, dass Frauen stundenlang auf dem Boden knien. Sie findet das schlichtweg unrealistisch. Aber Bücher, in denen das geschrieben steht, gehören ohnehin in ein Reich, das wenig mit ihrem tatsächlichen Leben gemein hat. Leider.

»Ich denke«, sagt Sarah also, »dass es darauf ankommt, wie lange sie auf dem Boden knien kann.«

Die Antwort kommt abrupt. »Falsch.« Herr Conrad nimmt wieder Platz. »Warum sollte es darauf ankommen?«

Sarah schaut kurz zu ihm. Begegnet seinem aufmerksamen Blick. Sie will nicht glauben, dass der alte Mann diesen schön geschriebenen, aber unrealistischen Mythen aus den Büchern folgt. Niemand kann lange auf Knien hocken. Auch nicht Lia. »Es tut nach einer Weile sehr weh«, antwortet sie vorsichtig und müht sich, dass es nicht belehrend klingt. Das steht ihr nicht zu.

»Und wenn es das tut?« Herr Conrad hebt die Schultern.

Seine angedeutete Gleichgültigkeit trifft Sarah an einem Erregungspunkt. Sie stellt sich vor, wie es sich anfühlen muss, wenn ein dringendes Bedürfnis ohne Begründung konsequent abgelehnt wird. Wenn man nicht aus einem Schmerz entlassen wird, sondern vor den Augen seines Gegenübers gegen ihn kämpfen muss, obwohl er ihn mit nur einem Wort beenden könnte. Sarah sieht, wie die Butter auf dem Boden der Pfanne zu schmelzen beginnt. Eine gelbe Pfütze bildet sich um den kleinen Würfel. Er wird gegen die Hitze verlieren. Unvermeidlich.

Sarah muss an Lia denken. Bruno würde sie rechtzeitig aufstehen lassen. Ganz sicher. Lia müsste ihn nur darum bitten. Kurz sieht sie zu Herrn Conrad, der fragend zu ihr blickt. Dann antwortet sie. »Sie wird ihn fragen, ob sie aufstehen darf. Oder ob sie sich in eine andere Position begeben darf.«

»Und wenn er das ablehnt?«

Irgendwann kann er es nicht mehr ablehnen, denkt Sarah trotzig. Dann stellt sie sich aber vor, so wie Lia auf dem Boden zu sitzen. Bis die Knie schmerzen. Bis zu dem Moment, an dem sie Bruno in ihrer Not bitten müsste. Würde sie sich seiner Antwort absolut sicher sein? Bräuchte sie ihn dann überhaupt bitten? Was, wenn er ebenso gleichgültig wie Herr Conrad den Kopf schütteln würde? Sie müsste wenigstens erwägen, dass ihrer Bitte nicht entsprochen wird. Denn in diesem Fall würde sie weiter auf den Knien bleiben. Ganz gleich, wie groß der Schmerz werden würde. Glaubt sie.

»Worauf kommt es also an?« Herr Conrad spricht geduldig wie ein Gelehrter, der seine Elevin von der einfachen Logik eines Lösungsweges überzeugen will.

Auf Bruno kommt es an, denkt Sarah. Er entscheidet, ob Lia aufstehen darf. Nichts und niemand anderes. Es ist völlig gleich, ob sie Schmerzen hat oder die Maske nicht mehr ertragen kann. Nur Bruno kann sie davon befreien. Wann und mit welcher Wahrscheinlichkeit er das tut, ist eine ganz andere Frage. »Auf Bruno«, sagt sie also einsichtig. Sie spricht leise, fühlt sich ertappt dabei, dass sie nicht sofort auf die richtige Antwort gekommen ist.

Das kleine Stück Butter löst sich in diesem Moment vollständig auf und die Würfel aus Schinkenspeck beginnen, in der Hitze zu zischen.

Lia befeuchtete sich mit der Zunge die Lippen. Sie waren durch das Atmen trocken geworden. Als sie sich vorstellte, wie es aussehen musste, wenn aus der Öffnung der Maske heraus eine Zunge über rote Lippen streicht, tat sie es noch einmal. Ein wenig lasziv. Vielleicht sah es Bruno. Er musste doch Lust haben. Hoffte sie.

Manchmal hatte er sie gleich in den ersten Minuten ihrer Treffen genommen, direkt aus der Umarmung heraus. Und wie sehr war es ihr ein Genuss, von ihm so überwältigt zu werden. Ungefragt ihrer Sachen entrissen zu werden, niedergedrückt zu werden und mit über dem Kopf festgehaltenen Armen zu spüren, wie er sich ungestüm und tief in sie schob. Als Begrüßungsvergewaltigung hatte sie es einmal bezeichnet, und Lia liebte die Vorstellung, sich so nehmen lassen zu müssen. Jede ernsthaft gemeinte Gegenwehr zu unterlassen, ihren Körper zur Verfügung zu stellen, erniedrigt und benutzt zu werden von Brunos Lust. Je mehr seine Gier ihn zur Grobheit aufstachelte, um so weiter öffnete sie sich ihm. Es war eine ihrer dunkelsten Fantasien, die sie nur dann aus dem verschwiegenen Versteck ließ, wenn Bruno von sich aus über sie herfiel. Wenn sein schwitzender und keuchender Körper über ihr steif wurde und sich Bruno mit enormer Kraft ein letztes Mal in sie stieß, war sie glücklich und enttäuscht zugleich. Glücklich über die Sekunden, in der ein Lichtstrahl auf diese dunkle Fantasie schien. Enttäuscht, dass es bereits vorüber war. Sie hatte ihm noch nie erzählt davon, denn sie fürchtete, dass es dann nicht mehr das gleiche sein würde. Solche Momente kann man nicht erbitten und auch nicht inszenieren. Sie müssen von allein passieren. Lia erinnerte sich an ein Angebot, das ihr vor Monaten gemacht worden war: Einer exklusiven Gesellschaft von Frauen und Männern auf einem Schloss eine Nacht lang zu Diensten zu sein. Zur Verfügung zu stehen. Mit allem, was dazu gehört. Auch mit ihrer dunkelsten Fantasie. Der Gedanke, sich der Gewalt von unbekannten Menschen zu überlassen, ließ sie erschauern. Vor Angst. Aber auch vor Erregung. Wie musste es sich erst anfühlen, wenn nicht Bruno es war, der sie ungestüm benutzte, sondern wenn mehrere Unbekannte über sie herfielen, denen sie sich ergeben müsste. Ihr Verstand schrie ihr jedes Mal ins Gesicht, wenn sie darüber nachdachte, wie groß und unvertretbar das Risiko sei. Welcher Verrat an Bruno es wäre. Aber sobald sie ihrem Verstand Recht gab, suchte sie nach Argumenten, die noch schlagkräftiger sein könnten als er. Außer ihrer quälenden Lust an dieser Fantasie hatte sie bislang keine orten können. Der einzige Weg wäre gewesen, Bruno zu bitten, sie zu dem Schloss zu begleiten. In ihrer Nähe zu bleiben. Auf sie aufzupassen. Eine Art kontrolliertes Risiko. Zu ihm hätte sie genug Vertrauen, um ihren Verstand zu überzeugen oder wenigstens zum schweigen zu bringen. Aber dieser Weg war undenkbar. Um Bruno zu fragen, müsste sie ihm zuerst von dieser dunklen Fantasie erzählen. Sollte er dann ablehnen, würden sich seine Begrüßungsvergewaltigungen künftig nur noch wie Inszenierungen anfühlen.

Sarah schlägt das erste Ei am Rand einer kleinen Metallschüssel auf und lässt den Inhalt auslaufen. Sie bemerkt, dass ihre Hände ein wenig zittern, und sie weiß auch, warum. Das, was Herr Conrad erzählt, fühlt sie nicht anders als Lia. Mit dem Unterschied, dass noch kein Bruno auf diese Weise über sie hergefallen ist. Sie hat solche heimlichen Wünsche immer weit von sich gewiesen und nicht zugelassen. Sie würde sich im Gegensatz zu Lia auch niemals auf solche Angebote einlassen wollen. Es ist schlicht und ergreifend eine Fantasie.

»Du kommst zurecht, Sarah?« Herr Conrad hat seine Erzählung unterbrochen und sieht zu ihr. »Du wirktest gerade so abwesend!«

»Es ist alles in Ordnung«, entgegnet Sarah schnell und schlägt das nächste Ei auf. Die Schalen knistern beim Brechen. »Ich habe nur überlegt, ob es solche Angebote überhaupt gibt.«

»Du meinst dieses Schloss?«

Sarah nickt. »Ich glaube nicht, dass sich eine Frau freiwillig in eine ihr unbekannte Gesellschaft begibt, um sich dort…« Ihr fehlt ein Satzende. Zur Verfügung zu stellen? Zu harmlos. Benutzen zu lassen? Zu versachlicht. Vergewaltigen zu lassen? Zu schrecklich. Sie versucht es noch einmal. »Ich glaube nicht, dass eine Frau auf ein solches Angebot eingehen würde.« Mit Wucht schlägt sie ein weiteres Ei auf die Metallkante. Die Schüssel rutscht dabei ein Stück beiseite.

»Und Lia?« Herr Conrad legt den Kopf schräg. »Was meinst du, würde Lia das tun?«

Vor wenigen Minuten hätte Sarah noch mit einem klaren Nein geantwortet. Mittlerweile ist sie unsicher. Sie kennt nun Lias Gedanken. Es scheint ihr Wunsch zu sein. Vielleicht ist es ganz gut, dass sie sich nicht traut, Bruno darauf anzusprechen. »Sie kann es nicht tun. Denn sie wird Bruno nicht darum bitten.« Salomonische Antwort. Sarah zieht ein wenig den Kopf ein, weil sie glaubt, dass Herr Conrad sie dafür tadeln wird.

Er scheint es nicht bemerkt zu haben. Denn er schweigt. Lehnt sich zurück, schaut auf einen imaginären Punkt irgendwo an der Decke des Raumes. Seine Hände hat er auf dem Schoß gefaltet, mit dem Daumen der rechten Hand streicht er langsam über den Zeigefinger der anderen.

Vielleicht, denkt Sarah, webt er gerade eine andere Geschichte. Über Lia und das Schloss. Oder darüber, dass Bruno dieser Fantasie die Realität verweigert. Sie wird also warten. Auch wenn Lia derweil auf dem Boden und mit der Maske auf dem Kopf ausharren muss. Sie verrührt Eigelb und Eiweiß, würzt mit Salz und Pfeffer und gibt den Inhalt der Metallschüssel vorsichtig in die Pfanne. Es zischt und prasselt laut.

Herr Conrad wird durch das Geräusch aus seinen Gedanken gerissen. Ohne einen Kommentar erzählt er weiter. Als wäre er eben nur kurz eingeschlafen.

Bruno lehnte mit dem Rücken gegen das Fenster und beobachtete Lia. Sie saß in der Mitte des Raumes, nackt und auf Knien. Die Ledermaske über dem Kopf nahm ihr die Sicht, die Stöpsel in den Ohren machten sie taub. Die Manschetten an den Händen in ihrem Rücken hielten sie fest. Ihm gefiel dieses Bild und er konnte sich vieles ausmalen, was er mit ihr anstellen würde. Sie war ihm ausgeliefert. Vollständig.

Als Lia ihren Körper reckte und mit der Zunge über ihre Lippen fuhr, dachte er daran, wie er ihr vorhin seinen Daumen in ihren Mund geschoben hatte. Warm und nass hatte es sich angefühlt. Wulstig pressten sich ihre Lippen aus der Mundöffnung der Maske. Einladend. Bruno spürte, dass er Lust bekam. Lust, an sie heranzutreten und der Einladung zu folgen. Sich von ihrem Mund befriedigen zu lassen. Ihren Kopf zu umgreifen und ihn fest an sich zu pressen. Von Lia zu verlangen, den Würgereflex zu unterdrücken und den Mund für ihn bereitwillig geöffnet zu halten. Sie würde keuchen, denn ihre Nase war verschlossen, und das würde ihn noch wilder machen. Sie würde es hinnehmen. Denn es war eine ihrer Pflichten und Wünsche, ihn zufrieden zu stellen. Wann immer er Lust bekam, wann immer er das Bedürfnis nach ihrem Körper hatte. Das war so mit ihr vereinbart und er wusste, dass Lia dem nur zu gern nachkam. Manchmal hegte er den Verdacht, dass sie aufblühte, wenn mit seinem Teil einer Vereinbarung Zwang einher ging.

Bruno atmete tief ein und langsam aus. Brachte seine Lust unter Kontrolle. Es ging nicht darum, sich an Lia zu befriedigen. Sie saß dort nicht, um ihm einen schönen Anblick zu bieten. Auch wenn es zweifelsohne ein solcher war.

Er betrachtete ihre festen Brüste, die sich beim Atmen hoben und senkten. Erinnerte sich daran, wie oft sie an ihren Brustwarzen schon Gewichte getragen hatte, nur für ihn. Kleine, aber schwere Metallkugeln, gehalten von Klemmen, die sich in die empfindliche Haut bissen. Jedes anfänglich tapfere Lächeln war später in angestrengtem Durchhalten untergegangen. Und er hatte ihr viel abverlangt. Hatte sie stehen lassen mit den Gewichten, bis ihr Tränen vom Kinn tropften. Bis sie ungefragt und gegen ihren Willen auf den Boden sank. Und bis sie ihn bat, sie zu befreien von dem Schmerz. Er hatte es immer getan. Aber erst dann.

Ihrer Bitte, die Maske abzunehmen, wollte er dagegen nicht nachkommen. Nicht, bevor sich Lia endlich beruhigt hatte und dieses nervöse Flattern von ihr wich, das er seit ihrer Begrüßung gespürt hatte. Zunächst hatte er geglaubt, dass es die Aufregung des Wiedersehens war, vielleicht auch ihr Ärger darüber, sich verspätet zu haben. Dann hatte er bemerkt, dass sie es zu kaschieren versuchte. Ihm und sich selbst gegenüber. Doch ihre ständigen Unaufmerksamkeiten konnten ihn nicht täuschen. Jedes Mal, wenn sie sich wieder auf ihn zu konzentrieren versucht hatte, waren kurz darauf ihre Gedanken wieder auf Reisen gegangen. Wie ein flacher Stein, der auf der Wasseroberfläche springt und dem es nicht gelingt, endlich einzutauchen.

Lia bewegte sich kurz, hob den Kopf. Immer wieder korrigierte sie ihre Haltung. Bruno konnte an den Veränderungen ihrer Körperspannung ablesen, dass wechselnde Gedanken in ihr arbeiteten. Er hatte beschlossen, ihr beim Eintauchen zu helfen. Es kam heute nicht mehr darauf an, auf welche Weise sie zueinander fanden. Viel wichtiger war, dass es überhaupt passierte. Dass sich Lia endlich von ihrer Unruhe befreien konnte. Und dass sie nicht mehr seinen und ihren Erwartungen zu entsprechen versuchte, ohne dass es aus ihrem Innersten heraus geschah.

Bruno stieß sich vom Fensterbrett ab und durchquerte langsam den Raum. Er hatte keine Eile. Wenn es sein musste, würde er noch

Stunden warten. Allein Lia entschied. Auch wenn sie sich dessen nicht bewusst war.

Böse war er ihr deswegen nicht. Er bedauerte die unglückliche Situation, in der sie sich befanden. Ihre Treffen waren rar gesät, mitunter vergingen Monate, in denen sie sich nicht sehen, umarmen und berühren konnten. Wenn es schließlich möglich wurde, fieberten sie beide ihrem Wiedersehen entgegen. Wochenlang steigerten sich Vorfreude und Lust bis ins Unermessliche. Auch die Sorge, dass eine alltägliche Kleinigkeit noch am Tag zuvor alles unmöglich machen könnte. Wenn sie sich dann endlich gegenüberstanden, war es nicht immer einfach, alle gespannten Erwartungen auf den Punkt genau zu lösen. Bruno seufzte. Ihm war bewusst, dass es nur zwei Möglichkeiten gab. Entweder würde er sich in ihrer Nähe niederlassen und versuchen müssen, Fuß zu fassen in ihrer Stadt. Nur so würden sie Gelegenheit haben, ihre Sehnsüchte näher aneinander zu bringen. Oder sie würden sich auf Ewigkeiten nur wenige Tage im Jahr begegnen können – einschließlich des Risikos, dass es Tage wie diesen gab, an denen es Lia oder ihm selbst schwer fiel, kein springender Stein zu sein.

Bruno ahnte, sich für die erste Variante entscheiden zu müssen. Sonst würde er Gefahr laufen, dass sie sich an den langen Zeiträumen zwischen ihren Treffen aufrieben. Einfach würde das nicht werden. Es würde sein bisheriges Leben umkrempeln. Sein mobiles Gewerbe, mit dem er Kunden in allen Ecken des Landes aufsuchte und ihnen gewünschte Kleidungsstücke auf den Leib schneiderte, würde er aufgeben müssen. Obwohl er es so mochte, überall und nirgendwo zu Hause zu sein. Nicht zuletzt hatte ein lukrativer Auftrag für eine Kundin in einem abgelegenen Küstendorf dazu geführt, dass er Lia am Strand getroffen hatte. Bruno erinnerte sich an das Teelicht, dessen kleine Flamme er bei einem Spaziergang entlang der Dünen entdeckt hatte. Sein unruhig flackerndes Leuchten hatte ihn zu der Frau geführt, die nun mit einer über den Kopf gezogenen Ledermaske vor ihm saß. Das Licht war verblutet, als er das heiße Wachs in Lias Hand gegossen hatte. Aber gleichzeitig war etwas entstanden, das er bis heute als die tiefste und innigste Verbindung zu einem anderen Menschen bezeichnete, die er je gefühlt hatte.

Bruno sah lächelnd zu Lia, die auf dem Boden kniete. Taub, blind, wehrlos. Wie viel Vertrauen sie doch in ihn hatte. Er zog sich den Stuhl heran, der neben dem kleinen Tisch stand, positionierte ihn direkt vor Lia und nahm Platz. Vielleicht, dachte Bruno, war es wirklich an der Zeit, sich endlich zu entscheiden. Für sie. Mit allem, was dazu gehört. Bevor es zu spät sein würde.

Herr Conrad unterbricht und schweigt eine Weile. Sarah gewinnt den Eindruck, dass er es in den letzten Erzählungen immer häufiger tut. Vielleicht, denkt sie, wachsen ihm Lia und Bruno ebenso ans Herz wie ihr selbst. Seltsam fühlt es sich an, wenn der Weg von Helden und Verlierern in Geschichten so berührt. Wenn deren Erlebnisse sich einbrennen wie eigene. Sie kennt das. Jedes gute Buch ergreift sie auf diese Weise. Nimmt sie mit bis zum Ende und darüber hinaus. Die letzten Seiten guter Bücher sind daher immer die schwersten.

»Oh, es duftet wunderbar«, sagt Herr Conrad mit begeisterter Stimme. Er steht auf und begibt sich zügig zur Küchenzeile. Wedelt sich genussvoll mit der Hand den Geruch gebratener Eier zu. Aus einem Schrank greift er einen flachen Teller, stellt ihn neben die Pfanne.

»Das hätte ich doch auch machen können«, meint Sarah und sieht zu ihm. Es ist nur die halbe Wahrheit. Eigentlich hätte sie sagen wollen, dass sie es sehr gern für ihn getan hätte. Jetzt, wo der Mann wieder neben ihr steht, fühlt sie erneut diese wohltuende Last auf ihren Schultern. Gedanklich sieht sie sich vor seinem Hosenbein herab sinken. Mit einer fahrigen Bewegung dreht sie am Knopf des Herdes und schaltet das Kochfeld ab.

Herr Conrad ignoriert es. Er deutet auf das flache Porzellan. »Nicht so viel.«

Sarah füllt den Teller zur Hälfte und sieht Herrn Conrad fragend an. Er aber greift wortlos zu, wendet sich ab und geht zurück zu seinem Sessel. In der Pfanne verbleibt ein großer Rest. Eigentlich, denkt Sarah, hätte sie viel weniger Eier braten brauchen. Herr Conrad hatte ihr aber keine Anweisungen zur Menge gegeben und so fühlt sie sich nicht schuldig daran. Er hatte ihr lediglich angeboten, selbst auch etwas zu essen. Sie holt einen Teller aus dem Schrank, zögert. Entschließt sich, um Erlaubnis zu fragen.

»Darf ich auch etwas essen, bitte?« Sarah schaut zu ihm, sieht, wie er sich in seinem Sessel niederlässt. Sie hält den leeren Teller vor ihren Körper und wartet ab.

»Natürlich darfst du«, sagt der alte Mann und nickt, »selbstverständlich. Dein Essen steht doch schon hier.« Er schiebt den Teller rechts neben sich an die Tischkante. »Mir kannst du den Rest aus der Pfanne bringen. Und beeile dich, ich habe Hunger.«

Sarah braucht eine Sekunde, bis sie ihren Irrtum begreift. Herr Conrad hat nicht sein Essen geholt, sondern ihres. Wie konnte sie annehmen, dass er auf ihre Dienste verzichtet. Schnell schiebt sie das restliche gebratene Ei auf den Teller, greift Besteck für ihn und sich selbst. Dann begibt sich zum Tisch. Sie vergisst nicht, vor dem Teppich ihre Stiefeletten auszuziehen und ordentlich zu positionieren. Fast schon ein Ritual.

»Danke«, sagt Herr Conrad und lächelt aus seinem Sessel zu ihr herauf. »Und guten Appetit.«

Sarah bemerkt, dass ihr Teller auf der rechten Seite des Tisches steht. Nicht dort, wo er stehen müsste, wenn sie auf dem Sofa Platz nähme. Sie glaubt nicht, dass Herr Conrad ihn unbeabsichtigt dort positioniert hat. Er ist in dieser Hinsicht ein Perfektionist, denkt sie. Und erinnert sich daran, wie er Gegenstände immer sehr sorgfältig und in Winkeln ausgerichtet vor sich abgelegt hat.

Der alte Mann greift zu seinem Besteck, füllt die Gabel und schiebt sich eine große Portion in den Mund. Unbeeindruckt dessen, dass Sarah unschlüssig neben ihm steht.

Sarah empfindet es als Zeichen, dass er es genau so meint, wie sie es vermutet. Sie muss lächeln und bemüht sich, dass sie nicht über das ganze Gesicht strahlt. Denn sie bemerkt, dass sie ihn zu verstehen beginnt. Langsam und ohne ihn aus den Augen zu verlieren sinkt sie neben ihm zu Boden, kniet sich vor den Tisch. Legt die Hände auf ihre Oberschenkel, wartet.

Der Mann schaut kurz auf, weist mit der Gabel auf ihren Teller und nickt. »Fang an.« Kurz und knapp. Dann isst er weiter. Als wäre das etwas ganz Normales.

Sarah rutscht ein wenig näher an die Tischkante. »Danke«, hört sie sich zu Herrn Conrad sagen. Sie ist berauscht davon, dass sie zwischen ihnen eine Verbindung spürt. Dass sie erahnt hat, was er von ihr verlangte. Und dass sie beinahe Folge geleistet hätte, ohne dass er hätte sprechen müssen. Ein zweites Mal würde sie nicht zögern, sondern sich auf ihr Gefühl verlassen. Genau so stellt sie es sich vor in ihren Fantasien. Sollte sie jemals einen Menschen finden, dem sie sich schenken will, soll dieses blinde Verstehen Voraussetzung sein. Das nimmt sie sich vor.

»Kannst du dir vorstellen, wie lange Lia tatsächlich auf dem Boden gesessen hat?« Der alte Mann sticht mit der Gabel auf seinem Teller herum, nimmt genussvoll den nächsten Happen.

Er isst schnell, denkt Sarah. Vermutlich wird er früher fertig sein als sie selbst. Sie legt ihr Besteck beiseite, schluckt und schaut Herrn Conrad an. »Nein«, sagt sie. »Ich glaube aber, dass es nicht sehr lange gedauert hat.« Sie erinnert sich, dass Lia zuletzt nicht mehr an ihren Alltag gedacht hat, sondern viel mehr daran, wie sie Bruno gefallen kann. Sicher haben sie schnell zueinander gefunden.

Sarah wartet auf eine erklärende Antwort, wendet sich nicht ab. Sieht zu dem weißhaarigen Mann im Sessel. Die Stehlampe mit ihrem ockerfarbenen Schirm überragt ihn, wenn er sitzt. Hinter ihm an der Wand schauen ihm die im Holzrahmen befestigten Bilder über die Schulter. Und der kurze Lederriemen, der über den Rahmen hängt.

Nach einer Weile schaut der Mann auf. Kaut zu Ende. »Fast drei Stunden«, sagt er. Dann weist er wieder mit der Gabel auf ihren Teller. »Iss.«

Sarah ist entsetzt. Drei Stunden? Niemals hätte sie von Lia geglaubt, so lange auf den Knien verweilen zu können. Und genauso wenig hätte sie angenommen, dass Bruno es zulässt. Sie beeilt sich, weiter zu essen. Leert ihren Teller Gabel für Gabel. Vergleicht dabei die Minuten, die sie vor dem Tisch kniet, mit der unglaublich langen Zeitspanne, die Lia auf dem Boden gesessen haben musste. Und ist beeindruckt. Währenddessen schaut sie nicht mehr zu Herrn Conrad, aber sie hat das Gefühl, mitunter von ihm beobachtet zu werden. Sie hofft, ihm keinen Anlass zu geben, um ihr zu zeigen, wie lang drei Stunden auf Knien werden können.

Schließlich hört sie, wie er sein Besteck ablegt und den Teller von sich schiebt. Sarah überlegt, ob sie weiter essen soll, denn ihr Teller ist noch nicht leer. Dieses Mal entscheidet sie spontan nach ihrem Gefühl. Leise legt sie die Gabel beiseite und ihre Hände zurück auf die Oberschenkel.

»Das hat gut geschmeckt, Sarah«, lobt Herr Conrad anerkennend.

Sarah freut sich, aber sie ist sich bewusst, dass es keiner großen Gabe bedarf, ein Rührei zu braten. »Danke«, sagt sie trotzdem. Ein wenig verlegen.

»Fast drei Stunden«, wiederholt der alte Mann seine Aussage von vorhin, als habe er sich die ganze Zeit über mit dieser Zeitspanne beschäftigt. Dann lehnt er sich zurück und ergreift den Faden seiner Geschichte erneut.

Lia sackte immer mehr in sich zusammen. Sie richtete sich nicht mehr auf, korrigierte ihre Haltung nicht mehr, wie sie es anfangs getan hatte. Ihre Bemühungen, Bruno zu gefallen, waren längst verflogen. Stattdessen hatte sie Schwierigkeiten, sich auf den Knien zu halten. Mitunter rutschte sie nach einer Seite, schob sich kurz darauf mühevoll und mit den Zähnen auf die Unterlippe beißend zurück. Ihre Beine und Füße bestanden aus Schmerz. Es gab Minuten, in denen sie langsam und unaufhörlich ihren Kopf geschüttelt hatte, weil sie glaubte, es nicht mehr aushalten zu können. Ihren Kopf hielt sie schon lange nicht mehr aufrecht. Nicht nur, weil sie zweifelte, ob Bruno überhaupt in ihrer Nähe war. Sondern auch, weil sie nicht mehr konnte. Sie stützte ihr Kinn auf ihrem Körper. Es war ihr gleich, wie es aussah. Sie verschwendete keinen Gedanken mehr daran.

Manchmal überlegte sie, wie viel Zeit vergangen sein mochte, seitdem ihr Bruno die Maske über den Kopf gezogen hatte. Aber ihr fehlte jeder Anhaltspunkt für eine verlässliche Einschätzung. Vielleicht war es eine Stunde, vielleicht waren es zwei. Es spielte keine Rolle. Das Leder auf ihrer Haut fühlte sich mittlerweile warm und weich an. Anfangs hatte sie es als Fremdkörper wahrgenommen, sich dagegen gewehrt. Genauso, wie sie die Ohrstöpsel am liebsten von sich geschleudert hätte. Ihre geraubten Sinne hatte sie als Verlust empfunden, als quälende Einschränkung, mit der Bruno sie strafte. Aber später hatte Lia bemerkt, wie angenehm die Einsamkeit unter der Maske auf sie wirkte. Wie sehr sie selbst zur Ruhe fand. Immer mehr verlor sich der Wirbel ihrer Gedanken in Stille und Dunkelheit. Sie befand sich in einer ihr aufgezwungenen Abgeschiedenheit, in der sie der Alltag nicht finden konnte.

Sicher, sie hatte ihre Situation verflucht. Auch Bruno. Mehrfach. Immer wieder waren Wellen über sie hinweggespült, in denen sie sich am liebsten die Maske vom Kopf gerissen hätte und ihn angeschrien hätte, warum er nicht bei ihr war, neben ihr, und warum er die kostbare Zeit einfach so verstreichen ließ. Aber das war vorübergegangen. Nicht ein Laut hatte ihren Mund verlassen. Sie hatte mit der Zeit begriffen, dass er sie so vor sich sehen wollte. Dass er einen Zweck verfolgte. Sie konnte nichts daran ändern, solange sie sich nicht damit abfand. Schließlich war sie Bruno sogar dankbar, dass er sie auf diese Weise von ihrem Alltag befreit hatte. Ankommen ließ.

Als ihr die Knie zu schmerzen begannen, hielt sie sich tapfer. Zunächst noch aus Trotz, weil sie glaubte, sich vor ihm beweisen zu müssen. Und weil sie ihm gefallen wollte mit ihrem Durchhaltevermögen. Dass es ein endliches war, musste sie sich später eingestehen. Denn der Schmerz nahm zu, ihre Beine fühlten sich an wie unter einer tonnenschweren Last. Sie glaubte, ihre Unterschenkel würden platzen. Um es zu ertragen, hatte sie sich immer mehr auf die Stille und Dunkelheit um sie herum konzentriert. Aber es war zunehmend schlimmer geworden.

Lia rutschte seitlich weg, kämpfte sich wieder nach oben. Es fiel ihr immer schwerer, mit den auf dem Rücken gefesselten Händen im Gleichgewicht zu bleiben. Sie bewegte ihre Finger, fühlte, dass sie noch immer warm waren. Bruno hatte die Handfesseln locker angelegt. Lia wusste, dass er normalerweise immer kontrollierte, wie sie sich fühlte, ob alles in Ordnung ist. Heute aber bemerkte sie es nicht. Blind und taub nahm sie nicht wahr, ob er um herum sie ging. Aber sie vertraute ihm. Ganz gleich, ob er neben ihr war oder nicht. Er würde dafür sorgen, dass nichts geschah. Nichts auf der Welt war ihm wichtiger als sie.

Lia rutschte wieder weg. Sie kam auf dem Hintern neben ihren Beinen zu sitzen. Hilflos versuchte sie, sich wieder aufzurichten. Wie oft war es ihr in den letzten Minuten gelungen. Dieses Mal nicht mehr. Sie verlagerte ihr Gewicht, sie beugte ihren Körper, aber ihre Kräfte versagten. Sie versagte. Lia begriff, dass es ihr nicht wieder gelingen würde, zurück in ihre Position zu finden. Sie erwartete eine stützende Hand von Bruno, vielleicht unter der Schulter, vielleicht am Oberarm. Aber es geschah nichts.

»Bruno«, flüsterte Lia verzweifelt und verharrte einen Moment mit seitlich gebeugtem Körper. »Sei bei mir, bitte.« Nichts. Nichts außer Dunkelheit und Stille. Sie war allein. Enttäuscht gab sie den Widerstand gegen ihre Lage auf und ließ sich auf den Boden sinken. Lag dort mit angewinkelten Beinen. Begann zu weinen.

Unten angekommen. Ganz unten. Befreit von allem.

Als sei ihr erstes Schluchzen eine Erlösung gewesen, spürte sie, wie die Verbindung der Handfesseln in ihrem Rücken gelöst wurde. Ihre Arme sanken. Auf ihrem Kopf fühlte sie eine Bewegung, als greife man ihr in die Haare, dann hob sich die Maske. Weich glitt das Leder über ihre Gesichtshaut. Lia vergaß, die Augen zu schließen, obwohl Bruno sie stets gemahnt hatte, sich vor Licht zu schützen, bevor er ihr eine Augenbinde abnahm. Im Moment aber war das alles nicht präsent. Lia war nur noch ein schutzbedürftiger Teil ihrer nackten Seele. Sie agierte nicht mehr, sondern ließ geschehen. Dass sie nicht geblendet wurde, verdankte sie lediglich dem Umstand, dass es im Raum dunkel war. Sie sah irritiert nach oben zum Fenster und bemerkte einen dunklen Himmel. Erschrak darüber, dass sie so lange gesessen haben musste.

Brunos Gesicht tauchte in ihrem Blickfeld auf. Er legte den Zeigefinger auf seinen Mund, bedeutete ihr, still zu bleiben. Dann kam er neben sie, griff ihr unter die Arme, zog sie langsam nach oben. Lia konnte nicht stehen. Ihr versagten die Beine. Sie knickte weg, sobald sie versuchte, ihr Gewicht auf die Füße zu verlagern. Bruno schien damit gerechnet zu haben und ließ sie auf das Bett sinken. Zog eine federleichte Decke über ihren nackten Körper. Dann kam er zu ihr. Nahm sie in den Arm. Lange. Hielt sie umklammert, als könnte sie in einen Abgrund stürzen. Er gab ihr all die Nähe, die sie seit Stunden vermisst hatte. Umarmte sie so fest, wie er es sonst immer zur Begrüßung tat.

Vielleicht, dachte Lia, war das überhaupt erst die Begrüßung. Jetzt, wo sie durch Stille und Dunkelheit zu ihm gefunden hatte. Endlich.

»Hallo Lia«, flüsterte Bruno schließlich. Ihm hatten die letzten Stunden nicht weniger zugesetzt als ihr. Es war ihm schwer gefallen, sie verzweifeln zu sehen, auch wenn er wusste, dass es der einzige Weg war, den sie an diesem Abend gehen konnte. Und ihm war klar geworden, dass es immer wieder, immer öfter so passieren würde, wenn er nicht endlich eine Entscheidung treffen würde. Die langen Zeiträume zwischen ihren Treffen mussten enden. Er musste in ihre Nähe ziehen. Sein jetziges Leben aufgeben. Oder sie. Nur eines von beiden konnte auf Dauer gelingen. Er hatte sich heute entschieden. Er würde dieses Opfer für sie bringen. »Hallo Lia«, wiederholte er.

Sie lächelte ihn an und schwieg.

»Ich bin stolz auf dich, weißt du?« Bruno schmiegte sich an sie. »Der Abend verlief etwas anders, als ich es erwartet hatte, aber ich denke, wir haben beide daraus gelernt, oder?«

Lia lächelte. Noch mehr.

»Ist alles in Ordnung mit dir?«

Ihr Lächeln ließ ihre Wangen apfelrund werden.

Bruno stützte sich auf einen Ellenbogen, sah sie besorgt an. »Lia?«

Da deutete sie mit den Zeigefingern auf ihre Ohren. Und sie mussten beide so sehr lachen, dass Lia es sogar durch die Stöpsel hindurch hörte.

Kapitel Elf

»Dafür, dass du keinen Hunger hattest, ist dein Teller aber doch recht leer geworden, Sarah. Oder?« Herr Conrad reckt den Hals, schaut aus seinem Sessel heraus über den Tisch.

Sarah nickt und senkt den Kopf. Sie findet es beeindruckend, dass er scheinbar jede Äußerung von ihr aufsammelt, bewahrt und ihr zum passenden Zeitpunkt vorhalten kann.

»Oder hattest du vielleicht doch Hunger und hast nicht die Wahrheit gesagt?«

Ihr sackt das Blut in die Beine. Von einer Sekunde auf die andere fühlt sie sich einer ausweglosen Situation, die er kontrolliert. Sie überfliegt ihre Optionen. Sie könnte ihm erklären, dass der Duft ihr Appetit gemacht hat. Dass sie sich nur ihm zuliebe am Essen beteiligt hat. Aber sie könnte ihm auch ehrlich antworten, dass sie ihren Hunger verleugnet hatte, um schneller das Ende der letzten Geschichte zu erfahren.

»Sarah!« Seine Stimme knallt scharf wie ein Peitschenhieb über den Tisch. Sarah zuckt zusammen und blickt ruckartig zu ihm. »Ich nehme an, du kannst dich erinnern, was ich dir vorhin riet?«

Sie kramt in ihren Gedanken, hastig, beinahe schon panisch, aber sie weiß nicht, auf was er hinauswill. Was hatte er ihr geraten? So vieles hat er ihr gesagt, und sie ist ihm wirklich dankbar für all die Eindrücke, die sie gewonnen hat. Aber ihr gelingt es nicht, daraus etwas zu extrahieren. Ihr ist bewusst, dass sie zügig antworten sollte, aber sie fühlt sich wie gelähmt. Sie hat sich verschätzt. Wie konnte sie nur glauben, dass sie sich neben einem zahmen Wolf niedergelassen hat. Wie konnte sie nur so zutraulich sein. Nur, weil es ihr gefiel. Und weil sie geglaubt hat, dass es auch ihm gefällt. Nun ist er plötzlich wieder so stark geworden. Und sie direkt neben ihm.

»Antworte!«

»Ich weiß es nicht«, stammelt Sarah aus Reflex auf seine bedrohliche Frage.

Er erhebt sich zügig aus seinem Sessel, tritt hinter sie.

Sarah zieht instinktiv den Kopf ein, weil sie befürchtet, er könnte ihr etwas antun. Sie maßregeln. Seine Krallen zeigen. Aber sie beherrscht sich. Bleibt in ihrer Position.

»Du musst Dinge in Kauf nehmen können und nicht versuchen, sie zu deinem Vorteil zu beeinflussen. Du darfst das nicht einmal erwägen.« Herr Conrad hält kurz inne. »Das habe ich dir gesagt. Du kannst dich jetzt erinnern?«

Sarah senkt langsam den Kopf. Sie bemerkt, dass sie ihm damit den Nacken präsentiert. Weiß nicht, ob es eine bewusste Reaktion aus ihrem Inneren ist oder nur ein Zufall. Aber sie korrigiert es nicht. »Ja, ich kann mich erinnern.« Herr Conrad hatte es ihr gesagt, als sie vor seinen Füßen hockte. So wie jetzt.

»Und du weißt auch noch, warum das so ist?«

Natürlich weiß sie es. Weil sie unten ist. Das waren seine Worte. Und genau das ist sie auch. Sie versucht, ihm zu antworten, aber ihr will es nicht über die Lippen kommen. Es fühlt sich an wie ein endgültiges Eingeständnis. Wie der Verlust der letzten Schale, die sie um sich trägt und die ihr Schutz bietet. Du bist unten, denkt sie. Du bist diejenige, über die bestimmt wird. Du hast dich unterzuordnen. Sarah weiß, dass es eine Wirklichkeit gewordene Fantasie ist. Es ist genau das, was sie immer fühlen wollte. Und nun hat sie plötzlich Angst, es einzuräumen. Wie ein Marathonläufer, der ein paar Meter vor dem Ziel überwältigt stehen bleibt und sich nicht traut, die Linie zu überqueren.

»Wenn du nicht gleich antwortest, Sarah …«

Der Wolf über ihr knurrt bedrohlicher, als Sarah ihn je gehört hat. Sie hat das Gefühl, dass sie ihn in der nächsten Sekunde in ihrem Nacken spürt, seine Hand, seine Krallen oder Reißzähne, und dass er ihr zeigen wird, dass er über ihr steht. Du bist unten, sag es. Es ist doch so.

Als Sarah eine Berührung in ihrem Nacken glaubt, meint sie, dass er zupackt. »Weil ich unten bin«, platzt es aus ihr heraus, laut, beinahe geschrien vor Schreck. »Weil ich unten bin!« Sie kneift die Augen zusammen, wartet auf eine Reaktion.

Aber es passiert nichts. Sekunden später hört sie ihn sich entfernen, und als sie vorsichtig ein Auge öffnet und zum Sessel herüberblinzelt, sieht sie seine Beine. Er setzt sich wieder.

Nichts ist passiert, denkt Sarah. Ich lebe noch.

Das Sitzpolster knarrt ein wenig. Der alte Mann lehnt sich zurück. Macht es sich bequem. Lächelt zufrieden. »Ich dachte schon, dass du dich überschätzt«, sagt er mit ruhiger Stimme, als wäre nichts gewesen.

Sarah kann es kaum fassen. Über ihrem Nacken hat er seine Zähne gefletscht und ihr deutlich gezeigt, wohin sie gehört. Brauchte dafür nicht mehr als seine Präsenz, während sie erstarrt war vor Ehrfurcht. Und nun, da er erreicht hat, was er wollte, sitzt er wieder friedlich und ruhig in seinem Sessel. Scheinbar jedenfalls.

»Wie lautet nun deine Antwort auf die Frage, ob du tatsächlich nicht hungrig warst?«

Sarah muss nicht lange zögern. »Ich wollte nur, dass Sie die Geschichte weiter erzählen. Tatsächlich hatte ich auch Hunger.«

»War das richtig?« Er schaut zu ihr, zieht seine Augenbrauen nach oben.

»Nein«, antwortet Sarah.

Er nickt. »Und war es richtig, deine Antwort auf meine Frage hinauszuzögern und Ausflüchte zu erwägen?«

Sarah denkt nicht einmal darüber nach, wie sehr er sie durchschaut hat. »Nein, auch das war nicht richtig.«

Er klopft mit der Hand auf die rechte Lehne des Sessels. »Komm her zu mir.«

Sarah wagt es nicht, aufzustehen. Nicht vor dem sitzenden und wachen Wolf. Ihre Augenhöhe gehört unter seine. Sie rutscht auf den Knien zu ihm herüber, schiebt ihren Körper vor den Sessel. Will wieder vor seine Füße, so wie vorhin, als sie auf dem Parkett vor der Küchenzeile hockte. Macht sich gar keine Gedanken darüber, dass er ein alter Mann ist und sie eine junge Frau. Sie urteilt nur nach der

Position. Sie ist unten. Und er oben. In einem Machtgefälle gibt es nichts entscheidenderes.

Herr Conrad nimmt die Beine beiseite. »Nein«, sagt er klar und deutlich. Warnend. »Nicht so nah, Sarah. Ich bin für dich nicht das, was Lia hatte. Die Seite des Sessels ist deine.« Er schaut geradeaus, über sie hinweg. Verharrt so. Als wolle er sie nicht ansehen. Und als koste es ihm Mühe.

Sarah fühlt sich, als erwache sie aus einem Traum. Plötzlich wird ihr bewusst, dass die Verbindung, die sie zu ihm spürt, Grenzen hat. Niemals tief werden kann. Selbst wenn es ihr möglich wäre, sich ihm zu unterwerfen – er will es nicht zulassen. Hat er nur mit ihr gespielt?

Enttäuscht zieht sich Sarah neben die Lehne des Sessels zurück. Kauert sich auf den Boden, legt die Arme um die Beine und ihr Kinn auf die Knie. Schweigt. Überlegt. Erinnert sich an den zurückliegenden Tag. Aufrecht war sie gekommen, aber er hatte ihr Paroli geboten. Hatte ihr gezeigt, was in ihr wohnte, hatte sie Zentimeter für Zentimeter nach unten dirigiert. Jetzt saß sie neben ihm auf dem Boden. Wo sie endlich offen und laut eingestanden hatte, was sie war, hatte er eine Grenze gezogen. Ihr unmissverständlich und offen gesagt, dass er kein Interesse an ihr hat. So jedenfalls fühlte es sich an. Aber er hatte, gestand sich Sarah ein, es niemals versprochen oder signalisiert, mehr für sie zu sein als der alte Herr Conrad. Was er mit ihr getan hat, war nichts anderes, als sie gewähren zu lassen. Sich auszuprobieren. Stets nur so weit, wie er es bestimmte. Er hat ihr gezeigt, zu was sie fähig ist. Er hat sie mitunter gelobt, erinnert sich Sarah. Aber er hat die ganze Zeit gewusst, dass er sie nicht annimmt. Wie konntest du nur glauben, denkt Sarah, dass er das tun würde? Wie konntest du dich nur so öffnen und übersehen, dass er niemals derjenige sein wird, dem du dich tatsächlich schenkst?

Die Antwort ortet sie schnell. Sie hat sie sich selbst gegeben, und zwar vor wenigen Stunden in dem gürtelbehangenen Flur. Carl Conrad, hat sie dort leise und respektvoll zu sich gesagt, was sind sie für ein dominanter Mensch. So dominant, dass er sie spielend niedergerungen hat. Ganz gleich, wie empfänglich sie dafür ist. Vielleicht waren einfach zwei gleich fühlende Menschen zur gleichen Zeit am gleichen Ort.

Sarah blickt vorsichtig über die Lehne des Sessels hinweg zu ihm. Herr Conrad sitzt noch immer unbeweglich, starrt vor sich hin. Sie weiß nicht, an was er denkt, aber er sieht schwermütig aus. Sie befürchtet, dass er sie doch nicht so leicht zurückgewiesen hat, wie es klang. Möglicherweise hat er die Grenze sogar spontan ziehen müssen. Um sie zu schützen. Vor dem Wolf, der in ihm wohnt. Der eben so brüllend hinter sie gesprungen war, dass es ihm selbst Angst bereitet hat. In diesem Moment tut er ihr unendlich leid. Denn er ist alleine. Nun, nachdem er diese Mauer zwischen sie gestellt hat, um so mehr. Und er wird fürchten, dass er sie nun verliert.

»Es ist in Ordnung«, sagt Sarah und schluckt schwer. Sie legt ihre Hand auf die Sessellehne. Versuch einer Annäherung. »Ich bin Ihnen sehr dankbar.« Sie holt Luft. Und dann sagt sie einfach, was sie denkt. »Dankbar für den Tag, dankbar für das Weitergeben der Flamme und dankbar für den Strich, den Sie eben gezogen haben. Sie sind ein ganz besonderer Mensch.«

Sie sieht, dass sich die Wangenknochen des alten Mannes bewegen. Als würden sie mahlen. Dabei ringt er nur um Fassung. Es vergehen Minuten, in denen er weiterhin über den Tisch hinweg in die Leere starrt. Sarah ist nicht sicher, ob er Tränen in den Augen hat. Sie jedenfalls hat es.

Die Glocke der Turmuhr schlägt vier Mal. Ihr dumpfes Läuten holt wieder ein Stück Gegenwart in den Raum.

»Möchten Sie, das ich gehe?«, fragt Sarah. Sie will ihm nicht im Weg stehen. Vielleicht, denkt sie, möchte er das mit sich selbst ausmachen. Nicht vor ihr.

»Nein, Sarah«, sagt er plötzlich, aber seine Stimme klingt wie ein Reibeisen. Zwar noch immer fest und tief, aber angeschlagen. Er räuspert sich. Bewegt die Schulterblätter. Löst sich aus seiner Starre. »Ich habe dir noch nicht zu Ende erzählt.«

Sarah lächelt weich. Das vertraute Gefühl zwischen ihnen kehrt zurück. Sie greift danach. Übertüncht die Situation mit einer Wiederherstellung der Normalität der letzten Stunden. Lia und Bruno helfen ihr dabei. »Ist Bruno tatsächlich zu ihr gezogen?«

»Ja«, sagt Herr Conrad. »Er hat sich an sein Versprechen gehalten. Denn er wusste, dass er Lia verlieren würde, wenn sie länger diese

Distanz zwischen sich hätten. Er hat in ihrer Stadt eine Bleibe gefunden, nicht weit von ihr entfernt, und sie planten, später in Ruhe nach einer gemeinsamen Wohnung zu suchen.«

»Sie planten oder taten es?« Sarah lehnt sich gegen den Sessel und streckt vorsichtig die Beine aus. Denn sie schmerzen. Von den paar Minuten, die sie beim Essen vor dem Tisch gekniet hatte. Wie schrecklich musste Lia gelitten haben, als sie mit der Maske auf dem Boden saß.

»Setz dich auf das Sofa, Sarah«, sagt Herr Conrad, dem es nicht entgeht, dass sie die Beine entlasten will. »Setz dich nur bequem hin, ich erlaube es dir.«

Sarah ist nicht sicher, ob er sie wirklich nur schonen will. Oder ob er nicht auch Distanz zwischen sie bringen möchte. Aber ganz gleich, wie es tatsächlich ist, sie will seiner Anweisung folgen. Sie fühlt sich nicht weniger unter ihm als zuvor. Das spürt sie. Daran ändert auch nichts, dass sie nicht diejenige ist, die er annehmen würde.

»Danke«, sagt sie, stützt sich beim Aufstehen am Sessel ab, läuft um den Tisch und nimmt auf dem Sofa Platz. Angenehm weich ist es, und als sie die Beine ausstreckt, fühlt sie sich wieder wohl.

»Du musst wissen«, beginnt Herr Conrad, »dass Bruno ihr nicht nur in dieser Sache entgegenkam. Du erinnerst dich an die dunkle Ecke, die Lia in sich trug?«

Sarah denkt an das Schloss und die exklusive Gesellschaft. An das, was Lia als Begrüßungsvergewaltigungen bezeichnete. Sie weiß, was der alte Mann meint. »Ja.«

»Dann hör zu.« Herr Conrad lehnt sich noch weiter zurück, verschränkt die Finger seiner Hände über dem Schoß und beginnt, zu erzählen.

Der Himmel war trüb wie schmutziges Milchglas. Das Eisentor des Jagdschlosses öffnete sich so schwer, wie es alt war. Es quietschte nicht, sondern seufzte. Gab einen unebenen, breiten Weg aus Steinen frei, über die vielleicht einst Kutschen fuhren. Jetzt ruhten sie unter welken und nassen Blättern. Eine gepflasterte Brücke führte über schwarzes, flaches Wasser. Sterbende Pflanzen umringten das Schloss bis an seine Mauern, die weiß getüncht emporstiegen. Sie trugen knarrende Balken, hielten alte und undichte Fenster an ihrem Platz. Schützten einen verlebten Innenhof. An seiner Seite schmiegte sich ein mittelalterlich anmutendes Gebäude. Balken, Zaun, Laubengang. Verwunschen hinter einem gebeugten Haselnussbaum und gehalten durch rankenden Efeu überdauerte ein groß gewachsenes Fachwerkhaus. Flankiert von den herbstnassen Mauern des Schlosses, in dem sich hohe, weite Räume aufstapelten. Nur zusammengehalten von Böden und Rahmen aus Holz, an deren Seite sich eine Treppe aus Stein schraubte.

Lia saß frierend auf der untersten Steinstufe, die sich durch den engen Turm nach oben zwang. So, wie sie selbst sich zwingen lassen wollte. Ihre Kleidung hatte sie als Stapel in einem kleinen Karton neben sich platziert. Ordentlich wie in einem Kleiderschrank. Auch anderes hatte sie dort abgelegt. Gedanklich. Das, was sie hinter dem Stapel erwartete, würde jenseits der meisten Regeln sein.

»Lia?«

Sie blickte nach oben. Brunos rechte Faust hielt die Schlaufe einer Leine. Die linke Hand zog sie straff. An der Seite baumelte ein daumenstarkes Halsband. So, wie Bruno vor ihr stand, sah er aus wie ein Häscher. Lia zitterte nicht länger nur vor Kälte. Auch vor Aufregung.

»Du bist dir wirklich sicher, Lia?«

Ja. Sie war es. Es gab keine Einschränkungen. Sie wollte sich heute ganz weit nach unten trauen, bis auf den tiefsten Grund ihrer Seele. Einmal dorthin gelangen, wovor sich sogar ihre Fantasien fürchteten. Es musste sein.

»Lia, ich mache das hier nur für dich. Wenn du abbrechen möchtest, hast du mein volles Verständnis.« Bruno sah unsicher aus. Zum ersten Mal, dachte Lia. Sie hatte ihn selten so zögerlich erlebt. Das Wort »Abbruch« kam niemals vor in seinen Sätzen. Vielleicht, dachte Lia, war es wirklich zu viel, was sie sich zumutete. Und damit auch ihm. Aber sie musste sich Wunden holen, um diese Bilder endlich einsortieren zu können. Vielleicht loszuwerden. Darum hatte sie ihn gebeten.

»Fang schon an«, sagte sie unbeeindruckt und meinte es endgültig. »Mir wird immer kälter.«

Bruno stieß kurz Luft aus, sah seinen Hauch, schüttelte den Kopf.

Wollte nicht glauben, was er tat. Als ihm Lia von ihren dunkelsten Fantasien erzählt hatte, war er noch amüsiert. Sie, einer illustren Runde ausgeliefert, ohne Rechte, verpflichtet zu allem. »Benutzt werden«, waren ihre Worte dafür. Als sie ihm erklärt hatte, dass diese Bilder keinen Frieden geben in ihr, war ihm unwohl geworden. Sie hatten geredet darüber, welche Fantasien besser bleiben, was sie sind. Welche anregenden Träume zu hässlichen Monstern werden, sobald man sie in die Realität entlässt. Aber so oft sie auf ihren Wunsch zu sprechen kamen, waren Lias Augen stets glänzend geblieben. Bis sie ihm dieses Angebot vorlegte. Sie hatten sogar gestritten. Lia hatte ihm vorgeworfen, nicht ihre Tiefe zu akzeptieren, egoistisch zu handeln. Nur die eigenen Grenzen zu achten. Er hatte ihr versucht zu erklären, dass sie sich statt auf dem Grund ihrer Seele an einem furchtbaren Abgrund bewegen würde. Dass sie sich an Grenzen versuchen wollte, die weit hinter seinen eigenen lagen. Und dass es ihm unmöglich sei, auf diesem Terrain sicher zu stehen. Es war das erste Mal, dass sie sich so uneins waren. Bruno hatte schließlich verzichtet, bei einem konsequenten Nein zu bleiben. Denn er fürchtete, sie zu verlieren. Er wollte es ihr zuliebe zulassen. Jedoch wenigstens zu seinen Bedingungen. Die er ihr gegenüber als Schutz deklarierte, die sich aber teilweise in nackter Angst begründeten. Wohl war ihm nicht. Und es war eigentlich nicht seine Art, Dinge in ihrer Beziehung zuzulassen, von denen er nicht restlos überzeugt war. Schon das Bild, dass sie zitternd vor Kälte auf der Treppe abgab, gefiel ihm nicht.

»Bruno?« Lia stupste mit einem nackten Fuß leicht gegen sein Bein. Kniff die Augen zusammen, lächelte ihn herausfordernd an. »Los. Ich will das hier.«

Bruno seufzte. »Denke an unsere Vereinbarungen. Wenn du abbrechen möchtest, reicht ein Zeichen und es ist sofort Schluss. Und noch eins.« Er beugte sich nach vorn, redete eindringlich. »Wenn ich selbst abbreche, gilt das genauso. Sofort.«

Statt einer Antwort trat sie noch einmal gegen sein Bein. Kräftiger. Stützte sich mit den Händen auf der nächsten kalten Stufe in ihrem Rücken ab. »Hör auf. Du hast mir das auf der Fahrt hierher an jedem Kilometerstein von Neuem erzählt.« Noch ein Tritt. »Sei grob.« Sie knurrte ihn an. »Richtig grob.«

Bruno bemerkte, dass sie ihn wütend machen wollte. Darauf würde er nicht hereinfallen. Und schon gar nicht wollte er warten, bis es ihr vielleicht auf andere Weise gelang. Die bessere Alternative war, sie auf ihrem Tauchgang zu begleiten. Er war der Einzige, der eine Chance hatte, sie zu retten. Nur er kannte sie so. Und nur er würde es bemerken, wenn ihr die Luft knapp werden würde. Bruno öffnete die Schließe des baumelnden Halsbandes und sah im gleichen Moment Lias Augen aufblitzen. Ihm wurde klar, dass sie irgendwann ohne ihn tauchen würde, wenn er die Sache jetzt abbrach. Das konnte er noch viel weniger verantworten. Auf keinen Fall.

Noch ein Tritt. Noch kräftiger.

»Pass auf, was du tust«, fuhr er sie an.

Lia lächelte verklärt. Biss mit weißen Zähnen auf blutrot geschminkte Lippen. »Das weiß ich genau«, flüsterte sie erregt. Ihr ganzer Körper zitterte. Es ging hinab in eiskalte Tiefe.

Bruno griff ihr in die Haare. Zog ihren Kopf nach vorn. »Also komm her.«

Sie folgte willig seinem Griff, rutschte auf nackten Knien an ihn heran. Legte ihre Hände um seine Fußgelenke. Gab ihren Nacken frei.

Als Bruno ihr das Halsband anlegte, erschrak er, wie ausgekühlt ihre Haut bereits war. Sie durften schon deswegen nicht länger diskutieren. Viel mehr aber schockierte ihn ein anderer Umstand: Noch niemals zuvor hatte er ihr Halsband so widerwillig und gespielt geschlossen. Nie zuvor fühlte sich ihr sanfter Nacken so hart an. So abgespannt wie die gesamte Situation. Es würde nicht funktionieren heute Abend. Das wurde ihm klar. Jedenfalls nicht bei ihm.

»Sarah? Mach mir bitte einen Tee.«

Sarah fühlt sich aus ihren Gedanken gerissen. Direkt von der harten Steinstufe des Jagdschlosses auf das weiche Sofa der Ledermanufaktur zurück gezogen. Sie pustet protestierend Luft aus und lässt die Schultern sinken. Schaut bittend zu Herrn Conrad. Jetzt? Ausgerechnet? Hat das nicht noch ein paar Minuten Zeit?

»Sarah!« Mit dem ausgestreckten Arm zeigt er auf die offene Küche. »Nicht schon wieder!« Seine Stimme klingt erneut nach Wolf. Trotz neu abgesteckter Reviere lässt er sie nicht aus den Augen. Scheint gereizt. Vielleicht, denkt Sarah, liegt es an der Geschichte.

Sie springt mit einer hastigen Bewegung vom Sofa, greift die vor ihnen stehenden Teller, schiebt sich am Tisch vorbei. Als sie auf halber Strecke den Teppich verlässt, bemerkt sie, dass sie nicht auf Zehenspitzen läuft. Sie richtet ihren Körper auf, bemüht sich um einen ruhigen Gang. Wählt ihre Schritte aber so groß wie möglich. Sie will Herrn Conrad nicht noch mehr erzürnen, woher auch immer seine gereizte Stimmung kommt. Sie ist sich jedenfalls keiner Schuld bewusst. Denn sie hat ihn nicht unterbrochen, hat still auf dem Sofa gesessen und war aufmerksam.

»Du darfst dir auch eine Tasse zubereiten«, ruft ihr der weißhaarige Mann im Sessel zu. »Wenn du magst.«

»Ja«, antwortet Sarah laut und deutlich. Sie stellt vorsichtig die beiden Teller ab. Dann füllt sie den Wasserkocher, setzt ihn auf den runden Unterboden, nimmt neue Tassen aus dem Regal und stellt auf der Anrichte alles zurecht. Kontrolliert vorsichtshalber, ob die für Herrn Conrad gedachte Tasse sauber ist.

»Ich werde derweil weitererzählen, du hörst mich auch dort. Oder stört dich das etwa?« Herr Conrad hat sich im Sessel nach vorn gebeugt, um Sarah zu sehen.

»Nein, es stört mich nicht«, erklärt sie. Wieder laut und deutlich. Sie positioniert ihre Handflächen auf der Arbeitsplatte, rechts und links ihres Körpers, im rechten Winkel. Akkurat. So würde es ihn besänftigen, wenn er es sehen könnte. Sie ist noch immer unten. Unter ihm. Dem Wolf, der seine Zähne gezeigt hat.

Lia konnte dem Zug der Leine kaum folgen. Sie stieß mit dem Knie gegen harte und tiefgefrorene Steinstufen. Setzte eine Hand nach, knickte um. Den Kopf hielt sie schräg, da das verrutschende Halsband den Karabiner an die Schlagader gedreht hatte. Bruno befand sich auf der gewundenen Treppe bereits gut zwei Meter über ihr, aber er drehte sich nicht um. Selbst dann nicht, wenn ihr nackter Körper das Gleichgewicht verlor und sie seitlich gegen die nächste Stufe prallte. Sie raffte sich stets schnell wieder auf. Die ausbleibende Luft zwang sie dazu. In Spiralen zerrte er sie den dunklen Turmgang hinauf. In der Hoffnung, sie würde unter dem Eindruck seiner Grobheit aufgeben. Als er sie durch eine offenstehende Eisentür wieder ans Licht brachte, waren ihre Knie bereits geschunden. Bruno bemerkte, dass sie sich mit dem rechten Fuß stets auf den Zehenspitzen abstützte und vermied, das Knie aufzusetzen. Er blieb stehen, sah zu ihr herab. Ihr Körper bebte. »Lia, hör mal…«

Sie stieß ihn mit einer Hand zur Seite. Das war kein Aufgeben.

Bruno zwang sich, aufkeimende Wut zu unterdrücken. Wut konnte er jetzt am wenigsten gebrauchen. »Reicht dir das noch nicht? Bist du wirklich so wild darauf, den Abgrund zu sehen?« Bruno fühlte sich zerrissen zwischen seinen Versprechen, sie einerseits zu schützen, andererseits aber auch tauchen zu lassen. Gewöhnlich horchte er in sie, tastete nach ihren Gedanken und fand dann eine Antwort, wie weit er gehen konnte. Heute schienen all seine feinfühligen Instrumente zu versagen. Denn Lia, die frierend auf dem Steinboden hockte, schien es mit allen Sinnen nach unten zu ziehen. Und fühlte sich dabei unbeirrbar an. Sie drehte den Kopf zur Seite, von ihm weg. Lehnte jede weitere Diskussion ab. Sie hatte schon längst den Punkt passiert, ab dem es keine Umkehr mehr gab.

»Dann soll es sein«, legte sich Bruno fest. »Aber denke an unsere Vereinbarung.« Da Lia zu keiner Konversation bereit war, führte er sie auf dem Laubengang ein paar Meter weiter bis vor eine holzgetäfelte Tür. Er sah noch einmal auf Lia herab, schüttelte ungläubig den Kopf. Über sie, über sich. Er legte seine Faust gegen die Tür und klopfte drei Mal kräftig.

Von innen wurden ein Schloss bewegt und klackend Riegel geschoben. Die Tür öffnete sich einen Spalt, ein Mann in schwarzem Anzug und weißem Hemd schob sich zur Hälfte ins Blickfeld. Er sah Bruno, musterte mit den Augen seinen Körper, die Hand, die Leine, Lia. »Ah, die Gesellschaft wartet bereits.« Seine unrasierten Wangen walkten beim Sprechen. Er griff ungeniert in Lias Nacken und hatte mit nur einer einzigen groben Bewegung ihr Halsband geöffnet. »Sie bekommt hier ein anderes.«

Bruno spürte eine Bewegung an seinen Füßen. Lia kroch auf allen Vieren durch den Türspalt. Strebte ihrem Abgrund entgegen. Unaufhaltsam.

»Wollen Sie etwa warten? Es wird bis in den Morgen dauern«, sagte der Mann. Grinste gierig.

Bruno schob sofort seinen Fuß in den Türspalt. »Nein«, sagte er mit fester Stimme. »Sie bleibt nur hier, solange ich ununterbrochen neben ihr bin.«

Der Mann runzelte die Stirn. »Neben ihr? Ähm.«

»Das war abgemacht. Sie gehört mir.« Bruno legte die Hand gegen die Tür und drückte kräftig. Er wollte Lia gar nicht erst aus den Augen verlieren. Eigentlich wollte er sie gar nicht hier wissen.

»Wenn es abgemacht war, dann kommen Sie halt mit rein.« Der Mann zuckte mit den Schultern. »Aber die Sklavin weiß davon?«

Bruno holte tief Luft. Auch das noch. Er schob die Tür weiter auf und trat einen Schritt auf den Mann in dem Anzug zu. So nah, dass er in seine intime Distanz gelangte. Ganz bewusst. Wenige Zentimeter trennten ihre Nasenspitzen. Bruno brauchte sich nicht einmal Mühe geben, um sein Gegenüber zu beeindrucken. »Sie ist keine Sklavin«, fuhr er ihn an und betonte das letzte Wort wie etwas Abstoßendes. »Nur, dass wir das geklärt haben.«

»Schon gut«, beschwichtigte der Mann, hielt seine fleischigen Handflächen abwehrend vor seinen Körper und wich einen Schritt zurück. »Schon gut. Ich hoffe, die – ähm – Kleine weiß, auf was sie sich hier einlässt?«

»Nein«, sagte Bruno ebenso entschlossen wie bitter. »Ich fürchte, sie weiß es überhaupt nicht. Genau deswegen werde ich an ihrer Seite bleiben. Ununterbrochen. Versuchen Sie nicht, das zu ändern.«

Der Mann zuckte mit den Schultern. »Es ist nicht meine Party. Aber eine Gecoverte hatten wir hier noch nie. Wenn es denn sein muss …«

»Und wie es das muss.« Bruno schob sich unbeeindruckt an ihm vorbei, reckte den Hals. Er sah, wie Lia kriechend einem anderen Mann durch die nächste Tür folgte. Eine Leine oder Kette schwang zwischen ihnen hin und her, jedes Mal, wenn Lia ein Bein nachzog. Sie drehte sich nicht einmal um nach ihm. Wie geblendet von dem Licht, das verführerisch warm aus dem nächsten Raum strahlte.

Das Wasser im Kocher wallt so laut, dass Sarah einige Mühe hat, der Geschichte zu folgen. Doch sie bemerkt es nicht, weil es auch in ihr brodelt. Aufgewühlter, entsetzter und befremdeter hat sie sich Lia gegenüber noch nie erlebt. Sie fühlt sich wie Bruno, kann nicht verstehen, dass sich Lia auf so etwas einlässt. Hat Angst um sie.

»Gieß den Tee endlich auf, Sarah«, ruft der weißhaarige Mann und unterbricht seine Erzählung. Er beugt sich wieder in seinem Sessel weit nach vorn, schaut zu ihr. »Oder willst du warten, bis das Wasser verdampft ist?«

Sarah schrickt auf. »Ja, Herr Conrad«, antwortet sie spontan. Sie hält die Schnüre der Teebeutel fest und lässt das heiße Wasser vorsichtig über sie hinweg in die Tassen fließen. Ihr entgeht, dass der alte Mann die Augenbrauen nach oben reißt.

Während sie die Tassen zum Tisch trägt, sagt er nichts. Nickt nur leicht, als sie neben ihn tritt und seine Tasse vor ihm platziert. Mittig der Tischseite, mit dem Henkel nach rechts. Dann setzt sich Sarah zurück auf das Sofa, legt die Hände in den Schoß und wartet schweigend, bis Herr Conrad weitererzählt.

»Meine Damen und Herren, liebe Gäste!« Ein Teelöffel hämmerte kräftig und unaufhörlich gegen ein Glas. Und gegen den Lärm im Raum. Als Bruno den riesigen Saal betrat, erhob sich an der Frontseite eines langen Tisches ein Mann. In einen violetten Anzug gekleidet, mit Rüschen an den Ärmeln und im Ausschnitt. Seine dunklen Haare reichten ihm bis über die Schultern. Bruno verschaffte sich einen Überblick. Rechts und links der Tafel saßen nicht weniger pompös anmutende Männer und Frauen, vielleicht zwanzig, schätzte er. Weite und stoffreiche Kleider, barock anmutend, wechselten sich in den Sitzreihen ab mit eng geschnittenen Anzügen. Die tiefbraune Tischplatte zwischen ihnen war reichhaltig eingedeckt mit Gläsern und Schalen voller exotischer Früchte. Bruno musste an ein opulentes Gelage denken. Zu fortgeschrittener Stunde. Es war unerträglich laut. Es wurde geredet, gelacht, über den Tisch gerufen.

»Ruhe!«, brüllte der Mann an der Spitze der Tafel und schlug noch einmal gegen das Glas, so dass es beinahe kippte.

Der Lärm im Raum verringerte sich deutlich. An einer Tischseite lachte eine Frau noch einmal kreischend auf, zog dann einen Fächer hervor und verwedelte ihr Gackern in alle Richtungen.

Der Mann stützte sich mit den Händen auf die Tischplatte, beugte sich nach vorn. »Wie ihr wisst, dienen unsere einjährigen Zusammen-künfte nicht nur der Erledigung unserer Pflichten.« Er sah sich um, ließ Zeit für das Ausrollen eines zustimmenden Raunens. »Sonst müssten wir jetzt wohl nach Hause gehen.« Sein gekünsteltes Lachen blieb für Sekunden das einzige, dann stimmten einige am Tisch ein. Abwartend.

Bruno behielt Lia im Auge, die noch immer neben einem Türflügel des Saales auf dem Fußboden kauerte. Die Gesellschaft hatte noch keine Notiz von ihr genommen. Lia trug ein Halsband, an dem sich das Licht der tief hängenden Kronleuchter funkelnd spiegelte. Der Mann, der neben ihr stand und die Schlaufe einer feingliedrigen Kette hielt, hatte die Arme vor dem Körper verschränkt. Wenigstens ist es hier warm, dachte Bruno. Er hätte sich gewünscht, dass Lia auch zu ihm sah, aber sie schien versunken.

»Ich freue mich, dass ich euch dieses Jahr wieder den Abend versüßen kann. Der Tisch ist wie immer reichhaltig gedeckt.« Mit sei-nen Händen beschrieb der Mann eine ausschweifende Geste, die Rüschen seiner Ärmel wedelten wie Tücher umher. Dann stützte er sich wieder auf die Kante der Tischplatte. »Bedient euch aber nicht nur an ihm.« Raunen im Saal. Vorrangig männlich. »Selbstredend weilt wieder ein Gast unter uns, der euch gefällig sein wird.« Seine Stimme schlug um. Klang glucksend. »Die ganze Nacht. Bei allem, wonach es euch gelüstet. Bei allem!« Sein Gesicht schwoll an. Das Grinsen erreichte die Backen, die Augen wurden größer und gieriger. »Keine Zurückhaltung, meine Damen und Herren, aber auch keinen Streit!« Er überblickte die Runde und Bruno registrierte, dass er besonders einen Mann am anderen Ende des Tisches fixierte. Der seinen Kopf und seine furchtbar kantige Gelfrisur in diesem Moment von ihm abwandte. Bruno fürchtete, dass es nicht immer einvernehmlich zugegangen war auf diesen Gelagen.

Beifall brandete auf, in keiner Weise zurückhaltend. »Lasst uns feiern, Freunde«, rief der Mann im violetten Anzug über ihn hinweg und riss erneut die Arme nach oben. »Eine solche Nacht gibt es nur einmal im Jahr, und wer weiß, ob wir uns jemals wieder so treffen!« Es wurde mit den Füßen getrampelt, auf die Tischplatte geschlagen, gejohlt. Der Mann an der Frontseite schrie dagegen an. »Lang und intensiv!« Als sei er außer sich. »Und schmutzig!« Die Menge tobte.

Bruno sah, wie lachend und schreiend in die Obstschalen gegriffen wurde, sich Gläser füllten. Der Lärmpegel des Raumes hatte sich der hohen Decke genähert.

»Und jetzt«, brüllte der Mann aus voller Lunge und beugte sich so weit vor, wie er konnte, »jetzt bringt sie zuerst zu mir!«

Bruno fühlte sich wie bei einem Blitzeinschlag. Von einer Sekunde auf die andere war sein Körper angespannt, als müsse er zum Sprung ansetzen. Er suchte mit den Augen Lia, sah, wie der Mann neben ihr die Kette des steinbesetzten Halsbandes straffte. Ziehen musste er nicht. Lia begleitete ihn. Freiwillig. Auf Händen und Füßen. Nackt. Und trotzdem sah sie völlig entspannt aus. Sie verschwand aus Brunos Blickfeld, als sie hinter dem Tisch entlang geführt wurde. Männer und Frauen auf seiner Seite erhoben sich, versuchten einen Blick auf Lia zu erhaschen. Es wurde laut gelacht.

»Stopp!«, schrie der Mann mit dem grinsenden Gesicht und alles sah zu ihm. »Doch nicht so!« Er zeigte auf die Tischplatte. »Da entlang! Es sollen alle etwas davon haben!« Die Menge stimmte ihm jubelnd zu.

Lia wurde zurückgezogen zum Anfang des Tisches. Ein kräftiges Zerren am Halsband zwang sie nach oben, aber bevor sie sich vollständig aufgerichtet hatte, stieß der Mann ihren Oberkörper auf die Tischplatte. Hakte die Kette aus. Schob und drängte Lia, bis sie die Knie endlich nachgezogen hatte.

Bruno sah, dass sie ihr rechtes Bein schonte. Das war ihm schon vorhin auf dem Laubengang aufgefallen. Sie hatte Schmerzen. Das gefiel ihm noch weniger als alles andere um sie. Auch wenn es paradox klang. Aber es waren nicht jene Schmerzen, nach denen ihre Seele rief. Möglicherweise hatte sie sich an einer der Steinstufen geprellt. Er beschloss, sie danach zu fragen, sobald sich eine Gelegenheit ergab. Er würde die Sache sofort beenden, wenn es so war.

Der Mann hinter Lia holte weit aus. Ein kräftiger Schlag landete auf ihrem Hintern und Lia stürzte unkontrolliert nach vorn. Sogar Bruno zuckte zusammen. Ihr Körper fiel seitlich auf die Tischplatte, eine Schale mit Bananen und eine ganze Ananas rauschten in die Tiefe. Prallten polternd auf den Teppich. Die Menge jauchzte lachend auf.

Ihr Knie, dachte Bruno.

»Zu mir«, schrie der Mann im violetten Anzug von der anderen Tischseite. »Ich zuerst, habe ich gesagt!«

Lia kämpfte sich wieder nach oben. Von beiden Seiten griffen gierige Hände nach ihr. Klatschten ihr in die Flanken, fuhren durch ihre Haare. Krallten sich in ihre Schenkel. Griffen ihr an die Brüste. Schoben und zogen sie vorwärts. Lia taumelte über die Tischplatte, versuchte einen Weg durch die Schüsseln und Gläser zu finden und hinterließ doch ein Schlachtfeld. Frauen sprangen kreischend auf, wenn ein Glas kippte und sich in ihre Richtung ergoss. Schüsseln krachten mitsamt Früchten zu Boden. Als sie endlich am oberen Ende angekommen war, blieb auf der Tischplatte hinter ihr eine Schneise der Verwüstung.

Lia richtete sich am Ende des Tisches auf, spreizte die Knie, nahm die Hände in den Nacken. Streckte ihren Oberkörper, so dass sich ihre Brüste dem vor ihr stehenden Mann im violetten Anzug entgegenreckten. Sie blies eine Strähne zerzausten Haares aus ihrem Gesicht. Sah ihn an. Keuchend, aber wie selbstverständlich. Bruno traute seinen Augen nicht. Lia sah nicht so aus, als wirke die Situation Angst einflößend auf sie. Im Gegenteil. Sie schien zu wachsen an ihr.

Am Tisch honorierte man mit erstaunten Rufen, nahm gebannt wieder Platz.

Der Mann kam ihr so nah, dass sein Kinn ihre Stirn berührte. Ohne Skrupel legte er seine Hand zwischen ihre Schenkel, rüttelte rücksichtslos ihren Unterkörper.

In diesem Moment drehte Lia das Gesicht zur Seite. Sah zu Bruno, während das Kinn des Mannes immer wieder gegen ihren Kopf stieß. Um ihre Lippen spielte ein Lächeln. Es erweckte den Eindruck eines Triumphs. Sieh her, ich hatte Recht. So habe ich es gewollt. Alle deine Befürchtungen und Versuche, mich abzuhalten, waren überzogen.

Bruno regte sich nicht. Lächelte nicht zurück. Nur ein Gedanke an den Mann mit der Gelfrisur genügte ihm, um zu wissen, dass Lia meilenweit von einem Triumph entfernt war.

Der Mann im violetten Anzug zog die Hand zwischen Lias Schenkeln hervor und hielt sie mit gespreizten Fingern nach oben. »Seht her«, rief er. »Es ist angerichtet!« Zwischen seinen Fingern zogen sich feine Fäden. Eine Mischung aus Gelächter und Applaus schlug ihm entgegen.

Er wischte seine Hand an Lias Brüsten ab. Sie ließ es geschehen und senkte den Blick.

»Trotz aller Freude«, hob der Mann seine Stimme an, »geht man so nicht mit Lebensmitteln um, oder?« Er griff Lia in den Nacken, drehte ihren Kopf so weit, dass sie mit dem Körper folgen musste. »Schau dir an, was du angerichtet hast!«

Durch die Drehung verlor Lia den Halt, rutschte mit dem rechten Knie über die Tischkante, stützte sich mit dem Bein auf dem Fußboden ab. Bruno biss sich auf die Lippen. Beobachtete genau. Es war immer wieder das rechte Knie. Bemerkte das sonst niemand im Saal?

Der Mann zog Lia vollständig vom Tisch, drückte sie nach unten, schob sie unter die Tischplatte. »Da entlang geht es zurück. Ich will dich auf der anderen Seite auftauchen und das ganze noch einmal versuchen sehen. Gib dir gefälligst mehr Mühe.« Er lachte. »Macht Platz Freunde, das Mädchen kommt.« Als die Menge jubelte, fügte er an: »Und haltet sie nicht zu lange auf.« Dann setzte er seinen Fuß auf Lias Hintern. Schwarze Lackschuhe. Geklebt. Billig. Bruno sah so etwas.

Die Männer und Frauen rückten mit den Stühlen ein wenig nach hinten. Auf den ersten Plätzen lehnte man sich zurück, um unter die Tischplatte sehen zu können.

Als der Mann im violetten Anzug Lia Schwung gab, kam sie nicht weit. Bruno sah, wie ein Mann unter dem Tisch nach ihrem Halsband griff, ihren Kopf zwischen seine Beine zog. »Lass dich anschauen«, rief er, und die Frauen rechts und links neben ihm lachten. »Kannst du auch zärtlich sein?« Bruno sah Lias Gesicht. Sie lächelte nicht mehr, aber sie sah den Mann an, als wolle sie ihm alle Wünsche erfüllen.

Denke an unsere Vereinbarung, wiederholte Bruno in Gedanken wie ein Mantra. Du kannst jederzeit abbrechen.

Der Mann fuhr mit seinem Daumen über ihre Stirn, ihren Nasenflügel und dann über ihre Lippen. Lia öffnete bereitwillig den Mund. Dann griff er nach einer Weinbeere, die aus einer der umgekippten Schüsseln vor ihm auf dem Tisch kullerte. Schob sie Lia langsam in den Mund. »Die behältst du drin, klar? Und dass sie mir nicht kaputt geht. Bring sie heil zurück.«

Lia nickte und schloss langsam die Lippen.

»Eine großartige Idee«, kommentierte der Mann mit den Rüschen lachend. Und an die Menge gewandt erklärte er: »Die Kleine bekommt von jedem eine Weinbeere und wird sie mir bringen!«

Bruno sah, wie Lias Kopf plötzlich nach vorne schnellte und dem sitzenden Mann gegen die Schenkel stieß. »Hoppla«, rief der, »und ungestüm ist sie auch noch!« Wieder lautes Lachen. Vor allem von der gegenüberliegenden Tischseite. Dort zog ein anderer Mann seine Hand nach oben und spreizte die Finger, als wolle er präsentieren, was er zwischen Lias Schenkeln gefunden hatte. »Stimmt«, brüllte er und amüsierte sich darüber. Die Frau neben ihm lachte höhnisch und bewegte sich kantig, Bruno nahm an, dass sie mit den Füßen nach Lia angelte.

Lia wurde weitergeschoben. Von Stuhl zu Stuhl. Musste sich unter dem Tisch drehen, um ein Weiterkommen bitten. Wurde betastet, geprüft, gestoßen. Einmal verschwand ihr Kopf sogar unter einem weiten Rock und Bruno fürchtete, sie würde dort ersticken. Immer mehr Weinbeeren wurden ihr in den Mund gezwängt. Bruno hörte sie mitunter kurz aufstöhnen, manchmal laut jammern. Aber nie schreien. Als sie an das Ende des Tisches kam, folgte ihr Bruno in ausreichendem Abstand zu den Sitzreihen. Er postierte sich so, dass er den Mann mit der Gelfrisur genau beobachten konnte. Dessen Blick wurde immer lüsterner, je näher ihm Lia unter dem Tisch entgegen kam. Bruno wollte sehen, was dort in Kniehöhe geschah.

Lia erreichte die Stelle und wie Bruno erwartet hatte, griff ihr der Mann sofort ins Halsband und zerrte ihren Kopf zu sich. Bruno erkannte, dass Lia überrascht aufblickte. Er nahm an, dass kein anderer der Anwesenden sie so gewaltsam angepackt hatte. Ihre Backen waren weit gedehnt vor lauter Weinbeeren, die man ihr in den Mund gestopft hatte. Ihre Augen sahen unnatürlich groß aus.

»Wie niedlich«, kommentierte die Frau links neben dem Mann. »Die ist ja wirklich süß.« Sie strich mit der Hand über Lias Rücken. Als sei sie ein Gegenstand, dachte Bruno. Den man gebraucht und sich ihm anschließend wieder entledigt. Benutzt werden, hatte Lia es genannt. Das war es, was sie hier finden wollte.

Der Mann schob beide Hände unter ihrem Körper entlang, fasste zielsicher die Warzen ihrer Brüste. Legte Daumen und Zeigefinger um sie wie Schraubstöcke. Zog sie mit einem Ruck nach unten. Lia stieß ein würgendes Geräusch aus, riss ihren Mund auf. Nasse Weinbeeren rollten aus ihrem Mund. Instinktiv biss Lia zu, es spritzte.

»Heh«, rief der Mann und sprang entrüstet auf. Sein Stuhl kippte nach hinten um. Lias Kopf schlug gegen die Tischkante. »Die sabbert mir ja die ganze Hose voll!«

Unter dem Tisch griff sich Lia an den Hals, hustete. Spie grüne Weinbeeren und Speichel. Sie musste sich verschluckt haben.

»Dafür verlange ich eine Bestrafung!«, forderte der Mann lautstark und rieb mit einer Hand über die Vorderseite seiner schwarzen Anzughose. »Und die will ich selbst festlegen!«

Bruno interessierte sich im Moment nicht für den widerlichen Menschen. Er behielt ausschließlich Lia im Blick. Sie schnappte unter dem Tisch nach Luft, wischte sich mit dem Unterarm über das Gesicht. Ihr Lippenstift war verschmiert. Durch das Husten standen ihr Tränen in den Augen. Als sie nach oben sah, begegneten sich ihre Blicke. Bruno kniff die Augen zusammen und versuchte ihr zu zeigen, dass er das alles missbilligte. Und dass er nicht weit entfernt davon war, die Sache bereits jetzt zu beenden.

Lia lächelte ihm kurz zu. Bruno empfand es als ein furchtbares, ambivalentes Lächeln. Auf diese Weise lächeln gequälte Menschen, wenn sie wissen, dass die Tortur gleich weiter geht, glaubte er. Lia schien noch immer nicht den Abgrund zu spüren.

»Bestrafung? Jetzt schon? Sie soll lieber die Schweinerei wegmachen«, zeterte die Frau, die links neben dem Mann gesessen und nun ihren Stuhl halb gedreht hatte. Um ihre Füße lagen einige der Weinbeeren aus Lias Mund. Sie erhielt Zustimmung von der anderen Seite des Tisches.

Der Mann mit den gegelten Haaren bemerkte schnell, dass es noch zu früh war für seine Vorstellungen über den Ablauf des Abends. Er nickte, als habe ihn die ausgelassene Menge überzeugt. »Ja«, sagte er und sah nach Bestätigung heischend um sich. »Sie soll es gefälligst wieder aufsammeln, was sie hier herumgespuckt hat.«

»Wird das dahinten noch?« Am anderen Ende des Tisches erhob sich ein violetter Anzug. Der Mann in ihm reckte ungeduldig den Hals, versuchte zu erkennen, was vor sich ging. »Wir warten auf die Früchte!«

»Sicher doch«, zischte der Mann neben Lia. Wandte sich an sie. »Du hast es gehört, oder? Was sitzt du dort unten nutzlos herum?« Er beugte sich, griff mit der ganzen Hand in ihr Halsband und zog sie unter dem Tisch hervor. »Sammele sie ein! Alle!« Er schoss ihr mit den Schuhen Beeren zu, die weiter geflogen waren, als Lia sie von ihrer Position erreichen konnte.

Als sich Lia auf ihren Knien niederließ, verzog sie kurz das Gesicht und kniff die Augen zusammen. Sie griff nach einer Weinbeere, hielt sie zwischen drei Fingern. Gerade, als sie die Frucht zurück in den Mund schieben wollte, schlug der Mann sie ihr aus der Hand.

»Nicht doch! Dass du sie nicht im Mund halten kannst, haben wir doch hinreichend gesehen. Willst du noch jemandem die Hose einsauen?«

Die Frau auf dem Stuhl schob die grüne Kugel zurück, die neben ihrem Fuß gelandet war. »Wie ungeschickt!« Sie lachte affektiert.

Lia nahm die Beere erneut. Behielt sie in der Hand. Wusste nicht, was von ihr erwartet wurde.

Bruno dagegen ahnte es. Ihn überraschte es nicht, als der Mann seinen Fuß zwischen ihre Schenkel drückte und mit rauer Kehle ein »Na los« auf sie schleuderte.

Ohne den Blickkontakt zu dem Mann zu verlieren, setzte Lia die Beere auf die Haut zwischen ihren Beinen. Rieb sie einmal kurz auf und ab und ließ sie vorsichtig in sich verschwinden. Bruno sah, dass sie schwer schluckte, als sie es tat. Sie kam dem Abgrund näher.

»Weiter«, forderte der Mann und Lia griff die nächste Beere. Um sie herum sammelten sich einige Gäste der anderen Tischseite, die von dort nicht genug zu sehen bekamen. Bruno bemerkte, dass weitere Weinbeeren auf den Boden fielen. Er gab sich Mühe, durch die Menge hindurch noch Lia beobachten zu können, aber es fiel ihm immer schwerer. Schließlich verschwand sie hinter Hosenbeinen und Röcken. Die Stimmung hob sich. Bruno konnte nur ahnen, wie viele Beeren Lia zugeschoben wurden. Er hörte sie kurz aufschreien und die Menge lachte lauthals.

Bruno ballte die Fäuste und presste die Fingernägel in seine Handflächen. Er hatte Mühe, sich zu beherrschen. Er erkannte, dass er die Situation völlig unterschätzt hatte. Gegen die euphorisierte Men-

schenmasse hatte er keine Chance. Man würde ihn gar nicht wahrnehmen, wenn er außerhalb des johlenden Kreises darum bat, auf-
zuhören. Viel problematischer aber war, dass er nicht unterscheiden
konnte zwischen Gut und Böse. Seine Grenzen waren schon längst
überschritten. Er hatte es zugelassen, weil Lia bis zu ihren eigenen
gehen wollte. Weil sie ihn darum gebeten hatte. Und weil er Angst
hatte, dass sie es sonst ohne ihn tun würde. Nun musste er sich
eingestehen, dass er gar nicht wusste, wo ihre Grenzen eigentlich
lagen. Er hatte sie gewarnt, als er ihr gesagt hatte, dass er nicht stehen
kann auf diesem Terrain.

Der Pulk vor ihm trat ein wenig auseinander. Bruno reckte den Kopf,
fand Lia nicht mehr am Boden. Erst, als er den Blicken Umstehender
folgte, entdeckte er sie auf dem Tisch. Auf Ellenbogen und Knien. Ihr
zur Tischmitte gerichteter Kopf wurde von einer Frau bis auf die Platte
gedrückt und ihr Hintern ragte nach oben. Die Frau streichelte ihr die
Haare, schien mit ihr zu sprechen, als wollte sie ein verängstigtes, ge-
fangenes Reh besänftigen. Hinter Lia stand der Mann mit der Gelfrisur.
Pflückte eine Beere nach der anderen aus einer großen Traube und
versenkte sie mit dem Daumen in Lia. Sie zuckte jedes Mal mit dem
Körper nach vorn, kam dann aber langsam wieder zurück.

»Schluss jetzt«, schrie der Mann am oberen Tischende ungeduldig.
»Ihr habt genug gespielt! Sie soll jetzt herkommen!«

Begeistert klatschte einer der Umstehenden seine flache Hand auf
Lias Hintern. Die Frau auf der anderen Tischseite zog Lias Kopf nach
oben und gab ihr die Richtung vor. Lia kroch erneut auf allen Vieren
über die Tischplatte. Bewegte sich ungelenk, verharrte immer wieder
kurz. Bemüht, nichts aus sich zu lassen. Währenddessen wurde sie
von beiden Seiten des Tisches ausgiebig in Anspruch genommen.
Ein beleibter Mann schob ihr das geschälte Ende einer Banane in den
Mund, bewegte sie vor und zurück, während ringsherum Gelächter
auforandete. Dann hielt er Lia an den Haaren und presste die Banane
immer tiefer. Mit jedem Zentimeter wurden Lias Augen größer. Sie
starrte den Mann an, ballte die Hände auf der Tischplatte. Bruno
sah, wie ihre Bauchdecke zuckte, mehrmals, und er wusste, wie viel
Beherrschung es ihr abverlangte.

»Schieb sie ganz rein«, rief jemand auf der anderen Tischseite, und er erhielt sofort Zustimmung von anderen. Der Mann schloss die Faust um die Banane und drückte ungestüm. Lia riss den Mund auf, röchelte, hustete, spuckte Bananenstückchen, und als sie sich wehren wollte, hielt man sie an den Handgelenken fest. Das, was sie dem Mann zurück in die Hand gespien hatte, verwischte er hämisch lachend auf ihrem Gesicht. Dann stieß er sie von sich und Lia wäre beinahe gestürzt.

Der Mann mit der Gelfrisur warf den Rest der Traube verächtlich auf den Tisch. Bruno bemerkte seine Bewegung aus den Augenwinkeln. Während alle Umstehenden Lia anfeuerten, funkelten seine Augen tief. Sich unbeobachtet fühlend wischte er sich mit dem Handrücken über den Mund, dann griff er sich zwischen die Beine. Bruno nahm das alles wahr. Viel zu interpretieren gab es nicht. Er entschied, dass sie hier verschwinden mussten. Er und Lia. Ganz egal, wie sie darüber denken würde. Der Abend würde in einer Katastrophe enden. In einer noch größeren.

Bruno blieb in angemessenem Abstand neben dem Tisch bei Lia. Sah erneut, wie sie das Knie nachzog. Beobachtete ihr Gesicht. Angestrengt sah sie aus. Presste die Lippen aufeinander. Zwar hielt sie dauerhaften Blickkontakt zu dem Mann im violetten Anzug, der am Tischende stand und mit einem ekelhaften Grinsen auf sie wartete. Aber sie blickte leer durch ihn hindurch. Es war nicht der tiefe Blick, den Bruno von ihr kannte, wenn sie sich völlig hingab. Vielmehr war es ein Erdulden, Durchhalten, Treibenlassen, ohne auf der gleichen Welle zu schwimmen. Bruno musste es beenden. Sie war nah ihrer Grenze. Sie hatte sich völlig überschätzt. Und niemand nahm davon Notiz. Er musste nur eine Gelegenheit finden, den Saal mit ihr verlassen zu können. Er kam zu dem Schluss, dass es nur schnell und grob gelingen würde. Sie mussten immerhin eine vor Gier völlig entrückte Gesellschaft hinter sich lassen.

Derweil hielt man Lia erneut auf. Eine Frau positionierte die Klinge eines riesigen Messers zwischen Lias Schulterblättern. Vielleicht, dachte Bruno, hatte sie es aus einer Melone gezogen, aber das spielte im Moment keine Rolle. Er sah, wie sie mit der Spitze der Klinge Lias Rücken entlang fuhr, beide Hände am Heft des Messers, als sei es ein Dolch und als wolle sie jeden Moment damit zustoßen. Bruno wurde unruhig. Wie viele kranke Fantasien waren hier versammelt? Lia blieb stocksteif in ihrer Position, sicher bemerkte sie, dass es kein Finger war, der die Haut ihres Rückens hinabfuhr. Als die Klinge ihren Hintern erreichte und die Furche durchquerte, griffen von beiden Seiten Hände an Lias Oberschenkel, hielten sie fest, zogen sie auseinander. Schließlich setzte die Frau die Metallspitze direkt an Lias Hintern, richtete sie gerade aus und begann, sie leicht nach links und rechts zu drehen. »Na?«, rief sie schrill wie eine Sirene und wandte sich an einen kleinen und dicken Mann, der direkt neben ihr stand. Seine Glatze glänzte wie mit Speck eingerieben. »Wer ist nun schärfer, die Kleine oder das Messer, hm?« Als sie begann, gegen das Messer zu drücken, machte Lia einen Satz nach vorn, befreite ihre Oberschenkel, indem sie mit den Beinen nach hinten trat. Ihr Körper stürzte auf die Tischplatte, sie richtete sich halbwegs wieder auf und robbte von panischer Angst getrieben dem Mann im violetten Anzug entgegen. Ließ eine wild schreiende und gestikulierende Meute hinter sich.

Mit Mühe erreichte sie das Tischende.

»Hock dich hin«, herrschte der Mann sie an und schlug mit seinen Rüschen auf die Tischplatte vor ihm. »Los!«

Im Saal wurde es ruhig. Der Pulk jener, die Lia verfolgt hatten, blieb abwartend stehen. Nur der Mann mit der Gelfrisur war ferngeblieben.

Es dauerte, bis Lia es geschafft hatte. Ihre nackten Füße standen auf der Tischplatte, aber sie wankte in der Hocke. Mechanisch nahm sie ihre Hände in den Nacken, verschränkte die Finger.

Das habe ich ihr beigebracht, dachte Bruno flüchtig. Es war nie für Andere gedacht. Er fühlte das Halsband, das er noch immer in der Hand hielt, seitdem der Mann an der Tür es ungefragt Lia abgenommen hatte.

Krachend stellte der Rüschenträger eine Glasschale vor Lias Knie. Griff Bananen und Mangos, warf sie achtlos beiseite. Schob ihr die Schale zwischen die Schenkel. Lia musste ein Bein weiter nach außen setzen, damit genug Platz war. Als sie das tat, entfuhr ihr ein kurzer Schrei. Das Knie. Bruno biss sich auf die Lippe. Auch ihn hatte der Schmerz getroffen.

Der Mann im violetten Anzug trat näher an Lia heran. Sein Grinsen war teuflisch und ließ nichts Gutes ahnen. »Da rein. Alles.«

Lia riss die Augen auf. Ihr Blick fand zurück aus einer Parallelwelt. Es gab kein Ausblenden mehr. Sie sah den Mann an, ihr Mund öffnete sich. Als wolle sie etwas sagen. Aber sie blieb stumm.

»Brauchst du vorher etwas zu trinken?«, lachte der Mann vor ihr höhnisch. Die Gruppe grölte. Bizarr, entartet, gierig.

Lia schüttelte leicht den Kopf. Hörte nicht auf damit.

Der Mann sah es und begann, gleichzeitig zu nicken. »Oh doch.« Er griff ihr überraschend mit einer Hand zwischen die Schenkel, zwei Finger ausgestreckt. »Dann sollte ich vielleicht nachhelfen?«

Lia drehte den Kopf, suchte Bruno. Ihre Augen waren noch immer weit geöffnet. Hilflos sah sie aus. Schockiert. Das Gesicht voller Bananenbrei.

Genau hier war die Grenze. Bruno begriff sofort. Jetzt hatte sie den Abgrund gesehen. Nicht nur einmal hatte sie ihm erzählt, dass sie nicht vor anderen Menschen Wasser lassen kann. Er hatte das stets akzeptiert. Es war nie wieder Thema zwischen ihnen gewesen. Und jetzt hockte Lia hier auf dem Tisch, gefüllt mit Weinbeeren, zwischen ihren Beinen eine Schüssel – und sollte das tun, was sie nicht einmal vor Bruno konnte. Absturz. Abbruch.

»Stopp!«, rief Bruno. Seine Stimme überschlug sich sofort. Er wusste, dass das, was er nun tat, Lia weh tun würde. Aber es war im Vergleich zu dem, was ihr bevorstand, ein heilbarer Schmerz. In großen Schritten eilte er zu dem verblüfften Mann im violetten Anzug, schob ihn unbeeindruckt beiseite.

Lia wollte vom Tisch nach vorne sinken, als Bruno vor ihr stand, aber er stieß sie von sich weg. Sie landete auf dem Hintern. Die Glasschüssel schoss nach vorn, prallte gegen Brunos Körper und schlug anschließend mit einem dumpfen Schlag knapp neben seinen Füßen auf den Teppich.

Im Saal war es sofort still geworden.

Bruno griff ihr an der Kehle unter das Halsband. »Das kannst du auch nicht?« Er schrie sie an und zwang sie dabei nach vorn.

Lias Augen wurden noch größer, spiegelten blankes Entsetzen.

»Wie oft willst du mich noch blamieren vor Anderen?« Bruno drehte sich zu dem Mann im violetten Hemd, der ebenso überrascht wie überfordert im Raum stand. »Einen Moment, der Herr, sie steht gleich wieder zur Verfügung. Aber das hier treibe ich ihr erst einmal kräftig aus.« Er zog Lia vom Tisch, hielt ihr Halsband aber in einer Höhe, die sie hinderte, auf die Knie zu gehen. Er hoffte, dass sie begriff. Sie musste wissen, dass er sie auf die Knie gedrückt hätte, wenn er wirklich mit ihr unzufrieden gewesen wäre. »Zieh dich warm an. Und danach entschuldigst du dich bei dem vornehmen Mann für deine Unpässlichkeit.«

»Bravo!«, rief eine männliche Stimme aus der Tiefe des Raumes. Bruno ahnte, dass sie dem Mund unter einer Gelfrisur entfleucht war.

Er wandte sich ab, zog Lia hinter sich her. Weg von dem Mann im violetten Hemd. An einer Gruppe beeindruckt schweigender Menschen vorbei. Die gesamte Länge der Tafel entlang. Lia folgte Bruno humpelnd. Sie konnte nicht anders, denn er hatte noch immer seine Hand unter ihrem Halsband. Am Ende der Tafel saß der Mann mit der Gelfrisur verkehrt herum auf einem Stuhl, die Lehne zwischen den Beinen. Häme war ihm ins Gesicht geschrieben. Sein Grinsen ließ sogar die Zähne blitzen. Er musterte Lias nackten Körper von oben bis unten. »Darf man zusehen?«

Bruno beachtete ihn nicht. Er steuerte den Flur an. »Aufmachen!«, befahl er schon von weitem dem unrasierten Mann im Anzug, der sie vorhin in Empfang genommen hatte. Das Schloss klackte, die Riegel wurden eilig beiseitegeschoben. Als sie die Tür erreichten, trat der Mann zur Seite. »Ähm … Es ist ziemlich kalt draußen.«

»Hier drinnen auch«, sagte Bruno trocken und zog Lia durch die Tür. Eilte mit ihr über den schlecht beleuchteten Laubengang. Selbst auf der Wendeltreppe ließ er sie nicht frei. Als sie die unterste Stufe erreichten, ließ er die Leine in den Karton fallen, in dem auch ihre Sachen warteten. Sie sank wie eine kraftlose Lederschlange. Dann drückte er Lia gegen die Wand und öffnete das fremde, steinbesetzte Halsband in ihrem Nacken. Es funkelte schon lange nicht mehr. Noch bevor es schwer in seiner Hand wiegen konnte, warf er es verächtlich auf die Treppe.

»Komm. Weg von hier.«

Lia zitterte am ganzen Körper. Schien nicht in der Lage, zu sprechen. Bruno schlüpfte eilig aus seiner Jacke und legte sie Lia über die Schultern. Er fürchtete, dass es zu lange dauern würde, sie in die Sachen aus dem Karton schlüpfen zu lassen. Viel Zeit würden sie nicht haben. Er klemmte sich den Karton unter den linken Arm, mit der rechten Hand hielt er Lia unter der Schulter. Zog sie aus dem Hof. Als sie die Brücke passierten, fühlte es sich an, als würden aus dem schwarzen Wasser des Schlossgrabens eiskalte Finger nach ihnen greifen. Bruno achtete trotz aller Eile darauf, dass Lia nicht auf welken Blättern ausrutschte. Ihr Humpeln nahm weiter zu und er war froh, dass er seinen Wagen nicht weit von dem Eisentor geparkt hatte. Als sie es endlich passiert hatten, drehte er sich noch einmal um. Er sah die beleuchtete Etage des Jagdschlosses und ahnte, wie man dort auf Lia wartete. Sie würde nicht kommen.

Kapitel Zwölf

Die Turmuhr schlägt. Sarah fröstelt es, obwohl die Luft im Raum nicht kälter geworden ist.

»Es tut mir leid«, hört sie Herrn Conrad bitter sagen, während sie sich von den Bildern der letzten Erzählung befreit. »Das war keine besonders schöne Geschichte.«

Sarah nimmt die Füße vom Sofa, stellt sie auf den Boden. Sie kribbeln, denn sie sind eingeschlafen. Das ist ihr bis eben gar nicht aufgefallen. Langsam bewegt sie die Beine hin und her. Spürt, wie frisches Blut in die Adern stürzt und ein nadeliges Prickeln hinterlässt. Sie stützt ihre Hände auf die Kante des Sofas. »Lia hätte das nie getan«, sagt sie nach kurzer Zeit. »Glaube ich«, ergänzt sie sicherheitshalber und sieht zu Herrn Conrad.

Er schaut überrascht auf. »Was hätte sie nie getan?«

Sarah tippelt mit den Füßen auf der Stelle. Befreit sich von dem unangenehmen Gefühl. »Sich vor anderen so …«

»Oh doch«, fällt ihr Herr Conrad ins Wort. »Sie hat.« Er rückt auf dem Sessel weit nach vorn, beugt sich zu ihr. Raunt. »Welche Tiefe hast du, Sarah?«

Sarah ist erschrocken über die direkte Frage. Selbst wenn sie es wollte, könnte sie keine ehrliche Antwort geben. Es hat sich noch niemand gefunden, der mit ihr nach dem Grund taucht. Oder wenigstens hinabschaut.

Herr Conrad flüstert. »Würdest du es ablehnen, wenn du das Angebot hättest, die erregendste deiner Fantasien ein einziges Mal in deinem Leben spüren zu dürfen?« Er kneift die Augen zusammen. »Würdest du das wirklich ausschlagen?«

Sarah überlegt. Fährt sich mit einer Hand über die Wangen. Was, wenn es jemanden gäbe, dem sie vertrauen würde? Der neben ihr bleiben würde wie Bruno und der, wenn es schief ginge, die Notbremse ziehen würde? Wenn sie sich darauf absolut verlassen könnte?

Der weißhaarige Mann lehnt sich im Sessel zurück. »Du brauchst nicht mehr antworten, Sarah.« Er legt seine Hände auf die Lehnen. »Du hättest nicht gezögert, wenn die Antwort ein klares Nein gewesen wäre. Alles andere ist nur eine Frage der Umstände.« Er nickt, als wolle er ihr auch noch die Zustimmung abnehmen. »Um auf die Ausgangsfrage zurückzukommen: Wenn deine Tiefe dort ist, wo Lia ihre vermutete, hättest du das Gleiche getan. Es gibt nur einen Weg, ewig verlangende und quälende Fantasien loszuwerden. Du musst es tun. Wenigstens einmal. Dann werden sie entweder so hässlich, dass du sie nie wieder sehen möchtest und auch nicht vermisst. Oder du begreifst, dass du sie weiterhin zulassen und aus der Kommode deiner unerfüllten Fantasien entfernen kannst. Du musst deinen Weg finden. Lia hat nichts anderes getan.«

Sarah stützt ihren Kopf in die Hände. Herr Conrad hat Recht. Aber seine Theorie lässt einen entscheidenden Umstand unberücksichtigt: Bruno. Sarah hat keinen. Sie hat niemanden, der ihre tiefsten Fantasien verstehen könnte. Und schon gar niemanden, dem sie absolutes Vertrauen entgegenbringen könnte. »Lia hatte großes Glück«, sagt sie.

»Warum glaubst du das?«, entgegnet Herr Conrad.

»Sie hatte Bruno.«

Herr Conrad schiebt seine Brille auf der Nase ein Stück nach vorn, schaut Sarah über das Gestell hinweg an. »Und?«

Sarah zuckt mit den Schultern. »Nichts und. Sie konnte sich ihm anvertrauen, er hat gewusst, wie es in ihr aussah, wie sie funktionierte. Sie konnte ihm blind vertrauen. Er hat sie zu jeder Zeit beschützt und auch auf dem Jagdschloss schließlich richtig entschieden.«

»Hat er das?« Herr Conrad klingt, als würde er zweifeln. »Dann hör mir gut zu.«

Die von Schlaglöchern zerfressene Landstraße lag im Dunkeln. An den Seitenscheiben schoben sich Büsche und Bäume schemenhaft vorüber. Bruno verlangte der Klimaanlage des Wagens alles ab.

Rechts und links des Armaturenbretts blies ein heißer Orkan in den Innenraum, ließ die Strähnen von Lias Haaren wedeln.

Er blickte kurz zu Lia. Sie hatte bis hierher geschwiegen. Seine Jacke lag lose um ihre Schultern, aber es war nicht mehr kalt. Sie fror nicht. Obwohl er ihr vorhin das Gesicht sauber gewischt hatte, klebten unter ihrem Kinn noch Reste der verschmierten Banane. Bruno legte ihr seine rechte Hand auf den nackten Oberschenkel, fühlte. Warm. Ihr Knie bereitete ihm Sorgen. Es war ihm nicht entgangen, dass sie das rechte Bein ausgestreckt hielt.

»Warum?«, fragte Lia klanglos und sah weiter nach vorn. Der weiße Mittelstreifen flog ihnen wie Morsezeichen entgegen und verschwand dort, wo er am hellsten wurde, unter der Karosserie.

»Warum was?« Bruno blendete die Scheinwerfer ab, denn es kam ihnen in einiger Entfernung ein Wagen entgegen.

Lia blieb regungslos. »Warum hast du das getan?«

Bruno verstand nicht. Überlegte, was sie meinen könnte. Dachte daran, dass er Lia unsanft aus dem Saal gezogen hatte und vor allen Leuten erniedrigt hatte. Weil er darin ihre einzige Chance gesehen hatte, der Situation heil zu entkommen. Überlegte, dass er das steinbesetzte Halsband achtlos auf die Stufen der Wendeltreppe geschmissen hatte. Er fand daran nichts Verwerfliches. »Warum habe ich was getan, Lia?«

Sie sah zu ihm. »Abgebrochen. Warum hast du abgebrochen?«

Bruno blickte kurz zu ihr, weil er nicht glauben wollte, dass sie darüber scherzte. Nicht in dieser Situation. Ihr ruhiger, fragender Blick belehrte ihn, dass sie es ernst meinte. Er trat auf das Bremspedal. Diktierte den quietschenden Reifen ihren Rhythmus. Heftiger, als er es vorhatte. Mit einem letzten Ruck kam der Wagen am Straßenrand zum Stehen. Nur die Klimaanlage spie unbeeindruckt heiße Luft.

»Lia«, sagte Bruno und drehte sich auf seinem Sitz nach rechts, so weit es möglich war. »Das ist nicht dein Ernst, oder?«

Sie zog die Jacke ein wenig enger um ihren Oberkörper, hielt mit der rechten Hand die Öffnung in Brusthöhe zusammen. Sah nach vorn. Die Scheinwerfer des entgegenkommenden Autos blitzten auf, dann rauschte der Wagen an ihnen vorüber. Der Luftsog ließ die Karosserie kurz schaukeln.

Bruno schüttelte fassungslos den Kopf. »Ich habe dich da rausgeholt, Lia. Weil du nicht mehr konntest. Bitte erinnere dich.« Er dachte an die Schüssel zwischen ihren Beinen, über der Lia auf der Tischplatte hockte. An ihren Blick zu ihm. Diesen leeren, Hilfe suchenden Blick.

»Ich konnte nicht mehr?«

»Lia!« Bruno sah unwillkürlich an die Stelle der Jacke, unter der Lia eine Handvoll Weinbeeren in sich trug. Jetzt noch. »Du willst mir nicht erzählen, dass du dort auf dem Tisch …« Er mochte nicht weitersprechen. Schon die Vorstellung, wie sie die Beeren vor aller Augen aus sich presste, ekelte ihn an. »Niemals hättest du das getan. Du hast mir vor langer Zeit selbst erzählt, dass dich so etwas anwidert.« Er blickte sie an, aber Lia richtete ihre Augen wieder in die Dunkelheit vor der Frontscheibe. Hatte sie sich verändert? »Oder hättest du?«

»Nein«, antwortete Lia. »Ich hätte nicht.«

Bruno hob die Schultern zu einem unausgesprochenen »und weiter?«, auch wenn Lia es nicht sehen konnte.

Sie lehnte ihren Kopf nach hinten. Atmete tief ein, dann langsam wieder aus. »Es war Teil des Spiels.« Sie schloss die Augen. Als hätte sie die Gelegenheit ihres Lebens verpasst. Müde sah sie aus. Oder enttäuscht?

Bruno starrte sie an. »Spiel? Lia! Du hattest doch überhaupt keine Option!«

»Doch«, antwortete sie. Ohne jede Regung im Gesicht. »Ich wäre dafür sicher bestraft worden.« Beinahe trotzig klang es.

Es dauerte einen Moment, bis Bruno begriff. Lia wäre an diesem Abend so tief getaucht, bis sie erstickt wäre. Sie wäre nicht umgekehrt. Sie hatte sich vorgenommen, bis auf den Grund zu gelangen, und dafür hatte sie alle Sicherheiten aufgegeben. Einschließlich sich selbst. Apnoe.

»Aber du hast es abgebrochen«, sagte Lia langsam. Vorwurfsvoll.

Bruno riss die Tür an der Fahrerseite auf. Eiskalte Luft schwappte in den Wagen, aber das war ihm egal. Er gurtete sich mit einem einzigen Griff ab, drehte die Füße nach draußen. Vorwürfe waren das Letzte, was er erwartet hatte. Er hatte sie einigermaßen heil aus dieser unberechenbaren Meute geholt, weil er gesehen hatte, was mit ihr geschah. Er hatte dafür ihre Stimmungen und Gesten aufgelesen, in jeder Sekunde Kontakt zu ihr gehalten. Er hatte die Gefahr erkannt, die der Mann mit der Gelfrisur zunehmend für sie wurde. Lia hatte das ganz sicher nicht bemerkt. Und schließlich war er ein Risiko eingegangen mit der Art und Weise, in der er ihr einen einigermaßen plausiblen Abgang verschafft hatte. Nicht, weil er erpicht auf ihr Dankeschön gewesen wäre oder weil er ihr etwas hätte nehmen wollen. Sondern weil er sich verantwortlich für sie gefühlt hatte.

Bruno schritt wütend und mit großen Schritten um den Wagen. Die Rücklichter beleuchteten seine Hosenbeine kurz rot. Er hatte abgebrochen? Er hatte ihr das Spiel verdorben? Sie wollte noch bestraft werden? Er lachte laut auf. Wenn das so war, konnte sie gern haben, was sie wollte. Sollte sie zeigen, was sie noch konnte. Auf der anderen Seite zog er kräftig Lias Tür auf.

»Steig aus, Lia!«

Lia öffnete die Augen, drehte ihren Kopf. Sah ihn mit geweiteten Augen von unten her an. »Bruno?«

»Steig aus!« Er öffnete vor ihren Augen den Gürtel seiner Hose, zerrte ihn ungeduldig aus den Schlaufen. Faltete ihn einmal und ergriff mit einer Hand beide Enden.

Lia stammelte. »Ich …«

»Wie sieht es nun aus mit dir, Lia? Es ist nur die Böschung, durch die ich dich kriechen lassen will, und ganz sicher findet sich da hinten im Dunkeln ein Stamm, über den ich dich legen kann. Und weißt du was? Dann kannst du deine Bestrafung haben. Ordentlich. Ich wette, dir wird anschließend nicht mehr der Sinn nach Benutzung stehen.« Bruno bemerkte, dass sich seine Stimme überschlug und er mäßigte sich in der Lautstärke. »Also komm! Nimm es als Ausgleich dafür, dass ich dir die Tour vermasselt habe heute Abend!« Er beugte sich zu ihr. »Dass ich aus dämlicher Sorge um dich abgebrochen habe. Denn du hättest ja noch locker weiter gemacht, oder?«

Mit einer leichten Bewegung schob Lia ihren Körper auf dem Sitz zur Wagenmitte. Weg von Bruno.

»Na komm schon, Lia! Was ist? Willst du dich schon wieder verweigern?« Er stützte sich mit der linken Hand auf das Sitzpolster.

»Bruno«, wisperte Lia und hielt sich krampfhaft an der Jacke fest, die durch den Sicherheitsgurt zur Seite rutschte. Ihre Müdigkeit war verflogen. Hatte Platz für Angst gemacht. »Ich … Ich kann nicht!«

»Ach«, rief Bruno, »du kannst nicht? Was bitte ist jetzt so anders als vorhin auf dem Schloss? Hier weißt du wenigstens, wer es ist, der dir den Arsch aufreißt!«

Lia schüttelte heftig den Kopf. Lehnte sich noch weiter zurück.

»Hör zu, Lia! Ich werde dir sagen, warum du nicht kannst. Ich weiß es nämlich. Im Gegensatz zu dir.« Er warf den Gürtel nach hinten auf die Sitzbank. Er hatte keine Sekunde vorgehabt, ihn wirklich zu gebrauchen. »Weil ich dich die ganze Zeit über beobachtet habe. Deine Körperhaltung. Deine Ausstrahlung. Und weil ich deine Augen kenne, Lia. Ich habe dich mehr als einmal angesehen heute Abend. Am Anfang haben sie noch geleuchtet. Irgendwann waren sie stumpf. Und als du auf der Tischkante hocktest, waren sie ein einziger Hilfeschrei. Das hast du nicht gespielt, Lia. Du konntest gar nicht mehr spielen. Denn du warst längst nicht mehr bei der Sache!«

Als Bruno seine Hand auf ihren rechten Oberschenkel legte, zuckte Lia zusammen. Er fuhr trotzdem mit Zeigefinger und Daumen über ihre Haut bis zum Knie, biss sich auf die Lippen und drückte zu.

Lia schrie gellend auf. »Das tut weh!«

»Sicher tut es das«, schimpfte Bruno. »Das habe ich den ganzen Abend schon gewusst! Oder meinst du, mir bleibt das verborgen?« Vorsichtig hob Bruno seine Hand von ihrem Knie, zog sie zurück. »Du hättest schon vor der Tür des Saales selbst abbrechen müssen. Aber du kanntest kein Ende heute. Du hast nicht nur mich und alles andere, sondern auch dich selbst völlig aus den Augen verloren.« Bruno trat einen Schritt zurück, schob die Hände in die Taschen. Seine Hose rutschte. »Hast du den Mann mit der Gelfrisur bemerkt?«

Lia schüttelte leicht den Kopf.

Bruno lachte. »Gar nichts bemerkt hast du. Es war derjenige, der dir die Weinbeeren …« Bruno mochte die Bilder nicht erneut sehen und winkte ab. »Er war deine größte Gefahr heute Abend. Und du hast sie nicht einmal gerochen. Er hätte dich nicht benutzt, Lia. Er hätte dich missbraucht. Darauf hast du mein Wort. Und als ich dich vorhin aus dem Saal zog, habe ich dir den Hintern gerettet. Ganz besonders vor ihm.« Bruno betrachtete den Hauch vor seinem Gesicht. »Wenn du mir jetzt sagst, dass ich dir den Abend versaut habe, dann kann ich dir nur eines antworten: Du wärst trunken über deine eigenen Grenzen getaumelt und erst aufgewacht, wenn es zu spät gewesen wäre. Denn die dort«, er zeigte aufgebracht mit seiner Hand in die Richtung der Landstraße, aus der sie gekommen waren, »die hätten alles von dir genommen heute Nacht. Niemanden hätte es auch nur ansatzweise interessiert, dass du längst gestürzt bist. Es hat dich ja selbst nicht interessiert.« Bruno griff nach der offen stehenden Tür und spürte die kalte Karosserie an seinen Fingern. Er begann zu frieren. »Weißt du, was der Mann an der Eingangstür zu mir gesagt hat?« Lia sah ihn ängstlich an. Schien um Zentimeter in ihren Sitz gesunken zu sein. Sie konnte es nicht wissen, denn sie war an dem Mann vorbei gekrochen, sobald er ihr Halsband gelöst hatte. Der Wärme entgegen. Sie hatte auch gar nicht hören wollen, was über sie an der Tür besprochen wurde. Das hatte den Reiz drastisch erhöht.

»Eine Gecoverte hätten sie noch nie gehabt.« Bruno lachte verächtlich. »Blanke Enttäuschung! Und nun rate mal, warum. Die haben niemanden erwartet, der sich nur mal ausprobiert. Wie naiv bist du, Lia? Nichts gegen Tiefen und Fantasien. Aber man taucht nicht blind.« Bruno räusperte sich. Er hoffte, dass sie begriff. Endlich wach wurde. »Eigentlich hatte ich mit einem Dankeschön gerechnet.« Er achtete darauf, die Tür nicht zu schwungvoll zu schließen. Denn er wollte nicht, dass Lia noch mehr Angst bekam.

Als er um den Wagen ging, schlug er gegen die Stoßstange. Er blieb kurz stehen und rieb sich im Schein der Rücklichter über das Schienbein. Fluchte. Obwohl er am ganzen Körper zitterte, hielt er noch einen Moment inne. Atmete die eiskalte Luft ein, die nach nasser Erde und modrigem Laub roch. Sah in die Dunkelheit. Versuchte, sich wieder zu beruhigen. Es lagen noch einige Kilometer vor ihnen und er wollte Lia heil nach Hause bringen. So, wie er den ganzen Abend dafür gesorgt hatte, dass ihr nichts passierte. Auch wenn sie das vielleicht anders sah.

Bruno schob sich mit dem Rücken zuerst in das Wageninnere. Sein loser Hosenbund rutschte tief nach unten. Er zog die Füße nach und ließ die Fahrertür hinter sich zufallen. Sah zu Lia und erstarrte. Sie saß auf dem Beifahrersitz und hatte die Jacke so weit geöffnet, dass sie links und rechts neben ihr auf dem Sitz lag. Ihre Hände hielt sie im Nacken, den Kopf gesenkt. Der Sicherheitsgurt führte ihr quer über die nackten Brüste. Mit dem Hintern war sie auf dem Sitz so weit nach vorn gerutscht, dass ihre gespreizten Schenkel Einblick gewährten.

»Lia?« Nichts hätte Bruno lieber getan, als darauf einzugehen. Sich angestauten Frust wild aus seinem Körper zu stoßen. Aber es wäre nicht richtig gewesen. Es hätte nicht das Problem gelöst, das zwischen ihnen stand. Es wäre Betrug an der Realität gewesen. Er wusste noch gar nicht, wie er künftig umgehen sollte mit der Erkenntnis, dass sie ihre eigenen Grenzen missachtete. Mit seiner Hand strich er Lia über die Wange. »Nicht, Lia. Nicht jetzt.« Er schob ihr die Haare über die Schultern, um ihr Gesicht zu sehen.

Lia bewegte sich nicht. Bot sich an mit allem, was sie im Moment für ihn hatte.

Bruno schüttelte den Kopf. »So einfach ist das nicht«, sagte er leise. Er sah sie in der nahezu gleichen Haltung auf dem Tisch sitzen. Vor dem Mann in dem violetten Anzug mit den Rüschen. Das war noch keine Stunde her. Er kam sich austauschbar vor. Der bitterste Gedanke aber war, dass Lia die Gleichheit der Situation nicht zu bemerken schien. Oder gar als völlig normal empfand. Wie vielen Männern würde sie sich noch so zeigen? Die Einzigartigkeit, die er bislang zwischen ihnen empfunden hatte, bekam Risse.

»Lass uns den Tag beenden und morgen sehen, was von ihm geblieben ist.« Bruno löste sich von ihrem Anblick. Er drehte den Zündschlüssel und startete den Wagen. Wartete noch einen Moment. Lia regte sich nicht. Erst nach einer Weile legte sie wortlos ihre Hände neben die Schenkel, drehte den Kopf nach rechts und sah aus dem Fenster in die Dunkelheit.

Bruno seufzte und fuhr sanft an. Die Bäume und Büsche jenseits der Böschung zogen am Fenster vorbei. Der Orkan der Klimaanlage und das Dröhnen der Reifen auf dem Asphalt füllten den Raum. Lia schwieg und Bruno tat es genauso. Manchmal glaubte er, sie sei eingeschlafen. Als eine gute Stunde später die ersten Lichter der Stadt auftauchten, beobachtete Bruno im Augenwinkel, dass Lia die Jacke wieder über den nackten Oberkörper zog. Dann sah sie still aus dem Fenster auf ihrer Seite, bis sie angekommen waren.

Herr Conrad erhebt sich aus seinem Sessel, schiebt sich geschäftig die Weste über dem Hemd glatt. Als wolle er sich von seinen Gedanken befreien. Dann schaut er zu den Oberlichtern. »Auch bei uns ist es dunkel geworden«, sagt er und reißt die Geschichte mit einem Ruck ab.

Sarah findet, dass die Erzählung noch einen Abschluss braucht. Zu viel ist offen. Das, was zwischen Bruno und Lia steht, sollte ausgeräumt werden. Bruno wird ihr Zeit geben, denkt sie, und Lia wird bald zu ihm zurückfinden. So jedenfalls wünscht sie es sich. Vorsichtig bittet sie um einen Epilog. »Darf ich Sie noch etwas fragen?«

Herr Conrad hält inne. »Natürlich. Selbstverständlich.« Seine Stimme klingt belegt.

»Haben sich Bruno und Lia anschließend wieder vertragen?«

Die Antwort von Herrn Conrad kommt nur zögerlich. »Ja und nein. Zieh deine Schuhe an, Sarah.«

Sie erhebt sich, geht zügig zur Kante des weißen Teppichs und greift nach ihren Stiefeletten, ohne nach dem Grund zu fragen. Es genügt, dass Herr Conrad es ihr angewiesen hat. Sie positioniert die Schuhe vor sich, schlüpft mit dem ersten Fuß hinein. »Ja und Nein? Was bedeutet das?«

Herr Conrad nimmt die erkaltete Pfeife vom Tisch, geht hinüber zu der offenen Küche. Klopft sie aus. »Ja bedeutet, dass sie sich einander geschrieben haben. Fehler eingeräumt haben. Es noch einmal miteinander versuchen wollten. Vielleicht irgendwann.« Er legt die Pfeife ab, stützt sich mit den Händen auf den Rand der Arbeitsplatte. »Nein bedeutet, dass sie es erst einmal nicht getan haben.«

»Erst einmal?« Sarah blickt fragend zu dem alten Mann. Gebeugt sieht er aus, findet sie. Erschöpft. Nicht in der Lage, weitere Geschichten zu weben.

»Geh nun besser nach Hause, Sarah«, meint Herr Conrad mit fasriger Stimme und wendet sich dem Vorhang zu. »Ich bin sehr müde. Es ist schon dunkel draußen und ich meine, es ist auch alles erzählt.«

Sarah verharrt in ihrer Bewegung, die den zweiten Fuß in den Schuh führen sollte. »War das etwa das Ende zwischen Bruno und Lia?« Sie ist schockiert.

»Ich sagte doch: Vielleicht«, wiederholt Herr Conrad ausweichend, geht hinüber zum Vorhang, zieht ihn auf. Hinter ihm gähnt die Werkstatt. »Möglicherweise aber auch nicht. Wer weiß das schon so genau. Heute jedenfalls wird nichts mehr passieren.«

Sarah gibt sich nicht zufrieden. Bittet. »Ich würde gern mehr erfahren über Bruno und Lia. Vielleicht, was sie jetzt machen.«

»Sarah, es ist nun genug.« Herr Conrad sagt es endgültig. »Manchmal muss man auch abwarten können. Und ein wenig Hoffnung haben.« Er winkt ihr, dass sie sich beeilen soll. »Bruno würde Lia jederzeit wieder annehmen, wenn sie auf ihn zukommen würde. Meinst du nicht?«

Sarah zieht den kurzen Schaft ihrer braunen Stiefeletten nach oben und folgt dem Mann in die Werkstatt. »Ich hoffe, sie tut es«, sagt sie.

Herr Conrad seufzt. Dann greift er zu dem Gürtel, der noch immer auf dem Tisch in der Werkstatt liegt. Rollt ihn zusammen. »Frohe Weihnachten«, sagt er sanft und hält ihn ihr entgegen.

»Darf ich wieder zu Ihnen kommen? Auch wenn ich nichts kaufe?« Sarah lächelt ihn an, nimmt den Gürtel, hält ihn sich vor die Nase. Atmet den Ledergeruch. Bis tief in die Seele. Ganz ungeniert. Vor dem alten Mann. Er hat mich doch sowieso durchschaut, denkt sie.

»Natürlich«, sagt er.

»Selbstverständlich«, ergänzt sie und macht zwinkernd einen tiefen Knicks vor ihm. Kurz erwägt sie, bis auf die Knie zu sinken. Es zieht sie dorthin. Aber dann traut sie es sich doch nicht.

Herr Conrad legt ihr mit einem ernsten Blick seine Hand auf die Schulter. »Du trägst etwas in dir, das ich sehr mag, Sarah. Du weißt, was ich meine.« Und beinahe feierlich fügt er an: »Du wärst für Bruno wahrlich auch eine gute Lia gewesen.«

Sarah schießen die Tränen in die Augen. Sie empfindet es als das größte Kompliment, was ihr jemals gemacht wurde. Nicht nur, weil es eine Tiefe berührt, die sonst niemand von ihr kennt. Sondern weil es von einem Mann kommt, der diese Tiefe sehr genau einschätzen kann. Spontan geht sie einen Schritt auf Herrn Conrad zu, legt ihre Arme um ihn. Er scheint erst überrumpelt zu sein und hält nur vorsichtig seine Hände an ihren Rücken. Wer weiß, denkt sie, wann ihn das letzte Mal jemand wirklich aufrichtig umarmt hat. Als sie spürt, dass er sie schließlich doch kräftig drückt, tut sie es auch.

»Ich würde mich freuen, dich wiederzusehen«, hört sie ihn mit bewegter Stimme sagen. Nach einer Weile fügt er an: »Vielleicht zeige ich dir ja doch noch etwas, was du kaufen würdest.«

»Ich bin gespannt«, antwortet Sarah und freut sich. »Vielleicht gleich zu Neujahr? Oder haben Sie da schon etwas anderes vor?«

Herr Conrad schüttelt leicht den Kopf. »Nein«, entgegnet er. »Ich habe nie etwas anderes vor. Ich bin hier. Und ich warte.«

Dann begleitet er sie durch den lederbehangenen Flur nach draußen, winkt ihr zum Abschied noch einmal zu und schließt die Tür hinter ihr ab.

Neujahr

Sarah hat ihren Kopf tief zwischen die Schultern gezogen. Ihr Kinn taucht hinter die Windungen eines grauen Wollschals, den sie sich mehrfach um den Hals gewickelt hat. Es ist kalt geworden. Der Neujahrsmorgen hat den beginnenden Januar mit nordpolarer Luft und Schnee ausgekleidet. Der Gehweg ist noch nicht überall geräumt und Sarahs Stiefeletten versinken mitunter fast vollständig in weißem, lockerem Puder. Genauso wie die Reste der Silvesternacht. Holzstäbe abgebrannter Raketen, Papierhülsen, manchmal auch leere Flaschen. Der Schneefall bedeckt den Lärm und die Ausgelassenheit der letzten Stunden. Nun scheint die Stadt zu ruhen. Sarah fühlt sich, als wäre sie die einzige, die um diese Zeit leere Straßen durchquert.

Zielstrebig biegt sie in die kleine Toreinfahrt. Sie muss lächeln, als sie das Metallschild sieht, das seitlich an der Hausmauer angebracht ist. Von Rost ergriffen und in der Größe eines Buchrückens. Schwarze Buchstaben auf braunem Grund.

Lederwaren Manufaktur, Inhaber C. B. Conrad.

Sarah hofft, dass sich Herr Conrad freuen wird, wenn sie ihm ein gesundes, neues Jahr wünscht. Sie hat sich extra hübsch gemacht für ihn. Trägt unter ihrer dicken Jacke ein Kleid, das sie mit dem Gürtel drapiert hat. Schwarzes Leder, rot abgesteppt. Der alte Mann hat ihn ihr geschenkt. Und auf gewisse Weise war dieser Gürtel der Anfang von allem gewesen. Sie erinnert sich an diesen einen Tag vor Weihnachten. An seine Geschichten, an denen sie entflammt ist. Die noch heute in ihr leuchten. Um Mitternacht hat sie sich mit geschlossenen Augen gewünscht, in diesem Jahr ihren Bruno zu finden. Und beschlossen, nach ihm zu suchen. Herr Conrad hat ihr die Augen geöffnet. Was sie in sich trägt, wird sie nicht ihr ganzes Leben verstecken können.

Sarah durchquert die Toreinfahrt. Unter ihren Schuhen knirscht leise Schnee. Der Hof ist noch nicht geräumt und sieht aus, als sei er verlassen. Sie tritt die ersten Spuren in ihn.

Vor der Holztür der Werkstatt zieht sie die Hände aus den Taschen ihrer Jacke und klopft. Sie glaubt, das dumpfe Geräusch klettere einsam an den Wänden der Nachbarhäuser hinauf. Sie wartet. Nach einer Weile klopft sie erneut, diesmal ein wenig stärker. Anschließend blickt sie sich um. Auf den Deckeln der Mülltonnen liegt eine Haube aus frischem Schnee. Das gegen die Wand gelehnte Fahrrad ist verschwunden.

Sarah überlegt, ob Herr Conrad vielleicht einen Spaziergang macht. Sie glaubt nicht, dass er noch schläft. Er hat ihr erzählt, dass er jeden Morgen sehr früh aufsteht. Außerdem, denkt Sarah, hätte sie dann Schuhabdrücke vor seiner Tür sehen müssen.

Gerade will Sarah ein drittes Mal an die Tür klopfen, als sie um die Hausecke herum Geräusche wahrnimmt. Schabend, kratzend und schleifend. Ein Mann flucht über das Wetter. Sarah erkennt die Stimme. Sie hat dieses Fluchen schon einmal gehört. Im Hausflur vor der Toilettentür. Als sie sich an die durch das Treppenhaus rufende Frau erinnert, fällt ihr auch wieder der zur Stimme gehörende Name ein. Anton. Bei ihm hat Herr Conrad den Raum für seine Werkstatt angemietet. Vielleicht, denkt Sarah, kann er ihr verraten, wo Herr Conrad steckt.

Sarah schiebt die Hände wieder in die Tasche ihrer Jacke, tritt ein paar Schritte nach rechts und sieht neugierig um die Hausecke. Vor der Eingangstür sieht sie den Mann, der mit einem Schneeschieber hantiert. Das Holz bleibt immer wieder an Bodenunebenheiten des Hofes hängen.

Der Mann bemerkt sie, hält überrascht inne und schaut zu ihr. »Wo soll es denn hingehen, junge Frau?«

»Guten Morgen«, erwidert Sarah höflich und lächelt. »Ich wünsche ein gesundes neues Jahr!«

Der Mann stützt sich auf den Stil des Schneeschiebers. »Ja, ja«, knurrt er und winkt ab. »Kann ja nur besser werden.«

Sarah zuckt mit den Schultern und schickt noch ein freundliches Lächeln hinterher. »Wissen Sie, wo Herr Conrad ist?«

Die Augen des Mannes werden zu kleinen Schlitzen. Er zögert mit einer Antwort. Scheint zu überlegen. Er stellt einen Fuß auf die Schuhspitze und schlägt ihn auf, als wolle er Schnee von den Sohlen klopfen.

»Er kennt mich. Es geht schon in Ordnung«, ergänzt Sarah vorsichtshalber. Sie würde auch nicht jedem Auskunft erteilen.

»Sind Sie etwa Sarah?«, fragt der Mann mit ruhiger Stimme.

Sarah nickt. »Ja.« Herr Conrad muss sich mit ihm unterhalten haben, denkt sie. Aber sie ist sicher, dass es nichts über ihre tiefe Seele war.

»Oh«, sagt der Mann leise und stellt den Schneeschieber an die Wand. Bedächtig, als könne der Stil aus altem Holz ausgerechnet dabei brechen. »Es tut mir so leid.«

Sarah ist irritiert. Steht wie angewurzelt.

Der Mann kommt auf sie zu, legt ihr vorsichtig eine Hand an den Arm. »Herr Conrad ist vorige Woche verstorben. Es tut mir wirklich leid.«

Sarah spürt, wie ihr die Kehle eng wird. Es dauert, bis sie begreift. Währenddessen werden der Hof, die Hauswände und der Schneeschieber zu einer konturlosen, unbedeutenden Hülle um sie. Verstorben… »Nein«, flüstert Sarah. Sie war doch vor Weihnachten bei ihm. Er hat gerade erst all den Geschichten Leben geschenkt, die sie auf einen neuen Weg gebracht haben. Er kann nicht gegangen sein. Nicht jetzt. Nicht einfach so. »Nein«, wiederholt Sarah, und noch einmal. »Nein …« Ihr schießen Tränen in die Augen und bleiben dort kleben.

»Hören Sie«, sagt der Mann mitfühlend, »Sie können sich gern einen Moment setzen. Ich weiß, dass es nicht leicht ist.«

Sarah hat keine Antwort. Sie ist taub. Hat das Gefühl, zu schwanken. Nach vorn, nach hinten. Der frische Neujahrsmorgen hat alle Kraft verloren.

»Ist Ihnen schwindlig?« Der Mann greift ihren Arm fester. »Kommen Sie«, sagt er. »Sie sind kreidebleich. Ich werde Sie hier nicht stehen lassen.« Er schiebt sie um die Hausecke zur Tür der Werkstatt. Ohne Sarah loszulassen, greift er mit der anderen Hand in seine Jackentasche, wühlt darin. Klimpernd zieht er einen Ring mit zwei Schlüsseln hervor.

Sarah lässt es geschehen. Fühlt ihre Beine so schwer, als laufe sie durch tiefes Wasser. Bewegt sich nur mechanisch. Sie hört immer wieder den Satz des Mannes. Herr Conrad ist vorige Woche verstorben. Will es nicht wahrhaben.

Als der Mann die Tür öffnet, strömt ihr keine warme Luft entgegen. Das ist das erste, was Sarah wieder wahrnimmt. Vermisst. Geruch nach kaltem Leder legt sich auf ihren Gaumen. Schmeckt nicht. Es ist kühl in dem langen Flur, es brennt kein Licht in der Werkstatt. Sarah lässt sich an den behangenen Wänden vorbeiführen, rechts und links neben ihr tauchen die vielen Gürtel auf und verschwinden wieder. Sarah hat das Gefühl, als führe der Flur steil abwärts. Als würde sie in ihm nach vorn fallen. Als ihr die Beine plötzlich weich werden, spürt sie, dass der Mann sie unter den Schultern packt. Er hält sie aufrecht. Schiebt sie durch die Werkstatt auf den hohen Thronsessel zu.

Instinktiv wehrt sich Sarah. Wie aus halbem Bewusstsein. »Nein, nicht …« Das ist sein Sessel. Nicht ihrer. Sie verlagert ihr Körpergewicht so, dass der Mann sie auf das Sofa fallen lassen muss.

Besorgt schaut er zu ihr. »Soll ich Ihnen ein Glas Wasser bringen? Brauchen sie einen Arzt?«

»Wasser«, flüstert Sarah und merkt, dass ihr Hals von allen Seiten umschnürt ist. Ihr fällt das Sprechen so schwer wie das Atmen.

Der Mann nickt. »Sofort«, sagt er und begibt sich eilig zum Vorhang.

Sarah starrt auf den Sessel auf der anderen Seite des Tisches. Er erscheint ihr nicht mehr hoch, nicht herrschaftlich, nicht wie ein Thron. Er ist nur noch eines. Leer. Noch vor Tagen saß sie ihm hier gegenüber.

Als hinter dem Vorhang das Wasser rauscht, bricht Sarah in Tränen aus. In ihrer Erinnerung kocht das Teewasser. Kommt Herr Conrad gleich mit zwei Tassen hinter dem Vorhang hervor. Es ist alles so lebendig in ihr, aber tot um sie. Sarah beginnt, hemmungslos und laut zu weinen, vergräbt ihr Gesicht in den Händen und lässt sich einfach

nach vorn sinken. Ihr Schluchzen hört sich an wie ein schmerzver-
zerrtes, fiependes Wehklagen. Sie fühlt sich allein gelassen. Von Herrn
Conrad, von Lia, von Bruno. Sie ist die einzige, die übriggeblieben ist.

Der Mann taucht neben dem Sofa auf, in einer Hand ein halb volles
Glas Wasser und einen weißen Briefumschlag. Er berührt sie an der
Schulter. »Es tut mir so leid.« So oft er es schon gesagt hat, es heilt
nicht. Er schiebt den Briefumschlag auf den Tisch, stellt das Glas leise
neben ihm ab und setzt sich auf die Lehne des Sofas. Still wartet er,
bis Sarahs Wehklagen nachlässt. Legt ihr eine Hand zwischen Rücken
und Schulter und lässt sie dort ruhen.

Sarah spürt, wie ihr Schluchzen in den Lungen schmerzt. Überhaupt schmerzt alles in ihr. Sogar jede Träne auf ihrem Gesicht. Sie
wendet sich ab von dem Mann neben ihr, sucht mit zitternden Fingern in der Jackentasche. Eine Hand taucht neben ihr auf, reicht eine
Packung Taschentücher.

»Danke«, flüstert Sarah. Sie hat Mühe, ein einzelnes Tuch heraus-
zuziehen. Dann wischt sie sich über das Gesicht, putzt sich die Nase.
Sie weiß, dass sie furchtbar aussehen muss. Es ist aber kein Vergleich
zu dem, wie sie sich fühlt. Und es ist egal. Sie holt tief Luft, es gelingt
ihr nur ruckweise. Dann atmet sie heiße Atemluft aus. Beißt sich auf
die Unterlippe, versucht, sich zu sammeln.

»Geht es wieder?«, fragt der Mann neben ihr leise.

Er klingt tatsächlich besorgt, stellt Sarah fest. Sie nickt, auch wenn
sie davon nicht überzeugt ist. Aber sie bemüht sich. Schluckt, schnauft
noch einmal die Nase. Dann fasst sie sich ein Herz. »Wie …« Sofort
muss sie wieder gegen das schnürende Gefühl in der Kehle und Tränen in den Augen kämpfen. Es greift nach ihr wie in Wellen. »Wie
ist das passiert?«

Der Mann reicht ihr das Glas vom Tisch. Sarah greift danach, aber
er gibt es erst frei, als er sieht, dass sie es sicher in der Hand hält.

»Es geschah alles so schnell.« Als wäre es ein Umstand, der den
Schmerz um den Tod verringern könnte. »Es ging ihm plötzlich nicht
gut und er hat meine Frau darum gebeten, dass sie für ihn ein paar
Einkäufe erledigt am Weihnachtsmorgen. Weil er sich zu schwach
fühlte. Das wunderte uns schon, denn wir haben sonst nur wenig
Kontakt zu ihm. Aber wir hatten keine Ahnung, wie schlecht es ihm

ging. Er sah wirklich nicht so aus, als …« Er unterbricht, schweigt einen Moment. Auch ihm geht es nahe. Dann fasst er sich wieder. »Am Nachmittag habe ich ihm die Einkäufe bringen wollen, während meine Frau den Baum schmückte. Ich fand ihn in seinem Zimmer auf dem Sofa. Da war er schon …« Er hält sich die Hand vor den Mund, schaut zur Seite. Atmet durch. »Es tut mir so wahnsinnig leid.«

Sarah verliert ihren Kampf. Sie heult und schreit. Das Glas fällt polternd zu Boden, eine Pfütze Wasser breitet sich auf dem Parkettboden aus. Es ist Sarah gleichgültig, was der Mann von ihr denkt. Es ist alles gleich. Sie sieht sich zu Hause am Weihnachtsabend vor dem kleinen Bäumchen sitzen. Weiß, dass sie auch an ihn gedacht hat, weil sie ihn allein vermutete. Während sie das tat, muss er sich von der Welt verabschiedet haben. Allein und still. Das war nicht fair, das war einfach nicht fair. Wie konnte man ihn so alleine lassen. Wieso hat sie ihn so allein gelassen.

Der Mann neben ihr nimmt sie in den Arm, hält sie fest. Hindert sie daran, weiter die Hände zu Fäusten zu ballen und auf das Sofa einzuschlagen. Aber er sagt nichts. Er lässt sie sich austoben in seinen Armen. Bis ihre Kraft nachlässt und nur ein Schluchzen übrigbleibt. Als sie ruhiger wird, löst er die Umarmung, lässt Sarah frei. Geht ein wenig auf Distanz, als wäre es ihm unangenehm, dass er ihr eben so nahe kam.

»Schon in Ordnung«, sagt Sarah mit gebrochener Stimme, denn sie hat es bemerkt. Sie stopft ihr zerknülltes Taschentuch in die Jackentasche, zieht das nächste aus der Packung. Putzt sich noch einmal die Nase. Fängt sich wieder. »Entschuldigen Sie.«

»Dafür braucht man sich nicht entschuldigen«, antwortet der Mann, ohne sie anzuschauen. Sein Blick ruht auf dem Tisch. »Ich weiß nicht, ob das jetzt der richtige Moment ist, aber der Umschlag …« Er deutet auf das weiße Papier. »Er trägt Ihren Namen. Wir fanden ihn drüben auf dem Tisch neben ihm. Meine Frau und ich ließen den Brief erst einmal dort liegen und dachten, dass sich vielleicht jemand melden wird. Darum ahnte ich vorhin Ihren Namen.« Er schaut zu ihr. »Sie sind doch Sarah? Er hatte nicht viele Kontakte. Eigentlich keine.«

Sarah starrt auf das Papier des Briefumschlags. Sie erkennt einen weichen Schriftzug. Mit Tinte und akkurat gesetzten Buchstaben. Ein so freundlich aussehendes »Sarah«.

»Wenn Sie also möchten, nehmen Sie ihn bitte an sich.«

Aus dem Flur heraus hört Sarah die Tür zur Werkstatt quietschen. Gedämpft, aber deutlich. Ebenso wie die Stimme einer Frau. »Anton?«

Der Mann neben ihr erhebt sich zügig. »Meine Frau«, sagt er leise und beschwichtigend. »Bleiben Sie ruhig hier sitzen. Ich schicke sie wieder hoch. Ich erkläre es ihr. Sie wird es verstehen.«

»Anton! Bist du hier?«

Zügig verschwindet der Mann im Flur. Sarah hört ihn reden und mit ihr nach draußen gehen, dann klappt die Tür.

Es wird unheimlich still. Sarah schaut sich um. Fühlt, wie schwer und bedrückend der Raum auf einmal wirkt. Und wie fremd. Die kleinen Oberlichter scheinen Helligkeit abzuweisen. Die Regale eisig zu schweigen. Dabei hat sich doch gar nichts verändert. Auf der Werkbank liegen sogar noch die Knäuel aus Zeitungspapier, die sie aus den nassen Schuhen geangelt hat.

Sarah starrt auf den Briefumschlag. Er ist zweifellos an sie gerichtet. Aber warum? Sie hat ein wenig Angst, ihn in die Hand zu nehmen, und doch greift sie schließlich nach ihm. Ehrfurchtsvoll. Der Umschlag fühlt sich seltsam an, denn sie weiß, dass er vor kurzem noch in der Hand von Herrn Conrad lag. Sarah kämpft erneut gegen Tränen. Mit zittrigen Fingern zieht sie die Lasche des Umschlags nach oben. Sie ist nur eingesteckt, nicht geklebt. Sie findet einen einzelnen Bogen Papier. Entfaltet ihn. Er ist ebenso akkurat und mit blauer Tinte beschrieben wie der Umschlag.

Sarah legt das Blatt auf ihre Knie und beginnt zu lesen.

Liebe Sarah,

ich bin Dir noch einen Dank schuldig. An dem Tag, als Du bei mir warst, hast Du mir etwas sehr Wertvolles geschenkt. Ich konnte zum ersten Mal seit langer Zeit all die Geschichten, die in mir wohnen, wieder erzählen. Jemandem, der sie versteht.

Ich habe Dich nicht angelogen, Sarah. Man trifft nur ein einziges Mal im Leben auf einen Menschen, der die gleiche Tiefe besitzt und dem man so sehr vertraut, dass man ihn dorthin vorlässt. Das ist der Grund, aus dem ich bis heute gehofft und gewartet habe, Verlorenes wiederzufinden.

Nun aber kann ich nicht länger. Nichts ist unendlich. Ich trage eine Krankheit in mir, die in Abständen immer wieder nach mir greift. Vielleicht ist jetzt der richtige Zeitpunkt gekommen, um endlich loszulassen.

Du hast noch alles vor Dir. Darum bitte ich Dich. Suche. Suche nach dem, der zu Dir passt. Der weiß, wie er Deine Seele berührt. Und halte ihn für immer fest.

Pass auf Dich auf. Bewahre Dir alle Geschichten.

Du hast mich wieder lächeln lassen.

Carl Bruno Conrad.

Sarah sitzt wie erstarrt auf dem Sofa. Die Zeilen verschwimmen vor ihren Augen. Trotzdem liest sie immer und immer wieder seinen Namenszug. Carl Bruno Conrad. Carl Bruno. Bruno. Sie fasst sich mit zitternden Fingern an ihre Lippen. Sie sind heiß und fühlen sich an wie aufgesprungen.

Im Flur klappt die Tür. Schritte nähern sich. Sarah blickt auf, sieht dem Mann ins Gesicht, der sie stützend hierhergebracht hat. Er bemerkt das entfaltete Blatt Papier auf ihren Knien. Besorgt sieht er aus. Unsicher.

»Bitte sagen Sie mir, dass das alles nicht wahr ist«, flüstert Sarah und fühlt, wie eine Träne an ihrem Kinn abtropft. »Bitte.«

»Was«, fragt der Mann leise und kommt zögerlich näher. »Was ist nicht wahr?«

Sarah legt ihren Zeigefinger auf die letzte Zeile des Briefes. »Carl Bruno Conrad?« Sie schaut ihn an. Wartet. Als der Mann nichts damit anzufangen weiß, wiederholt sie es. »Carl Bruno Conrad. Bruno war sein zweiter Vorname?«

»Mag sein«, sagt der Mann, ohne zu ahnen, welche Bedeutung seiner Antwort beiwohnt. »Bruno. Ich habe ihn jedenfalls immer so angeredet.«

Sarah hat das Gefühl, mitsamt dem Sofa in eine unendliche Tiefe zu stürzen. Plötzlich begreift sie. Die Geschichten von Lia und Bruno waren seine Geschichten. Er hat ihr nichts anderes erzählt als sein Leben. Und sie hat nichts davon bemerkt.

Sie erhebt sich mühsam, greift nach Papier und Umschlag und drückt sie fest gegen die Brust. Geht wortlos an dem verdutzten

Mann vorbei, schiebt den Vorhang zur Seite, überquert den Teppich. Mit Schuhen. Erst vor dem dunklen Holzrahmen, der neben dem Sessel an der Wand hängt, bleibt sie stehen. Betrachtet die Bilder. Findet auf einem Foto die leere Bank vor einer weiten Landschaft mit Leuchtturm. Auf einem anderen das ernste Gesicht einer Frau. »Lia«, flüstert Sarah und berührt das Foto. Streicht mit dem Finger darüber. Warum hat er mir nicht davon erzählt, denkt sie. Aber nur einen Augenblick später erkennt sie, dass er genau das getan hat. So viele intime Momente zwischen ihm und Lia hat er ihr offenbart. Er hat ihr aus seinen Erinnerungen vorgetragen. Und Lia ist es, auf die er immer gewartet hat. Sein halbes Leben lang. Bis zum Schluss.

Sarah stößt mit der Hand gegen den Riemen, der über die Befestigung des Bilderrahmens gehängt ist. Die Schließe rutscht nach vorn, verliert den Halt. Der Riemen fällt zu Boden. Direkt vor Sarahs Füße. Sie schaut überrascht nach unten. Bückt sich, hebt ihn auf. Traut ihren Augen nicht. Auf dem Leder entdeckt sie ein eingeprägtes L. Und einen angebrachten, kleinen Ring. Beinahe wäre er Sarah wieder aus der Hand gerutscht. Wie nah war sie der Wahrheit, als sie vor wenigen Tagen hier gestanden hatte. Sie hätte den Lederriemen nur umdrehen müssen und gewusst, dass es ein Halsband ist. Lias Halsband. Vielleicht hat er es sogar selbst geprägt.

»Ist alles gut bei Ihnen?« Der Mann steht im Vorhang. In seiner halb geöffneten Hand hält er aufgesammelte Glasscherben. Fragend schaut er zu Sarah. »Brauchen Sie Hilfe?«

Sarah erinnert sich an diesen einen seltsamen Satz. Glaubt, nun auch ihn zu begreifen. »Was hat er in der Manufaktur hergestellt?«, fragt sie leise und ahnt die Antwort.

Der Mann schaut sie eindringlich an, als wäge er ab. »Na ja«, sagt er, »Gürtel, Riemen. Schuhe hat er auch schon einmal repariert.« Er geht zur Anrichte der Küchenzeile, schaut sich suchend um und legt die Scherben dann vorsichtig auf ihr ab.

»Was noch«, flüstert Sarah und hebt die Hand mit Lias Halsband.

Der Mann sieht verlegen aus. »Ja, auch so etwas. Halsbänder, Handfesseln. Und Korsetts.« Als er Sarah verzweifelt den Kopf schütteln sieht, spricht er hastig weiter. »Sie dürfen sich darunter bitte nichts Schlimmes vorstellen. Er war wirklich gut in dem, was er tat. Man sagt, er habe die besten Korsetts genäht, die man bekommen konnte. Nach Maß. Und es kamen Kunden zu ihm, die weite Anreisen in Kauf genommen haben. Früher ist er direkt zu ihnen gefahren und war ständig unterwegs, aber er wollte sich schließlich hier niederlassen, warum auch immer.«

»Bitte hören Sie auf«, unterbricht ihn Sarah flehend. Sie will weinen, aber es gelingt ihr nicht. Ihre Augen brennen und führen kein Wasser mehr. Sie ist wütend. Auf sich selbst, dass sie das alles nicht bemerkt hat. Auf ihn, dass er es ihr nicht erzählt hat. Dass sie noch so viele Fragen hat, die nun unbeantwortet bleiben. Und auch auf Lia, die ihn hier im Stich gelassen hat. Sarah starrt auf das Halsband, dann wieder auf die Fotos an der Wand.

»Hören Sie«, sagt der Mann, liest noch einen Glassplitter aus seiner flachen Hand und kommt dann langsam durch den Raum gelaufen. »Wenn es persönliche Erinnerungen von Ihnen sind, können Sie die Bilder gern mitnehmen.« Er schaut noch einmal auf das Halsband in Sarahs Hand. Ohne zu wissen, was es wirklich bedeutet. »Das von mir aus auch.«

Es fröstelt Sarah. Sie mag sich nicht vorstellen, dass draußen im Hof ein Container abgestellt wird. Die Einrichtung, die vielen Lederballen, die Gürtel und alles, was in der Werkstatt zu finden ist. Was am Ende übrig bleibt, denkt sie traurig und es tut ihr unendlich weh. Das ernste Gesicht der Frau auf dem Foto im Holzrahmen taucht vor ihr auf. Ihr habt euch verloren, sagt sie in Gedanken zu Lia. Obwohl ihr euch so nah wart, wie sich zwei Menschen nur selten begegnen können. Wenn du dich jetzt noch an ihn erinnerst, wenn in dir all die Geschichten noch leben sollten, weißt du nicht einmal, dass es ihn nicht mehr gibt. Es schnürt ihr den Hals zu.

Sarah nimmt langsam die Fotos von der Wand. Eins nach dem anderen. Legt sie in ihrer Hand vorsichtig übereinander, schiebt sie anschließend langsam in den Umschlag. Den Leuchtturm. Die Bank auf der Wiese. Ein Hotelzimmer mit Panoramafenster. Das Porträt einer nachdenklich aussehenden Frau. Lia, denkt sie, ich werde diese Bilder an mich nehmen. Du musst das verstehen. Ich mag keine auf dem Müll entsorgten Erinnerungen. Denn es sind nun auch meine. Und ich werde sie nicht so wegwerfen, wie du es getan hast.

Sie verabschiedet sich wortkarg von dem Mann, der sie währenddessen schweigend beobachtet. Versichert ihm, dass sie heil nach Hause finden wird.

Als sie durch den Vorhang in die Werkstatt tritt, wendet sie sich noch einmal um. Sieht das große, ockerfarbene Bild an der Wand. Eine weite, stille Landschaft. Frieden. Wenigstens den hast du wiedergefunden, Bruno, denkt sie.

Und dann geht sie.

Lilly Grünberg
Dein

Bedingungslose Unterwerfung: Um dem Dom ihrer Träume nahe zu sein, muss sie alles aufgeben – wirklich alles

208 Seiten · 9,90 €
ISBN: 978-3942602-21-1

Mit ihrer Gier nach absoluter Unterwerfung durch einen dominanten Top setzt sich Sophie Lorato selbst unter Druck. Auf der Suche nach diesem »Super-Dom« gerät sie an Leo und stimmt seinen außergewöhnlich harten Regeln zu, obwohl sie nicht einmal weiß, wie er aussieht. Und es kommt schlimmer, als sie es sich ausgemalt hat, denn er versteht sein Handwerk und lehrt sie mit allen Mitteln, was es heißt, eine SM-Sklavin zu sein.

Über die Autorin:

Unter verschiedenen Namen hat sich die Autorin in die Herzen der Erotik- und SM-Leser aber auch in die der Fantasy-Liebhaber geschrieben.

Unter dem Namen „Lilly Grünberg" ist bisher der Roman „Verführung der Unschuld" erschienen – in Neuauflage bei Elysion-Books – 2014 wird Teil 2 folgen.

www.elysion-books.com

Die dunkle Seite der Erotik einmal anders – diese vielschichtig aufgebaute Erzählung entführt in die Leben verändernden, sinnlichen Abgründe von Lust und Schmerz.

192 Seiten · 9,90 Euro
978-3942602280

er nach allen Regeln der SM-Kunst zu brechen sucht ... Während sie sich ihm freiwillig ausgeliefert, spürt sie: er wird sie über ihre persönlichen Grenzen hinaustreiben – und ein Teil von ihr sehnt sich danach.

Der Polizist, der an ihrer Tür klingelt, ist ihr Ex.

Als Lea einem privaten Verhör zustimmt, beginnt für sie ein intensiver schmerzerotischer Trip: Armand will ihr Geständnis, aber sie leistet Widerstand, den

Doch welchen Plan verfolgt der LKA-Beamte wirklich?

Will er die Wahrheit über den Tod des Nachbarn erfahren oder verfolgt er einen eigenen, sinistren Plan?

Antje Ippensen

BitterSüß

Die dunkle Seite der Erotik einmal anders

Diese vielschichtig aufgebaute Erzählung entführt in die Leben verändernden, sinnlichen Abgründe von Lust und Schmerz.

ca. 198 Seiten · 9,90 €
978-3942602297

Auf der Suche nach der erotischen Erfüllung, beginnt SIE Tagebuch zu schreiben. Denn wie kann es sein, dass der charmante, bemühte und sexuell attraktive Kerl im Bett nur Spaß macht ... aber kein bisschen befriedigt?

Langsam aber sicher taucht die sinnliche Naschkatze auf ihren Streifzügen immer tiefer in die Abgründe ihrer Lust und meistert mit Humor und einer guten Portion Begierde alle Hürden auf der Suche nach ihrem persönlichen Traumsex.

Lilly An Parker
Office-Escort

Es ist ein Spiel. Wie weit würdest du gehen?

Grenzenlose Erregung, unvorstellbare Gier, sich immer weiter steigerndes Verlangen. Es ist ein Spiel um Dominanz, Lust und Leidenschaft für diejenigen, die ansonsten alles haben oder haben können: unmoralisch, sexy, der ultimative Kick.

Aber wie lange will Mann widerstehen? Die gutaussehende Sekretärin Joanna lässt sich von einem exklusiven Office-Escort-Service anwerben, um ihre Fantasien auszuleben und den aktiven Part in erotischen Spielen zu übernehmen. Von nun an wird sie an erfolgreiche Businessmänner vermietet, die sich auf ein verführerisches Dominanzspiel einlassen wollen, und bringt sie an die Grenzen ihrer Lust. Eine schmale, exquisite Gradwanderung, die Joanna an den Rand ihrer eigenen Sinnlichkeit bringt.

Taschenbuch
192 Seiten · ISBN:
978-9-942602-15-0

Jennifer Schreiner

Erosärger

Wir liebesvermitteln alles und jeden für die Ewigkeit – garantiert!

Taschenbuch, € 12,90
ISBN 978-3-942602-05-1

Um einem Familienfluch zu entkommen, verzichtet Lilly auf ihre Magie und lässt sich in einen Menschen verwandeln. Einen schlechteren Zeitpunkt hätte der Sukkubus nicht wählen können. Denn als das Monopol für die Vermittlung übernatürlicher Wesen fällt, muss sich die Leiterin der Matching-Myth Liebesvermittlungsagentur nicht nur mit intriganten Vermittlern, sondern auch mit der verführerischen Konkurrenz, herumschlagen.

Schon bald säumen Werkühe, gute Feen und illegale Liebeszauber Lillys Weg

Süßer die Glocken ...

Weihnachten wird heiß!

206 Seiten · € 12,90
ISBN 978-3-942602-12-9

In 17 sinnlichen Kurzgeschichten über besinnliche Feiertage, prickelnde Adventsmomente und überaschende Geschenke, erzählen deutsche Autoren und Autorinnen von lustvollen Nikoläusen, unartigen Weihnachtselfen und einer ganz neuen Art von Knecht Ruprecht.

Begleiten Sie Inka Loreen Minden, Olga Krouk, Emilia Jones, Antje Ippensen und viele andere zu aufregenden Backstunden, verführerischen Ausflügen in den Schnee, begegnen Sie neckischen Festtags-Engeln und einem sehr verführerischen Weihnachtsdieb.

Ein erotisches Lesevergnügen zum Verschenken, Alleinlesen oder Gemeinsam-Genießen.

Swinger

Erlebnisse, Erfahrungen und Bekenntnisse eines Paares

Ein Paar auf der Suche nach dem erotischen Kick, – der ehrliche Erfahrungsbericht einer sinnlichen Selbstfindung

Humorvoll und ohne ein Blatt vor den Mund zu nehmen, entführen Silvia und Mark den Leser in die Welt des Partnertausches, zu Pärchentreffs und Privatpartys, zu Gruppensex und Orgien, und lassen ihn an Lust und Leidenschaft teilhaben.

Vom Ausleben sinnlicher Wünsche und frivoler Fantasien, über amüsante und hinreißende Anekdoten aus dem Swingerleben bis zu Erfahrungen mit den obligatorischen Internetplattformen, berichtet das Paar von seinen Erlebnissen.

Folgen Sie den Beiden in die aufregende Szene der Swinger, lachen, leiden und lieben Sie mit ihnen.

Dies ist eine wahre Geschichte.

Taschenbuch, ca. 204 Seiten · ISBN: 978-3-942602-00-6